KB046655

매콤달콤 맛있는
우리 고전 시가

매콤달콤 맛있는 우리 고전 시가
아빠가 들려주는 문학 이야기

2016년 1월 22일 1판 1쇄
2021년 11월 5일 1판 5쇄

지은이 한기호
그린이 설찌

편집 정은숙, 서상일 **디자인** 권지연 **마케팅** 이병규, 양현범, 이장열 **홍보** 조민희, 강효원 **제작** 박흥기
인쇄 천일문화사 **제본** J&D바인텍

펴낸이 강맑실 **펴낸곳** (주)사계절출판사 **등록** 제406-2003-034호
주소 (우)10881 경기도 파주시 회동길 252
전화 031)955-8558, 8588 **전송** 마케팅부 031)955-8595 편집부 031)955-8596
홈페이지 www.sakyejul.net **전자우편** skj@sakyejul.com
블로그 skjmail.blog.me **트위터** twitter.com/sakyejul **페이스북** facebook.com/sakyejul

© 한기호 2016

값은 뒤표지에 적혀 있습니다. 잘못 만든 책은 서점에서 바꾸어 드립니다.
사계절출판사는 성장의 의미를 생각합니다. 사계절출판사는 독자 여러분의 의견에 늘 귀 기울이고 있습니다.
이 책은 저작권법에 따라 보호받는 저작물이므로 무단전재와 무단복제를 금합니다.

ISBN 978-89-5828-931-9 43810

매콤달콤 맛있는

맛있는

아빠가 들려주는 문학 이야기

우리
고전 시가

한기호 지음

사□계절

아빠가 너희들에게 이야기를 들려준 것이 언제인지 이제 기억도 잘 나지 않는다. 그만큼 너희들에게 소홀했구나. 무척 미안하게 생각한다. 이제 짤막한 옛이야기보다는 좀 더 길고 살짝 어려울 수도 있는 문학 이야기를 들려줄까 한다.

얼마 전에 우리 가족 모두가 함께 올랐던 마니산 기억나니? 강화도에 있는 그 산은 꼭대기에 단군에게 제사하던 참성단이 있어서 무척 신성하게 여겨지는 산이었지. 입구에서 정상까지 이어지던 엄청나게 많은 계단들. 얼굴을 스치는 나뭇가지와 멀리 보이던 바다와 조금씩 작아지던 마을의 풍경이 아니었다면, 등산이 아니라 아파트 계단을 오르는 기분이 들 수도 있었을 특이한 산이었지. 정상에 올라서 바라본 그 멋진 풍경이 산을 오르는 동안의 피로를 한꺼번에 씻어 주던 기억도 새롭구나.

아빠가 이제부터 하려는 문학 이야기도 산을 오르는 것과 비슷할 것 같다. 오르기는 힘들고 괴롭지만 정상에서 맛보는 즐거움은 그 어떤 것과도 비교할 수가 없지. 게다가 오르는 동안 누릴 수 있는 것들은 또 얼마나 많은지 몰라. 그러니 좀 힘들고 어렵더라도 천천히 즐기는 마음으로 아빠의 이야기를 들어주기 바란다. 자, 준비됐지?

　문학이라는 산은 엄청나게 높고 볼거리도 많아서 끝까지 오르는 일이 쉽지가 않단다. 물론 아빠 역시 그 산의 정상에 올랐다고 감히 생각해 본 적이 없지. 단지 그 거대한 산의 한 봉우리에서 놀고 있을 뿐이란다. 산을 오르다 바라본 멋진 풍경들, 우연히 만나 마셔 본 계곡물, 갑자기 튀어나와 깜짝 놀라게 하는 다람쥐나 산새 따위에 홀려서 여전히 산에서 놀고 있을 뿐이라고나 할까? 그러니 너희들도 아빠와 함께 문학의 산에서 놀고 즐기는 시간을 보냈으면 좋겠다.

　지금 오르려는 산은 우리 문학의 거대한 산맥 중 하나인 고전문학의 일부라고 할 수 있지. 주로 시가 문학을 중심으로 이야기를 할 텐데, 꼭 시가에만 고정하지는 않을 예정이란다. 아주 오래전 문학이 처음 시작되었을 때는 노래와 이야기와 춤 등이 모두 하나로 뒤섞인 시절이 있었기 때문에 그렇지. 우리는 노래만 따로 떼어 놓고 이야기할 수 없는 독특한 상황들에 대해 계속 이야기를 하게 될 거야. 산을 오르다 보면 하나의 길만 있는 것이 아니니 말이다.

　이야기는 어떻게 시작되었을까? 노래 또는 시는 어떻게 시작되었을까? 왜 사람들은 시를 지었을까? 문학의 출발점을 이야기하려면 우리는 '신화'와 맞닥뜨리게 된다.

　지금 우리는 시, 소설, 수필, 시나리오 등 문학의 장르를 여러 갈래로 명확하게 구분하는 시대를 살고 있지. 하지만 아주 오랜 옛날에는 어땠을까? 신화 시대의 사람들은 그런 구분이 없는 시절을 보냈단다. 일상의 삶이 곧 신화였고, 신화가 삶의 일부로 녹아든 그런 시절이 있었지. 그렇게 오랜 옛날에 있었던 일들을 스마트폰으로 외국인과 대화를 하고 우주선이 지구 밖을 나갔다가 돌아오는 이 첨단 과학 시대에 왜 이야기해야 하느냐고? 글쎄다, 그것은 우리가 인간이기 때문에 그렇다고 대답할 수밖에 없구나.

인간은 그런 존재란다. 자기 바깥으로 끝없이 펼쳐지는 무한한 우주를 향해 상상의 날개를 펼치고, 그 꿈을 실현하기 위해 몸부림치는 존재이면서 동시에 내 마음 깊숙한 곳에는 무엇이 있는지 파고들기 원하는 존재이기도 하지. 나는 어떤 존재인지를 발견하기 위한 여러 방법 중 하나가 바로 인간이 만든 문학적 소산물들을 섬세하게 관찰하는 일이란다. 오랜 세월의 흔적이 녹아 있는 문학 작품들을 보며 우리는 인간이 어떤 존재인지, 나는 어떤 인간인지를 깊이 살펴볼 수 있는 소중한 기회를 얻게 되는 법이란다. 산을 오르다 보면 주변 풍경에 몰입하게 되기도 하지만 자신에 대해 더 많이 생각하게 되는 것과도 같은 이치라고나 할까.

오래전에 만들어진 문학 작품을 살펴보는 일은 쉽지 않은 일이란다. 타임머신이 있어서 옛날 사람들과 직접 만나서 대화를 나누지 않는 한 그분들이 써 놓은 글들이 대체 어떤 의미인지를 뚜렷하게 파악하기 쉽지 않기에 그렇지. 우리 옛이야기가 많이 수록된 『삼국유사』역시 마찬가지란다.

고려 시대 일연이라는 스님이 쓴 『삼국유사』에는 고조선부터 삼국 시대에 걸친 수많은 이야기와 노래들이 기록되어 있단다. 특히 그 많은 이야기 중 처음으로 등장하는 이야기가 신화라고 할 수 있지. 너희들도 이미 알고 있는 단군 신화를 시작으로 박혁거세왕 신화, 석탈해 신화, 김알지 신화, 김수로왕 신화, 금와왕 신화 등 많은 신화들이 기록되어 있어. 그중에 노래가 포함되어 있는 신화가 있는데 그것이 바로 '김수로왕 신화'야.

이제부터 그 신화 속에 있는 노래에 대해 이야기를 해 줄게. 이걸 시작으로 우리 고대 시가 문학을 조금씩 맛보는 시간을 가져 보자꾸나. 그러면서 우리 문학이라는 거대한 산을 아주 조금씩 즐기고 감상하는 시간을 만들어 보면 좋겠다. 또 이 시간을 통해서 아빠와 평소 나누지 못했던 많은 이야기들을 조금이나마 함께 나누면 좋겠구나.

자, 이제 슬슬 출발해 볼까?

차례

3장 무지갯빛 고려 가요

4장 굳세구나! 시조

일러두기
고전 시가의 원문은 문헌에 쓰인 원래 표기를 최대한 존중하여 실었습니다. 그러나 아래아(ㆍ)와 반치음(△), 이중모음, 자음병서 등 오늘날 쓰지 않는 음소는 현대어에 가깝게 단순화하여 표기하였고, 일부 어휘는 두음 법칙과 구개음화 등이 적용된 현대적 표기를 하였습니다.

1장

고대 신화 속에 노래가 있었네

땅을 파면서 부른 노래

구지가 1

「구지가」라는 노래가 있단다. 『삼국유사』 중에서도 김수로왕 신화에 실려 있지. 제목이 이상하지? '구더기'도 아니고 어딜 '굳이' 간다는 것도 아닌 것 같고. 원래 한자로 된 제목은 「龜旨歌」이지. 한자를 보니 벌써 머리가 아프다고? 그럼 한자가 아닌 다른 이야기를 해 줄게.

「구지가」라는 제목은 구지봉이라는 지명에서 유래된 거란다. 우리 가족이 오래전에 살았던 창원 알지? 경상남도에 있는 도시 말야. 그 옆에 김해라는 곳이 있는데 거기에 가면 구지봉이라는 높지 않은 산봉우리가 하나 있지. 이 노래는 그 구지봉에서 부른 노래야. 그래서 「구지가」라는 제목이 붙었어. 내용은 더 재미있단다.

龜何龜何(구하구하)

首其現也(수기현야)

若不現也(약불현야)

燔灼而喫也(번작이끽야)

소리 나는 대로 읽어 보면 무척
우습게 들리지? 말도 아니고 노래
도 아니고 주문도 아니고. 이 노래

● 가야 기원 전후 시기부터 6세
기 중반까지 경상도 서부 지역에
존재하던 세력 집단 또는 국가를
말한다.

는 아주 오래전 우리나라 남쪽에 가야˚라는 나라가 있었을 때 불렀
던 노래란다. 그러니 무척 오래된 노래지. 가야가 언제 생긴 나라인
지 한번 찾아볼래? 아빠는 지금 기억이 안 나니까.

그런데 그 옛날 사람들이 저렇게 노래를 불렀을까? '구하구하' 하
면서 무슨 짐승들 소리처럼? 아니야. 당시에는 우리말로 된 노래를
불렀을 거야. 하지만 「구지가」를 기록하던 당시에는 우리 글자인 한
글이 만들어지지 않았지. 그래서 어쩔 수 없이 우리말 노래를 한자
말로 번역해서 써 놓은 거란다. 이렇게 순우리말로 된 노래를 한자
로 번역하는 것을 '한역(漢譯)'이라고 한단다. 저 노래를 우리말로 다
시 옮기자면 다음과 같지.

거북아, 거북아
머리를 내놓아라.
만약에 내놓지 않으면
불에 구워 먹겠노라.

잉? 이게 무슨 소리일까? 노래 내용으로 보면 무슨 거북이를 내놓으라는 노래 같지? 거북이더러 머리를 안 내놓으면 구워 먹겠다고 노래하는 것을 보면 마치 거북이를 잡아먹기 전에 부르던 식사 준비 노래 같기도 해.

혹시 가야 사람들은 거북이를 즐겨 먹었던 것일까? 거북이가 그렇게 맛있는 음식이었을까? 그런데 왜 하필이면 머리를 내놓으라고 했을까? 사람들은 거북이보다는 머리가 더 필요했던 것일까?

이 노래의 비밀을 풀기 위해선 더 많은 내용을 알아야만 한다. 먼저 언제 어떤 사람들이 이 노래를 불렀는지 알아야겠지. 그리고 이 노래를 불러서 도대체 거북이가 머리를 내놓았는지, 그리고 사람들은 거북이를 불에 구워 먹었는지도 알아야 할 거야. 노래 하나를 이해하기 위해 우리가 알아야 할 것들이 정말 많기도 하구나. 하지만 이렇게 많은 것들을 알아 가면서 우리는 우리 조상들의 생각을 알 수 있고 더불어 우리 문학의 힘도 발견할 수 있게 된단다. 문학이 뭔지도 잘 모르겠는데 문학의 힘이라니 좀 묘한 소리처럼 들리지?

우리는 지금 고전문학이라는 산봉우리 중 하나의 입구에 겨우 도착한 셈이지. 우리가 해야 할 일은 아주 많다. 표도 사야 하고, 도시락도 챙겨야 하고, 물도 준비해야 하고. 또 사진기를 잊으면 서운하겠지? 이런 준비 작업이 귀찮기는 하지만 잘 준비해서 산에 가야만 아름다운 경치를 마음껏 구경할 수 있을 거야. 그러니 아름다운 산을 구경하기 위해서라도 천천히 준비해 보자.

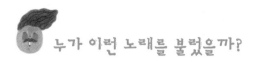

누가 이런 노래를 불렀을까?

「구지가」의 내용을 다시 한 번 보자꾸나.

'거북아, 거북아, 머리를 내놓아라. 내놓지 않으면 불에 구워 먹는다.'

장난처럼 들리기도 하는 이 노래를 도대체 누가 왜 불렀을까? 이 노래가 가야라는 나라와 관련이 있다는 얘기는 이미 했지?

옛날 가야라는 나라가 아직 완전한 나라의 모양을 갖추지 못하고 있을 때, 그곳에는 '구간(九干)'이라는 사람들이 마을을 다스리고 있었지. 나라의 모양을 갖추지 못했다는 것은 나라의 이름도 없고 왕도 없었다는 뜻이야.

구간이란 아도간˚, 여도간, 피도간, 오도간, 유수간, 유천간, 신천간, 오천간, 신귀간이라는 아홉 사람을 가리키는 말이야. 이 사람들은 일종의 추장 또는 부족장이라고 할 수 있어. 이름이 좀 웃기지? 분명 우리말 이름이 있었을 텐데 한글이 없던 시절이다 보니 어쩔 수 없이 한자로 그 이름을 옮기면서 나타난 현상이란다.

그래서 우리는 한글이 창제되고 기록되기 전의 기록에 대해서는 항상 조심해야 한단다. 그 본래의 우리말을 모르는 현재의 우리는 한자 말로 그것을 읽을 수밖에 없지. 좀 복잡하게 들리겠지만 잠시

● **'아도간'이라는 명칭에 대해** 어떤 이들은 아도간, 피도간 등의 이름에 반복되는 '간'이 곧 우두머리나 왕을 지칭하는 말이라 보고, '나도 왕', '너도 왕' 등의 호칭으로 추정하기도 한다.

후에 그것과 연관된 이야기가 나올 테니 기다려 봐.

어쨌든 별난 이름을 가진 아홉 명의 추장들이 나라를 다스리고 있었어. 이 구간들이 하루는 구지봉에 모였지. 정확하게는 계락지일°에 모였어. 계락지일이란 물에서 제사 의식을 거행하는 날을 뜻해. 아마 기독교의 세례 의식과 비슷한 의식을 행하는 날이었을 거야. 그러니 그날은 그저 소풍을 가거나 놀기 위해 모인 날이 아님을 알 수 있지. 나라의 대표들이 특별한 의식을 거행하는 것을 보니 뭔가 중요한 행사가 있는 날이라는 것을 짐작할 수 있겠지? 그날에 어떤 일이 있었는지 더 들어 보렴.

구간과 사람들 200~300명이 모여 있는데 갑자기 하늘에서 이런 소리가 나는 거야.
"여기에 사람이 있느냐?"
하지만 누군지 형체는 보이지 않았지.
그래서 구간은 대답했어.
"우리가 있습니다."
그러자 또 소리가 들려왔어.
"내가 있는 곳이 어디냐?"

● **계욕일과 계락지일** 흔히 김수로왕 신화에 수록된 날을 물가에서 목욕하며 노는 '계욕일(禊浴日)'로 알고 있다. 그러나 원문을 자세히 살펴보면 '계락지일(禊洛之日)'이라 표기되어 있음을 알 수 있다. 계락지일이란 낙동강 변을 중심으로 거행되던 제사 의식이 있는 날이 아닐까 짐작된다.

그래서 구간이 대답했지.

"구지입니다."

정말 웃기는 일이지? 하늘에서 별안간 소리가 들려왔는데 그 하늘 소리의 주인공은 정작 자신이 있는 곳이 어디인지도 모르다니? 혹시 외계인이 비행접시를 타고 지나다가 불시착한 것일까? 아니면 지나던 나그네? 하지만 형체가 보이지 않으니 알 수가 없지. 그 소리가 다시 이렇게 말을 하더래.

"하늘이 나에게 명하기를 이곳에 내려가 새로 나라를 세우고 왕이 되라 하여 내려온 것이니, 너희들은 산봉우리 위의 흙을 파헤치면서 이렇게 노래하여라.

거북아, 거북아
머리를 내놓아라.
만일 내놓지 않으면
불에 구워 먹으리라.

그러면서 대왕을 맞이하여 기쁘게 뛰놀거라."

이렇게 하늘의 소리가 구간에게 부르라고 명령한 노래가 「구지가」란다. 이 소리를 들은 구간들은 어떻게 했을까? 나라를 세울 왕이 오신다고 하니 얼마나 기쁘겠어? 그래서 노래하며 뛰었지.

그러자 어떤 일이 일어났을까? 노래의 내용처럼 정말 거북이 머리가 하늘에서 불쑥 내려왔을까? 아니면 거대한 비행접시가 서서히 착

류했을까? 그것도 아니면 구름을 타고 하얀 수염을 기른 어떤 사람이 바람처럼 하늘하늘 내려왔을까?

하늘에서 내려온 것은?

　많은 책에서 이 부분에 대해 실수를 하고 있는데 너희들도 오해할 수 있을 것 같구나. 하늘에서 내려온 것은 무슨 상자도 아니고 비행접시는 더더구나 아니고 거북이 머리도 아니었어. 그것은 붉은 줄이었지. 하늘에서 붉은색 줄*이 내려왔단다. 사람들이 그 줄의 끝을 찾아보니 붉은색 보자기에 싸인 금 상자가 있었지. 상자를 열어 보니 황금 알 여섯 개가 들어 있는 거야. 사람들은 좋아서 그 상자를 구간 중 첫째인 아도간의 집에 갖다 두었단다.

　이튿날 사람들이 그 상자를 열어 보니 알 여섯 개가 모두 어린애가 되었는데 모두들 생김새가 뛰어났지. 사람들이 모두 이 아이들에게 절하고 공경했는데, 이 아이들은 10여 일이 지나 모두 키가 9척이나 되고 얼굴은 용과 같고 눈썹에서는 빛이 났지.

　키가 9척이나 된다니 대단하지? '척'은 '자'라고 하는데 길이를 나타내는 단위야. 한 자는 약 30.3cm이니까 30cm라고만 쳐도 9척이라

● **붉은색 줄**　이때 하늘에서 내려온 붉은색 줄은 어떤 의미가 있는 것일까? 모체와 태아를 연결하는 탯줄, 성경에 나오는 이야기 중 하늘과 땅 사이로 이어져 있던 야곱의 사다리, 하느님과 인간 사이를 연결하는 상징인 십자가 등과 비교해 보자.

면 무려⋯⋯. 계산해 봐.

이중 가장 뛰어난 인물이 바로 가야의 첫째 임금인 김수로왕이야. 나머지 다섯 명도 모두 다섯 가야를 다스렸지. 가야는 여섯 개의 나라가 연합 국가 형식으로 이루어졌거든.

자, 그렇다면 「구지가」라는 노래로 돌아와 보자. 이 노래는 분명 "거북아, 거북아, 머리를 내놓아라. 내놓지 않으면 불에 구워 먹으리라."라고 되어 있어. 사람들은 이 노래를 부르며 춤을 추고 땅을 팠다고 해. 그렇다면 하늘에서는 거북이 머리가 내려와야 하는 것이 아닐까? 왜 하늘에서 들려온 그 소리는 거북이 머리를 내려 줄 것도 아니면서 이런 노래를 부르라고 했을까? 노래가 잘못되었든지 사람들이 거북이 머리를 요구한 게 아니든지 둘 중 하나겠지.

이 노래의 비밀을 푸는 열쇠는 여기에서 시작한단다. 도대체 거북이는 뭘까? 또 머리를 내놓으라고 한 사람들의 노래에 대한 응답으로 왜 붉은 줄이 내려왔을까? 그리고 상자 안에 황금 알이 들어 있었다니? 그리고 알을 깨고 아이들이 나왔다니? 그 아이들이 10여 일 만에 모두 9척이나 되는 거인이 되었다니? 도대체 이런 황당한 이야기를 왜 했을까? 그리고 우린 이런 이야기를 어디까지 믿어야 할까? 모두 거짓말이 아닐까? 사람들은 거짓말을 뭐하러 그렇게 오래 기록해 두었을까? 만일 이 이야기가 단순히 거짓말이라면 한 나라의 왕이 어떻게 이 땅에 오게 되었는지 설명하는 이야기를 거짓말로 만들 필요가 있었을까?

일단 거북이로 돌아가 보자. 문제는 거북이부터 시작이야. 이 거북이는 도대체 뭘까?

거북이의 비밀

너희들도 이미 눈치를 챘겠지만 이 노래에 나오는 거북이는 진짜 동물 거북이가 아니란다. 거북이가 만일 글자 그대로의 거북이라면 분명 이 노래에는 문제가 있는 것이겠지? 말 그대로 거북이라면 거북이 머리가 불쑥 나와야 하는데 그렇게 되지 않았으니까 말이야.

사실 이 거북이의 문제를 풀기 위한 많은 노력들이 있었단다. 어떤 사람들은 거북이가 실제 거북이라고 생각했어. 거북이는 오래 사는 동물이잖아? 사람들은 오래 사는 것을 원하고. 그래서 많은 사람들이 거북이를 신으로 모셨다는 거야. '거북님, 거북님, 우리 소원을 들어주세요.' 하면서 거북이 신을 섬겼다는 것이지. 이렇게 특정한 동물이 자신이 속한 집단과 아주 가까운 관계에 있다고 믿고 그 동물을 신처럼 섬기는 것을 어려운 말로 '토테미즘'이라고 한단다.

토테미즘. 그 말 참 어렵다. 토테미즘이라는 것은 토템 신앙을 가진 종교 형태나 사회를 가리키는 말이야. '토템'이라는 것은 북아메리카 원주민들이 가진 신앙인데, 특정한 동물이나 식물을 신으로 섬기는 거지. 자신들이 토템으로 섬기는 신을 예배하고 그것을 잘 섬기는 태도를 토테미즘이라고 하는 거야.

아빠가 떠오르는 대로 토테미즘을 설명했는데 이게 정말 맞는 말인지 궁금하면 백과사전을 찾아봐. 백과사전은 정말 좋은 우리 친구란다. 아무튼 거북이를 토템이었다고 보는 사람들이 있단다.

'거북이는 나의 목자시니 내가 부족함이 없도다.'

뭐, 이렇게 믿는 셈이지. 하지만 거북이를 신으로 섬긴 사람들이

「구지가」를 불렀다고 보기에는 문제가 있단다. 거북이가 만일 신과 같은 존재였다면 우리는 지금 거북이에 대해 무척 조심스럽게 생각하는 사람들을 만날 수 있어야 해. 이해하기 쉽게 다른 이야기를 좀 해 줄게.

'야래자 전설'이라는 것이 있단다. '야래자(夜來者)'는 밤에 온 사람이라는 뜻이지. 도둑놈이냐고? 아니란다. 아니 어쩌면 도둑일 수도 있지. 후백제˚를 세운 견훤˚이라는 사람이 있는데, 그 사람의 탄생과 관련해서 이런 이야기가 전해 온단다.

어느 동네에 부잣집 딸이 있었는데 이 딸이 어느 날 임신을 했다는 것이 밝혀지지. 아버지는 깜짝 놀랐어. 결혼도 하지 않은 딸이 임신을 하다니? 자기가 무슨 성령으로 잉태한 마리아도 아니고…….
아버지는 딸을 불러서 다그쳤지. 딸이 말했단다.

"아버지, 제가 잠을 잘 때마다 꿈에 어떤 남자가 들어와서 자고 갑니다. 저는 잠에 빠져서 어떻게 해 볼 수도 없는데 그 남자는 스르륵 방을 나가 버리지요. 그 후로 이렇게 아이를 갖게 된 것이랍니다."

꿈에 나타난 남자가 임신을 시키고 갔다는 거야. 말이 되니? 어쨌든 이 아버지는 딸의 말을 믿었나 봐. 그래서 희한한 일을 시키지. 바

● **후백제** 후삼국의 하나. 신라의 내정이 문란해진 틈을 타서 견훤이 세운 나라. 건국 44년 만에 고려에 망함.
● **견훤** 후백제의 시조. 아자개의 아들. 신라 비장으로 있다가 완산에 도읍하고 후백제를 세움.

늘에다 실을 꿰어 딸에게 주면서 이러는 거야.

"이 바늘을 가지고 자다가 밤에 또 그 녀석이 오거든 그놈이 나갈 때 옷자락에 몰래 이 바늘을 꽂아 놓아라."

아버지 딴에는 셜록 홈즈처럼 명석한 해결 방법을 제시한 거야. 그리고 그날 밤, 남자가 정말 또 찾아왔네. 딸은 떠나는 남자의 옷자락에 바늘을 꽂았어. 어떻게 꿈에 찾아온 남자의 옷자락에 현실에 있는 여자가 바늘을 꽂을 수 있었느냐는 질문은 하지도 마. 이 이야기가 원래 그렇게 생겼으니까.

아무튼 그 이튿날 아침 일어나 보니 바늘에 꿰어 놓은 실이 줄줄 이어져 방 바깥으로 나가 있네. 그래서 따라가 보니 글쎄 실이 뒤뜰 흙 속에 들어가 있는 거야. 그래, 당장 땅을 팠지. 그랬더니 뭐가 나왔는지 아니? 커다란 지렁이가 허리에 바늘이 꽂힌 채 죽어 있는 거야. 그 딸은 점점 배가 불러 아이를 낳았지. 지렁이를 낳았느냐고? 천만의 말씀. 멀쩡한 사내아이를 낳았단다. 그 아이가 나중에 후백제를 세운 견훤이래.

정말 황당한 이야기지? 그런데 파평 윤씨의 시조 신화*에도 이와 비슷한 이야기가 나온단다. 파평 윤씨가 어떻게 시작되었는지를 설명하는 신화인데 야래자 전설로 구성되어 있지. 견훤의 이야기와 차이가 있다면, 견훤의 경우에는 바늘이 지렁이에게 꽂혀 있는 것이었지만 파평 윤씨의 경우에는 바늘이 잉어에게 꽂혀 있었단다. 재미있는 것은 이 시조 신화 때문에 파평 윤씨들은 지금도 잉어를 먹지 않지. 잉어의 후손인데 잉어를 먹는다는 것은 자기 조상을 먹는 것과 마찬가지잖아. 파평 윤씨에게 있어서 잉어를 먹지 않는다는 것은 곧

'금기'가 되는 셈이야. 금기에 대해서는 조금 이따가 설명해 줄게.

아빠가 왜 이런 이야기를 하는 것일까? 자기 시조 신화에 등장하는 잉어를 먹지 않는 특정한 사람들의 경우를 생각해 봐. 자기 조상이 잉어와 연관되어 있다는 생각 때문에 잉어를 먹지 않는 거야. 그렇다면 거북이를 자신들의 토템이라고 믿는 사람들은 거북이를 먹을 수 있을까? 또는 거북이를 장난감으로 만들 수 있을까? 불교를 믿는 사람들이 부처님을 장난감으로 만드는 것을 봤니? 기독교를 믿는 사람들이 예수님을 장난감으로 만들어서 놀지는 않지?

마찬가지란다. 거북이가 만일 가야 나라 사람들의 신, 토템이었다

●**파평 윤씨 시조 신화** 실제 파평 윤씨의 시조 신화는 다음과 같다.

신라 진성왕 7년 음력 8월 15일, 용연이라는 연못 위에 갑자기 구름과 안개가 자욱하게 끼고 요란한 천둥과 번개가 치면서 물 위에 옥함이 떠올랐다. 그러자 마을 사람들은 이를 기이하게 여기고 고을 태수에게 고하여 태수가 연못가에 나가 보니 연못에 떠오른 옥함이 연못 가운데로 밀려 들어갔다. 어느 날 저물 무렵 연못가에서 빨래하던 노파가 옥함이 다시 떠오르는 것을 보고 건져 열어 보니 오색 깃털 속에 싸인 어린아이가 있었다. 이 아이의 양어깨에는 붉은 사마귀가, 좌우 겨드랑이에는 비늘 81개가, 발에는 7개의 검은 점이 있었고, 온몸에 광채가 돋았다. 이 아이가 파평 윤씨의 시조가 된다.

또 파평 윤씨가 잉어를 먹지 않는 이유로는 다음과 같은 이야기가 전한다. 파평 윤씨의 5세손인 문숙공이 적에게 쫓길 때 어둠 속에서 다리의 형체가 보여 물을 건널 수 있었는데 적들은 모두 물에 빠졌다. 알고 보니 잉어가 도와준 것이라 하여 잉어를 먹지 않게 되었다고 한다.

이처럼 실제 전승 사실과 이 책의 내용이 다른 것은 전승자의 차이에 따른 오류라는 구비문학(입으로 전해 오는 문학)의 특징 때문이다. 글쓴이는 어느 분에게서 '야래자 전설'로서의 파평 윤씨 시조 신화를 들은 적이 있다. 여기에서는 이해를 돕고 이야기를 흥미롭게 하기 위해 구비 전승으로 들은 이야기를 사용하였다.

면 김해 지방 사람들은 지금도 거북이를 음식으로 쓰거나 장난감으로 사용하지 않을 거야. 하지만 정말 그럴까? 김해 지방 수족관에는 청거북 판매가 금지되어 있을까? 김해 지방에서는 〈닌자 거북이〉라는 만화가 상영 금지되어 있을까? 김해 지방에서는 거북이를 닮은 자라를 몸보신용으로 먹는 행위가 금지되어 있을까? 전혀 그렇지 않지. 이것은 거북이가 그 지방의 토템이라고 볼 수 없다는 증거가 된단다.

우리나라의 건국 신화인 단군 신화도 마찬가지란다. 단군 신화의 내용은 알고 있니? 나중에 아빠가 자세히 설명해 주겠지만 단군 신화에도 동물이 나오는데 그것이 바로 곰이란다. 곰이 마늘을 먹고 사람이 되어 낳은 아이가 단군이라는 거야. 그 이야기를 가지고 사람들은 곰이 우리 민족의 토템이라고 주장하지. 하지만 만일 곰이 우리 민족의 토템이라면 우리는 지금 '우루사'를 먹을 수 없어. 왜냐하면 그것은 우리 조상의 쓸개를 빨아 먹는 짓이기 때문이지. 우루사 알지? 곰의 쓸개로 만든 간장약 말이야. 아빠도 그거 좀 먹었는데 그럼 아빠가 조상의 쓸개를 빨아 먹은 아주 나쁜 사람이 되는 거네? 사람들은 아무 거리낌도 없이 우루사를 먹고 〈곰돌이 푸〉를 관람하고 곰 인형을 만들어 가지고 놀지. 아무도 그것에 대해 거부감을 느끼지 않고 있잖아. 그것은 우리 스스로 단군 신화에 나오는 곰이 실제 곰이 아니라는 것을 입증하는 것이라 할 수 있단다.

이야기가 길어졌네. 아무튼 여기에서 중요한 사실은 거북이를 그냥 꿈지럭거리는 거북이로 볼 수 없다는 분명한 사실이란다. 그렇다면 도대체 거북이는 뭘까?

아빠가 앞에서 옛날 사람들이 우리말을 기록할 방법이 없어서 한자 말을 빌려 기록했다는 이야기를 했지? 문제는 바로 여기에 있었어. 거북이를 나타내는 '龜'는 사실 순우리말로 '검'을 나타내기 위해 빌려 온 한자란다. '검'이란 '칼'이 아니라 '신'을 가리키는 우리말이란다. '神'도 한자 말이라는 것은 알지? 그 신에 해당하는 우리말이 '검'에 가까운 말이고, 그것을 표기하기 위해 사용한 한자가 바로 '龜'라는 것이지.

그러니 이 「구지가」라는 노래를 제대로 읽으면 다음과 같이 읽어야겠지.

검아, 검아

껍을 부르는 것이 아니란다. 이 말은 곧 '신이시여, 신이시여' 하는 것과 같지. 가야를 세운 사람들은 신을 불렀던 거야. 왜 신을 불렀을까? 그야 왕을 달라고 신을 부른 거지. 그 응답으로 하늘에서 내려온 왕이 바로 김수로왕이고.

이제 겨우 「구지가」의 한 줄을 해석했네. 거북이를 신으로 해석하면 머리를 내놓으라는 것은 우두머리, 곧 임금을 달라는 요청으로 해석할 수 있겠지.

신이시여, 우리에게 우두머리를 내려주소서.

이런 기도의 노래라고 볼 수 있단다. 그런데 아직도 의문은 남는 구나. 그럼 왜 알이 나왔을까? 김수로왕은 조류도 아니고 파충류나 양서류도 아니고 공룡은 더더구나 아닌데 왜 알에서 나온 것일까? 아, 그 짧은 「구지가」 하나를 알기 위해 갈 길이 참 멀기도 멀구나.

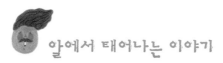

알에서 태어나는 이야기

「구지가」를 이해하기 위해 중간 정리를 좀 해 보자. 「구지가」는 김수로왕의 탄생과 밀접하게 관련이 있지? 어느 나라가 어떻게 시작되었는지, 어느 임금이 어떻게 나라를 처음 열었는지, 또 어떤 자연 현상이 어떻게 시작되었는지 등등 '모든 것(세상)의 기원이나 신과 영웅에 관한 이야기'를 우리는 신화라고 한단다. 곧 김수로왕이 어떻게 태어났고 어떻게 해서 가야국이 세워졌는지를 말해 주는 이런 이야기를 신화라고 하지. 「구지가」는 김수로왕 신화와 밀접한 관련이 있는 노래이지. 김수로왕이 태어나는 데 중요한 역할을 한 노래니까 말이야.

하늘에서 들려온 소리에 따라 「구지가」를 부르며 땅을 파니까 하늘에서 붉은 줄이 내려오고, 그 줄의 끝에서 금 상자가 발견되고, 그 금 상자를 열어 보니 알이 있었는데 그 알을 깨고 나온 사람이 김수로왕이라는 거잖아? 정말 황당하고 이상스러운 이야기지? 다른 것은 다 그만두고 왜 사람이 알에서 태어났다고 했을까?

신라를 세운 박혁거세왕, 그 뒤를 이었던 석탈해 임금, 나뭇가지에 걸린 황금 궤에서 태어난 김알지, 고구려를 세운 주몽. 이런 인물들이 모두 알에서 태어난 사람들이야. 하지만 실제로 사람이 진짜 알에서 태어날 수는 없겠지? 신화의 주인공이 알에서 태어났다는 것은 글자 그대로 믿을 수 없는 일이야. 분명 나라도 있고 인물에 대한 기록도 있으니 사실이기는 하겠지만 신화의 내용이 모두 글자 그대로의 사실이라고 보기는 어렵겠지?

신화는 많은 상징과 비유로 이루어져 있어. 우리는 신화를 읽을 때, 그 내용을 글자 그대로 받아들여서는 안 된단다. 그렇게 되면 우린 정말 어리석은 사람들이 되는 거야. 우리 조상이 알에서 태어났다고 하면 우린 공룡의 후손이 되는 거지. 우리 조상이 곰에게서 태어났다고 하면 우린 '미련 곰탱이'의 후손이 되는 거야. 그러니 신화를 문자 그대로 받아들일 수는 없지.

그렇다면 도대체 알은 무엇을 상징하는 것일까? 이에 대해 많은 학자들이 연구를 했단다. 어떤 사람은 알이 곧 곡식의 씨앗과 같은 것이라고 했어. 곡식의 씨앗도 알도 모두 둥글고 또 생명의 기원이 되는 거잖아. 그러니 알은 곧 나라의 시작이 되는 임금의 상징이 된다고 본 것이지. 어떤 사람은 알이 곧 태양의 상징이라고 보기도 했어. 우리 민족은 옛날부터 태양을 숭배하던 민족이라는 거야. 그래서 모든 이야기에 태양의 상징으로서 둥근 알이 등장한다고 본 거지. 어떤 사람은 알의 이야기가 다른 민족의 영향으로 만들어진 이야기라고 보기도 했어. 또 어떤 사람은 알이 곧 우주의 기원이 되는 에너지를 상징하는 것이라고 하기도 했지.

그런데 아빠의 선생님은 뭐라고 했는지 아니? 이 알은 곧 '알다'의

'알'이라는 거야. '알'이 '아는 것'을 가리키는 말이라는 거지. 이 이야기를 이해하기 위해서는 알아야 할 것이 있는데, 다음 장에서 마저 살펴보자꾸나.

꼭 치러야 하는 의식

구지가 2

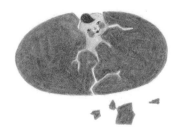

신화를 제대로 이해하려면 '입사식'을 알아야만 한단다. 처음 들어 보는 말이라고? 입사식을 다른 말로는 성인식이라고도 해. 오래전에 우리나라 가수가 야릇한 춤을 추면서 부른 노래의 제목이 성인식이 기도 한데 그런 가사와는 상관이 없는 단어란다.

입사식은 인간이 겪는 통과의례의 하나야. '통과의례'라는 어려운 말이 또 나오는구나. 통과의례란 통과제의라고도 하지. 아빠가 언젠 가 수업 시간에 통과제의라는 말을 했더니 학생들이 잘못 알아듣고 는 '톰과 제리'냐고 되물어서 한참 웃었던 기억이 난다.

통과제의 또는 통과의례라고 하는 것은 인간들이 한 집단에서 또 다른 집단으로 옮길 때 행하는 의례를 말한다. 아이들의 돌잔치도 통과의례의 하나라고 볼 수 있어. 아이가 태어나서 일 년이 지났음을 축하하는 의식이 돌잔치잖아. 돌 이전의 어린애가 일 년의 기간을 무사히 지나고 비로소 정상적인 생명을 누릴 수 있게 되는 것을 축하하는 의식이지.

통과의례에는 또 어떤 것이 있을까? 학생들이 배우는 과정을 마치고 난 후에 하는 졸업식이나 학교생활을 시작하기 전에 하는 입학식 역시 통과의례란다. 간혹 대학생들이 신입생 환영식을 한다며 신입생들에게 술을 먹이거나 얼차려를 시키는 등 심한 신고식을 했다고 비난하는 뉴스가 나오잖아? 어쨌든 그런 일도 역시 통과의례의 일종이라고 할 수 있단다.

이렇듯 인간이 겪는 통과의례는 무수히 많은데 가장 대표적인 것은 '출생, 성인, 혼례, 장례'와 관련된 통과의례라고 할 수 있어. 사람이 이 세상에 태어나는 것, 또 어른이 되는 것, 결혼을 하는 것, 죽는 것과 관련된 일이 무엇보다 중요하다고 할 수 있겠지. 그래서 그때 행하는 의례가 가장 대표적인 통과의례라 할 수 있단다. 특히 성인식은 아주 중요한 통과의례라고 할 수 있는데, 그 이유는 인간이 독립된 성인으로서 공식적으로 인정받게 되는 의식이기 때문이지.

이렇게 통과의례의 절차에서 치르게 되는 의식을 입사식이라고 한다. 아빠가 왜 이렇게 어려운 이야기를 꺼내는지는 조금 참고 기다려 보면 알게 될 테니까, 지금은 설명이 좀 어렵고 이해가 되지 않더라도 그저 설렁설렁 읽고 넘어가면 된다. 이해가 안 되면 나중에 다시 읽어 보거나 우리의 친절한 친구인 백과사전과 인터넷을 활용하면 되지.

아빠는 예전에 텔레비전을 보다가 어떤 원시 부족의 성인식을 본

적이 있어. 그 부족은 남자애들이 성인식을 치를 나이가 되면(대개 12세에서 15세 무렵이지) 어머니에게서 아이를 떼어다가 숲 속에 따로 마련된 오두막으로 데려간단다. 그곳에서 그 부족이 전승해 온 신화나 그 부족의 어른으로서 알아야만 하는 내용들을 공부하게 되지. 그리고 그 의식의 마지막 날이 되면 소년들은 모두 의식에 필요한 복장을 하고는 커다란 나무 앞으로 몰려가. 그 나무에는 커다란 말벌 통이 매달려 있는데 소년들은 한 명씩 그 나무에 올라가 말벌 통을 때리고 내려오지.

그런데 말벌이 바보도 아니고 자기 집을 건드리는데 가만둘 리가 없잖아. 소년은 말벌에게 쏘이게 돼. 그것도 한두 번이 아니라 여러 번 쏘이지. 그럼 얼마나 아프고 괴롭겠니? 어떤 소년은 충격이 너무 커서 죽기도 한대. 하지만 대부분의 소년들이 그 고통을 극복하고 정신을 되찾지. 그렇게 호된 의식을 치르고 나면 그 소년은 비로소 그 부족의 성인으로 인정받게 되는 거야.

성인식은 부족마다 다 달라서 어떤 부족은 성인이 되기 위해 몸에다 구멍을 뚫기도 하고, 어떤 부족은 멀쩡한 이빨을 뽑기도 하고, 어떤 부족은 높은 바위를 맨발로 뛰어넘기도 하지. 우리가 알고 있는 스포츠 중에 번지점프라는 게 있잖아? 높은 곳에 올라가서 다리에 줄을 매고 그대로 뚝 떨어지는 짜릿한 스포츠 말이야. 그 스포츠 역시 어느 부족의 성인식에서 빌려 온 것이란다. 지금의 번지점프는 대체로 안전하다고 할 수 있지만 그 부족의 성인식은 안전과는 거리가 좀 멀어. 그래서 성인식을 잘못하다간 머리가 깨져서 죽기도 하지.

성인식 또는 입사식은 크게 세 단계로 나눌 수 있는데 그것은

①이전 사회에서 분리되는 단계, ②중간 단계, ③새로운 사회로 통합되는 단계로 구분된단다. 새로운 집단, 새로운 사회로 통합되기 위해서는 이전 단계에서 분리되어야 하고 이쪽도 저쪽도 아닌 중간 단계를 거쳐야 해. 그런데 중간 단계는 어느 쪽에도 속하지 않은 혼란스러운 단계가 되지. 그리고 그 혼란한 시기에 겪게 되는 것이 죽음과도 같은 고통이라는 것. 그것이 성인식의 특징이야.

앞에서 얘기한 부족들이 말벌에 쏘이거나, 다리에 줄을 매고 높은 나무 위에서 뛰어내리거나, 몸에 구멍을 뚫거나 하는 입사식을 하는 것은 모두 죽음에 가까운 고통을 직접 체험하기 위해서란다.

그렇다면 기독교의 입사식인 세례도 그런 것일까? 아빠가 군대에 있을 때 그 부대 안에는 침례교회가 있었어. 그래서 세례가 아닌 침례를 했지. 아빠는 성가대원이어서 침례 의식을 할 때마다 그 곁에서 찬송가를 불렀기 때문에 침례 의식을 자세히 볼 수 있었단다. 침례를 받을 대상이 된 사람은 먼저 자기 몸과 마음을 깨끗하게 하지. 이젠 세상 풍습을 따르고 마귀의 유혹을 따르는 더러운 삶이 아니라 하느님의 말씀을 따라 거룩한 삶을 살겠다고 다짐하고 의식에 참가하는 거야. 목사님은 그 사람이 세상과 벗 삼고 살았던 그 시절과 완전히 분리되었는지를 물어봐. 그럼 그 사람은 이전 사람으로서의 삶을 버렸고 새로운 삶을 살겠노라고 다짐을 하지. 그러면 목사님은 그 사람을 물로 데려가. 어떤 침례교회에서는 강이나 시냇물로 가기도 한대. 아빠가 군대에 있을 때는 커다란 목욕탕에서 침례를 했지. 목사님은 그 사람을 목욕탕 물속에 푹 담근단다. 온몸이 물속에 푹 잠기게 되는 거야. 그리고 금방 꺼내 주지도 않아. 저러다 저 사람 숨막혀 죽으면 어쩌지? 이렇게 걱정할 즈음 되면 쑥 끌어올리는 거야. 그러면 그 사람은 이제 예전 사람이 아니라 새로운 신앙을 가진 새 사람으로 인정받게 된단다.

원시 부족의 입사식과 비슷한 면이 있지? 세상과 분리된 삶을 살겠다고 결단하고, 물속에 들어가 죽음과 비슷한 고통을 경험하고, 물에서 올라오면 새로운 사람으로 태어나게 되는 거야.

이처럼 사람들이 이전 사회와 분리되어 새로운 사회로 통합하기 위해 반드시 거쳐야만 하는 의식을 입사식이라고 한단다. 아주 어려운 용어이지만 앞으로 우리 공부를 위해 반드시 알아야 하는 것이니만큼 꼭 알아 두길 바란다.

왕이 되는 입사식

자, 이제 다시 「구지가」 이야기로 돌아와 보자. 입사식이 모든 인류에게 보편적인 의례였다고 한다면 신화의 주인공들은 어땠을까? 평범한 우리 인간에게 입사식이 필요했다면 나라를 세운 위대한 인물들에게도 입사식이 필요했겠지? 그리고 그들의 입사식은 생일잔치나 돌잔치나 신입생 환영회 수준이 아니라 국가적이고 민족적인 수준의 입사식이 되어야겠지?

김수로왕이 태어난 지 열흘 만에 어른이 되었다는 내용이 기억나니? 그 내용을 본다면 김수로왕이 알에서 태어났을 때 아기였다는 것은 의심스럽지. 알에서 태어난다는 사실이 문자 그대로의 사실이 아니라고 할 때, 아기로 태어나 열흘 만에 어른이 된다는 사실도 문자 그대로의 사실이라고 보긴 어렵겠지?

　이 사건이 계락지일에 일어났다는 사실을 주목해 보자. 이 사건은 국가적인 규모의 제사를 배경으로 하고 있어. 온 국민이 모여 위대한 지도자의 탄생을 준비하는 입사식을 거행하는 거야. 입사식의 주인공은 김수로와 그 외 인물들이야. 그들은 하늘에 제사하고 입사식을 통해 국가의 왕으로 선택받기 위한 입사식을 거행하는 거지. 성인식을 마친 소년이 어른으로 대접받듯이 이런 입사식을 마치면 더 이상 평범한 사람이 아닌 국가의 지도자로 대접받게 되겠지? 김수로 왕은 입사식을 통해 이 세상을 다스릴 위대한 지혜를 갖춘 지도자로 거듭나게 되는 거란다.

　이스라엘의 지혜로운 왕이었다는 솔로몬의 이야기를 들은 적 있지? 유명한 이야기지만 솔로몬이 어떻게 지혜를 얻었는지는 사람들이 잘 몰라. 솔로몬이 왕이 되고 난 후에 소 천 마리로 번제를 드리자 하느님이 나타나시지. 그러고는 솔로몬에게 필요한 것이 무엇이냐고 묻지? 그때 솔로몬이 무언가를 달라고 했어. 그래, 지혜야. 세상을 다스리기 위해서 필요한 것은 지혜란다. 세상의 모든 질서를 확실하게 깨달아 '안' 사람만이 온전한 지도자가 될 수 있는 법이지.

　나라의 지도자가 된 사람이 계절이 어떻게 바뀌는지, 농사에 맞는 시기가 언제인지, 백성들 사이의 문제를 어떻게 해결해야 하는지 전혀 알지 못한다면 그 나라가 제대로 운영될 수 있을까? 무조건 힘만 센 사람이나 얼굴이 번지르르하게 생긴 사람이 왕이 된다면 그 나라가 제대로 발전할 수 있을까? 안 되겠지? 나라를 이끌 지도자는 진실로 모든 것을 알 만한 사람이 되지 않으면 안 된단다. 그러니 '안 다'는 사실은 무척 중요한 거야.

　나라의 지도자가 세상의 이치를 깨달아 아는 사람으로 태어나는 입사식 이야기를 상징적으로 설명하고 있는 것이 바로 김수로왕 신화의 참모습이란다. 정말 '모든 것을 아는 사람'으로 태어난 가야의 지도자, 그게 바로 '알'로 태어난 김수로왕의 비밀이라 할 수 있단다. 다른 이야기들은 어떨까? 다른 신화들을 보면서 그런 비밀들을 하나씩 확인해 보자꾸나.

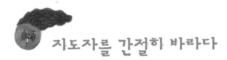

지도자를 간절히 바라다

　아빠가 「구지가」에 대해 마무리하지 않았다는 것을 깜빡 잊었구나. 「구지가」의 내용은 이제 잘 정리가 되겠지? 「구지가」는 김수로왕 신화에 수록된 노래이고, 하늘의 소리를 듣고 땅을 파며 부른 노래라는 것, 그리고 노래를 부르자 하늘에서 내려온 붉은 끈 끝에 있던 금 상자 안에 알이 들어 있었는데 거기서 태어난 것이 김수로왕이라는 이야기지.

　물론 이것은 신화에 서술된 것을 그대로 해석했을 때의 이야기이고, 그 내용의 깊은 뜻을 추적해 보자면 아마도 김수로왕이 왕이 되기 위한 입사식에서 불렀던 노래가 「구지가」일 것이라는 얘기지. 김수로가 알에서 태어났다는 것은 입사식을 통해 이 세상의 이치를 깨달아 알게 된 사람으로 거듭난 것이라고 해석할 수 있다는 얘기도 했지? 그래서 "거북아, 거북아, 머리를 내놓아라."라는 노래는 결국 '신이시여, 신이시여, 우두머리를 보내 주십시오.'라고 해석할 수 있다는 얘기도 했지?

그런데 묘한 것은 그 뒷부분이야. 만약에 내놓지 않으면 불에 구워 먹겠다고? 신에게 기원을 하는데 이런 협박을 해도 되는 것일까? 우리가 신에게 기도하면서 이렇게 협박을 하기도 하나? 아빠는 그런 적이 있단다.

아주 어렸을 때 아빠의 기억이란다. 어머니가 많이 편찮으셨어. 그러니까 너희 할머니 말이다. 할머니가 지금은 아주 건강해 보이지만 아빠가 어렸을 때는 자주 편찮으셨단다. 몸이 아파 이불을 덮어쓰고 누워 계신 어머니를 곁에서 지켜보는 어린 아들의 심정이 어땠을까? 혹 어머니가 이렇게 끙끙 앓다가 돌아가시는 것은 아닐까 싶어서 어떤 때는 어머니 몰래 가슴에 손을 얹거나 귀를 대 보기도 했단다.

죽음에 대한 두려움, 이별에 대한 두려움, 혼자 남겨진다는 것에 대한 두려움 등등이 아빠의 어린 시절을 무척 크게 차지하고 있지. 아무튼 그렇게 어머니께서 편찮으실 때면 난 기도를 했지.

'하느님, 우리 엄마 좀 낫게 해 주세요. 하느님, 우리 엄마 안 죽게 해 주세요. 하느님, 우리 엄마 더 아프지 않게 해 주세요.'

그렇게 기도를 해도 어머니는 낫지 않았지. 계속 열이 오르고 신음 소리가 그치지 않았어. 아무리 기도를 해도 하느님은 내 기도를 들어주시지 않는 거야. 그럼 어떻게 되는지 아니? 아빠는 아주 어리석은 기도를 했단다.

'하느님, 만약 우리 엄마 병을 낫게 해 주지 않으면 난 이제부터

하느님 안 믿을 거예요.'

얼마나 어머니께서 많이 편찮으셨으면, 몸이 아픈 어머니 옆에 얼마나 오래 혼자 앉아 기다리고 있었으면 이런 기도를 했을까? 그 어린애가 말이야. 참 딱하지?

그런데 옛날 사람들도 그랬던 것일까? 신에게 뭔가를 기원하는 것이 간절하면 간절할수록 그 기원은 오히려 신을 협박하는 방식으로 표현되었던 모양이다. 그러니 만약 내놓지 않으면 불에 구워 먹겠다고 협박하는 방식으로 기원을 했겠지.

어떤 사람은 불에 굽는다는 것이 '번제'를 의미한다고 보기도 해. 신에게 제물을 불살라 제사하는 것을 번제라고 하잖아. 제물을 불태워 제사하는 의식을 표현하는 '번(燔:불에 굽는다)'이라는 글자가 들어가니까 나중에 사람들이 앞에서 노래한 거북이와 연관해서 '먹는다'는 의미의 '끽(喫:먹다)'이라는 글자를 첨가한 것이라고 보기도 하지.

아무튼 「구지가」의 뒷부분은 신에 대한 기원이 얼마나 강렬한지를 보여 주는 거야. "이렇게 간절히 원하오니, 신이시여, 우리에게 왕을 내려주소서." 하고 비는 거지.

김수로가 왕이 된 얼마 후 인도 아유타국에서 허황옥이라는 공주가 배를 타고 와서는 김수로왕과 결혼하여 왕비가 된단다. 어떤 사람들은 허황옥 공주가 실제 인도 사람이라 생각하고 인도와의 문명 교류를 이야기하기도 하지만, 이 이야기 또한 반드시 문자 그대로 받아들일 필요는 없다고 본다. 상징성이 강한 신화를 문자 그대로 해석하는 일은 늘 경계해야 하기 때문이지. 가야와 인도의 교류가 역사적 사실이라면 그것을 가야의 왕 김수로와 인도의 공주 허황옥의 결혼이라는 방식으로 표현했을 수 있다. 두 나라 사이의 문명 교류를 왕과 왕비의 결혼으로 표현하는 것처럼 적절한 방법은 없을 것 같으니 말이다.

아무튼 『삼국유사』「가락국기」에 따르면 허황옥은 157세에 죽었고, 김수로왕은 왕비가 죽은 뒤 몹시 슬퍼하다가 10년 후 158세에 죽었어. 「구지가」를 통해 하늘에서 '알'로 내려온 김수로왕도 아빠처럼 아내를 많이 사랑하던(엄마가 인정할지는 모르나) 평범한 남자였나 봐.

지금까지 우리는 아주 오랜 옛날 가야에 살았던 사람들의 노래인 「구지가」를 읽어 봤단다. 짧기도 하고 좀 웃기기도 한 노래 안에 굉장히 많은 이야기들이 담겨 있다는 것을 알 수 있었지. 앞으로 아빠가 들려주는 옛날 노래에는 더 많은 이야기들이 들어 있단다. 옛사람들의 노래나 이야기를 듣고 읽을 때마다 우리는 그 속에 담긴 다양한 삶의 모습과 사연들을 알 수 있게 되겠지. 타임머신을 타지 않고도 우리는 과거의 어느 시절에 이 땅에 살면서 웃고 울고 이야기하며 살았던 우리와 같은 사람들을 만날 수 있게 되는 거란다. 그러면 지금 우리가 여기에서 어떤 삶을 살고 있는지 돌아보는 좋은 기회가 될 거야. 먼저 살펴본 「구지가」에서는 옛사람들이 지도자를 세우는 방식을 알게 되었지. 신에게 기원하여 지도자를 얻었다고 확신한 사람들은 얼마나 기뻤을까? 또 지혜로운 지도자를 중심으로 열심히 살고자 했던 조상들을 생각해 보자꾸나.

더 생각해 볼 문제

1. 우리가 신화를 배우는 이유는 무엇일까?

2. 신화의 내용을 문자 그대로 받아들여서는 안 되는 이유가 무엇일까?

3. 「구지가」에서 기원의 대상이 된 신은 어떤 존재일까?

4. 현대인들이 소원을 비는 방식이나 대상은 어떠한가?

5. 사람들은 누구나 배우지 않아도 신에 대해 알 수 있는 것인가?

끝없는 이야기

금지와 금기

아빠가 어렸을 때 굉장히 좋아하던 구경거리가 하나 있었지. 아빠가 살던 동네는 지금 모두 변해서 굉장한 번화가가 되었지만 예전에는 무척 가난한 사람들이 모여 사는 동네였단다. 그 동네에서 그래도 제법 큰 곳이 기차역이었지(지금은 전철역이 되었지만 그때는 기차역이었어). 그리고 역 앞에는 커다란 공원이 있었지.

고전문학을 공부하다가 말고 별안간 무슨 소리냐고? 기다려 봐. 원래 공부라고 하는 것은 그렇게 후딱후딱 넘어가면 안 되는 법이란다. 맛있는 음식도 그렇잖아? 천천히 야금야금 먹어야 그 맛이 더 나는 법이지. 공부도 그래. 천천히 야금야금 해야지.

아무튼 그 역 앞으로 다시 돌아와 보자. 그 역 앞에 가면 아빠가 좋아하는 구경거리가 있었어. 그게 뭐냐 하면 바로 약장수란다.

약장수 아저씨들은 역 앞에 가끔씩 찾아와서 약을 팔았지. 약국이 없었느냐고? 물론 있었지. 하지만 그 아저씨들이 파는 약은 약국에서 팔 수 있는 그런 합법적인 약이 아니었던가 보다. 그런데 그런 약을 파는 게 뭐 그리 좋은 구경거리냐고? 그 아저씨들이 그저 약만 판 게 아니거든. 그 아저씨들은 약을 팔기 전에 맨손으로 돌멩이를 깨기도 하고, 깨진 유리병 위를 맨발로 걷기도 하고, 커다란 솜방망이에 불을 붙여서는 입으로 꿀꺽 삼키기도 했지. 그러니 그 구경이 얼마나 재미있었겠니?

그 아저씨들이 약을 팔기 전에 왜 그런 쇼를 했는지 궁금하지? 우리가 어디 아플 때면 약을 사서 먹잖아? 그때 우리는 약의 효능이나 복용법에 대해서 그 약을 만든 회사를 믿고 구입하는 거잖아. 그런데 그 약장수 아저씨들이 파는 약은 믿을 만한 회사가 아닌 곳에서 만든 약인 거야. 알 수 없는 곳, 알지도 못하는 사람들이 누구의 허가를 받아 만들고 파는지도 모르는 약인 거지. 그러니 그 약의 효과도 믿을 수가 없지. 하지만 약을 파는 아저씨들은 사람들이 약효를 믿어 줘야만 팔 수 있는 거잖아. 아저씨들이 불을 삼키고 깨진 유리병 위를 걸어가는 것은 사람들을 많이 불러 모으는 효과도 있지만 결국은 모두 약의 효능을 믿어 달라고 호소하는 것이란다.

그런데 그 약장수 아저씨들이 하는 쇼 중에서 제일 재미있는 게 뭔지 아니? 그건 언제나 맨 마지막 부분에 나오는 쇼란다. 마지막 프로그램, 그것은 매번 조금씩 다르지만 대개 아주 충격적인 경우가 많지. 깨진 맥주병 위에 드러누운 아저씨의 배 위로 트럭이 지나간다거나, 맨몸인 채로 누운 아저씨의 배 위에 커다란 돌덩어리를 얹어 놓고 무시무시한 망치로 내리쳐서 깨뜨린다거나 하는 충격적인 장면이 펼쳐지지. 그리고 그런 무시무시한 쇼가 시작되기 전에 아저씨들은 꼭 예고편 방송처럼 안내를 해 준단다.

"자, 이제부터 오늘의 최고 묘기를 보여 드립니다."

그러면 우리는 모두 바짝 긴장한 채, 허연 배를 드러내고 아스팔트 위에 누워 있는 아저씨와 그 옆에서 부릉부릉 시동을 켜고 있는 트럭을 불안한 눈으로 바라보게 되지. 이제 저 트럭이 아저씨의 배 위로 지나갈 것이다. 그럼 저 아저씨의 배는 어떻게 될까? 펑 터지고 말까, 아니면 등에 온통 유리가 박히게 될까? 온갖 끔찍한 그림이 눈앞에 그려지지.

왜 사람들은 그런 잔인한 것을 좋아하는 것일까? 사람들이 모두 악해서 그런 걸까? 누가 꽃에 더 물을 잘 주는지, 누가 더 예쁘게 말하는지를 구경하러 모이는 사람은 아무도 없어. 그런데 이상하게도 그렇게 위험천만한 구경거리를 보려고 모이는 사람은 많이 있단다. 사람은 근본적으로 조마조마한 상황을 즐기는 묘한 속성을 가지고 있는 걸까? 아무튼 이런 아슬아슬한 순간에 아저씨들이 꼭 하는 말이 있는데 그게 뭔지 아니?

"애들은 가라, 애들은 가."

아빠가 많은 약장수 아저씨들의 쇼를 구경했는데, 그 아저씨들은 저마다 다른 쇼를 했지만 거의 대부분 마지막 단계에서 하는 말은 한결같았지.

"애들은 가라, 애들은 가."

그런 말을 들으면 애들은 모두 갔을까? 너라면 갔겠니? 아저씨 배

위로 트럭이 지나갈 판인데 "애들은 가라."고 한다 해서 "100퍼센트 순종합니다." 하며, 두말없이 일어나 집으로 돌아가는 아이가 있었을까? 아무도 그 말에 순종하지 않았단다. 물론 아빠도 가지 않았지. 오히려 더 눈을 크게 뜨고 구경꾼들 곁에 비집고 앉았지.

"애들은 가라."는 그 말은 오히려 더 많은 구경꾼들을 끌어모으는 힘을 가지고 있었단다. 왜 그랬을까? 왜 사람들은 가라고 하는 말을 들으면 더 끌리는 마음이 들까?

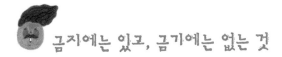

금지에는 있고, 금기에는 없는 것

사람들은 이상하게도 하지 말라고 하는 것은 자꾸만 더 하려고 하는 경향이 있단다. 성경에 나오는 인류의 조상 아담과 하와도 그랬어. '선악을 알게 하는 나무의 열매만은 절대로 따 먹어서는 안 된다.'라는 단순한 명령을 어기고 말잖아. 하지 말라고 하는 것에 묘하게 끌리는 본성은 인류의 DNA를 통해 유전된 것인지도 모르겠다.

약장수 아저씨들이 "애들은 가라."고 외칠 때 사람들은 어떤 반응을 보였을까? 절대로 순순히 따르지 않고 더 덤벼들었지. 그 약장수 아저씨들은 약을 팔기 위해 인간의 본능을 적절히 잘 활용한 셈이야.

그런데 '하지 말라'는 것에는 두 가지 종류가 있어. 그것을 '금지'와 '금기'로 나눌 수 있지. 금지라는 말과 금기라는 말은 어떻게 다를까? 물론 글자 자체가 다르기도 하지만 가장 큰 차이점은 '합리성'에 있어. 합리성이라고 하는 말은 좀 어려운 말이지? 좀 쉽게 설명해 볼까? 예를 들어 우리는 빨간색 신호등 앞에서는 길을 건너지 않잖아. '빨간 신호 앞에서는 건너지 마시오.' 이것은 금지야. 여기에는 분명한 이유가 있지. 건너면 죽습니다, 차에 깔릴 수 있습니다, 이건 우리 사회의 약속이니까 건너면 안 됩니다 등등의 합당한 이유가 있어.

하지만 금기는 어떨까? 금기에는 어떤 합당한 이유가 없단다. 혹시 「소돔과 고모라」이야기의 한국판 이야기 알고 있니? 잘 모르지? 사람들이 「소돔과 고모라」이야기는 많이 알고 있지만 「장자못 전설」에 대해서는 잘 모르는 것 같더구나. 「장자못 전설」은 우리나라 전 지역에 퍼져 있는 전설인데 대략 다음과 같은 내용이란다.

옛날 어느 마을에 굉장한 부자가 살고 있었어. 그렇게 잘사는 사람을 점잖게 이르는 말이 '장자(長者)'야. 그런데 이 장자는 무척 인색한 사람이었지. 스크루지 영감이나 자린고비나 옹고집이나 놀부처럼 말이야. 하루는 장자네 집에 한 스님이 시주를 받으러 왔어. 시주란 자비심을 가지고 아무런 조건 없이 절이나 승려에게 음식이나 물건을 베풀어 주는 것을 말해. 그런데 자비심이 없는 이 인색한 장자가 시주를 했을까? 당연히 안 했을 것 같지?

우리의 예상을 깨고 이 장자는 시주를 했단다. 옛날에 스님들이 시주를 받으러 오면 쌀이나 보리 등의 곡식을 주는 것이 일반적이었어. 쌀이나 보리는 지금의 돈과 마찬가지니까. 그런데 이 장자는 소똥을 한 바가지 퍼서 스님이 가지고 온 자루에다가 넣어 줬단다. 누가 내 옷에 일부러 소똥을 바른다고 해도 화가 날 판인데 이 스님은 시주를 받아야 하는 자루에 소똥을 받았으니 얼마나 화가 났을까?

그런데 이 스님은 인품이 아주 훌륭한 분이었나 봐. 전혀 화를 내지 않고 조용히 집을 나섰지.

한편 그 인색한 장자네 집에는 마음씨 착한 며느리가 살고 있었단다. 그 며느리는 시아버지의 충격적인 만행을 보고는 스님에게 너무 죄송하고 부끄러워서 남몰래 스님 뒤를 따라가 백배사죄했어. 그러고는 소똥을 버려 주고 대신 쌀을 한 바가지 넣어 주었지. 그런데 스님이 고맙다고 하고는 이런 말을 하는 거야.

"내일 이맘때 비가 오기 시작하거든 저 뒷산으로 빨리 도망가십시오. 그러지 않으면 큰 화를 당하게 될 것입니다. 그런데 산으로 도망갈 때 무슨 일이 있어도 절대 뒤를 돌아보아서는 안 됩니다."

그 이튿날 그 시각이 되자 정말 비가 오기 시작하네. 며느리는 스님의 말대로 뒷산으로 뛰기 시작했단다. 그런데 산 중턱쯤 왔을까? 갑자기 뒤쪽에서 천둥 치는 소리가 요란하게 들리는 거야. 며느리는 절대 뒤를 돌아봐서는 안 된다는 스님의 말을 어기고 그만 뒤를 돌아보았단다. 그 천둥 벽력 소리는 인색한 장자의 집을 심판하는 소리로, 장자네 집은 무너져 내리고 그 자리는 커다란 못(물웅덩이)이 되어 버렸지. 그리고 뒤를 돌아본 며느리는 그 자리에서 커다란 돌이 되어 버렸단다.

어때, 어디서 많이 들어 본 이야기 같지? 스님을 천사로 바꾸고, 장자를 소돔과 고모라 성 사람들로 바꾸고, 며느리를 롯과 그의 아내로 바꾸면 「소돔과 고모라」 이야기와 다를 바 없는 이야기가 되지? 어떻게 된 일일까? 「소돔과 고모라」 이야기가 오랜 세월 동안 사람들의 입을 거쳐 한국에까지 전파된 것일까? 아니면 실제 한국에서도 「소돔과 고모라」 이야기 같은 사건이 일어난 것일까? 아빠가 지금 이 이야기를 해 준 이유는 거기에 있는 것이 아니니 그 이야기는 나중에 하자. 여기서 문제! 이 이야기에서 금기는 무엇일까?

금기가 깨진 곳에서 다시 태어나는 이야기

아빠가 낸 문제의 답을 알겠니? 자, 합리적이지 않은 금지를 찾아보면 되겠지? 스님이 며느리에게 어떤 일이 있어도 뒤를 돌아보지 말라고 했지? 그런데 왜? 이유가 뭐지? 이유가 있나? 없지? 그저 돌아보지 말라고 한 거야. 며느리도 "왜요?" 하고 묻지도 않았어. 결과도 알려 주지 않았어. 만약 스님이 "뒤를 돌아보면 천벌을 받아 돌이 될 것입니다."라고 친절하게 설명해 줬다면 그 며느리는 뒤를 돌아보지 않을 수도 있었겠지.

금기에는 어떤 합리적인 이유도 없고 결과에 대한 예측도 없어. 그냥 주어지는 거야. 그리고 금기를 주는 쪽이나 받는 쪽이나 거기에 대해 아무런 이의도 없지.

「소돔과 고모라」 이야기를 볼까? 천사들이 롯에게 절대로 뒤를 돌아보지 말라고 하잖아. 그런데 그에 대해 롯이 뭐라고 물어보기는 했나? 그렇지 않지. 롯은 그 금기에 대해 아무런 이의 제기도 하지 않아. 만약 천사가 "뒤를 돌아보면 안 됩니다. 만일 뒤를 돌아보게 되면 당신은 그 즉시 소금 기둥이 될 것입니다. 그것은 바로 뒤를 돌아보는 순간 하느님이 심판하는 현장을 목격하는 것이 되는데, 이는 인간의 권한 밖의 일로써 하느님의 말씀에 과감히 도전한 행위로 인정되는 바, 그 죄에 해당하는 것은 천국 규칙 몇 조 몇 항에 의해 그 즉시 자신의 신체와 같은 크기의 소금 기둥으로 변하게 되도록 정해져 있기 때문입니다. 헉헉." 하고 설명했다면 또 얘기가 달라졌겠지. 하지만 천사는 아무런 이유도 설명하지 않았어.

이런 금기는 우리가 알고 있는 이야기의 곳곳에서 발견할 수 있지. 우리가 읽거나 들어서 알고 있는 이야기 중에도 뜻밖의 많은 금기들이 숨어 있단다. 「페리자드와 세 가지 보물」에서는 무슨 소리가 들려도 절대 뒤를 돌아보지 말라는 금기가, 「해와 달이 된 오누이」에는 누가 찾아와도 절대로 문을 열어 주지 말라는 금기가, 「잠자는 숲 속의 공주」에서는 열여섯 살이 될 때까지 절대 물레 가까이 가지 말라는 금기가, 「구렁덩덩 신선비」에서는 아무에게도 구렁이 허물을 보여 주지 말라는 금기가, 「우렁 각시」에서는 절대로 목욕하는 것을 엿보지 말라는 금기가, 「나무꾼과 선녀」에는 아이 셋을 낳을 때까지 날개옷을 보여 주지 말라는 금기가 들어 있지.

아빠가 여기에서 말하지 못한 수많은 이야기 안에도 다양한 금기가 들어 있단다. 금기에 대해 더 많은 것이 궁금하다면 영국의 인류학자 프레이저가 쓴 『황금가지』라는 책을 읽어 보면 된다. 엄청나게 두꺼워서 읽기 전에 질릴 수도 있지만 그다지 어려운 내용은 없

●『황금가지』 영국의 인류학자 제임스 조지 프레이저가 쓴 신화와 종교에 대한 책. 1890년 처음 출간되었으며, 종교를 문화적 관점에서 접근한 책이다.

단다. 여러 민족의 민속과 종교적 활동이 나열되어 있는 책이지. 아주 대단한 사람이 엄청난 작업을 했다고 감탄할 수밖에 없는 놀라운 책이란다. 종교와 신화와 문학을 공부하는 모든 사람의 필독서라고 할 수 있지. 물론 지금 당장 너희들이 읽기에는 좀 부담스러울 수도 있으니 너무 욕심을 내지는 마라.

금기에 대한 이야기를 마무리하면서 한 가지 재미있는 이야기를 덧붙일까 한다. 모든 금기에는 하나의 규칙이 있단다. 그게 뭘까? 그건 바로 '금기는 깨지게 되어 있다.'는 거야. 아주 특이한 일인데 모든 금기는 깨지게 마련이란다.

앞에서 아빠가 예로 든 이야기들을 봐. 「페리자드와 세 가지 보물」 이야기에서 페리자드의 오빠들은 모두 뒤를 돌아봐서 돌이 되고 말지. 「해와 달이 된 오누이」 이야기에서 오누이는 엄마가 준 금기를 깨고 문을 열어서 호랑이에게 쫓기게 되지. 「우렁 각시」 이야기에서 우렁 각시를 맞이한 총각은 금기를 어기고 우렁 각시가 목욕하는 장면을 몰래 엿보다가 우렁 각시를 잃게 되지. 「잠자는 숲 속의 공주」 에서는 금기를 어긴 공주가 결국 물레 바늘에 찔리지. 「나무꾼과 선녀」 이야기의 주인공인 나무꾼은 선녀에게 날개옷을 내주는 바람에 가족과 헤어지게 되지.

금기가 등장하는 모든 이야기에서 결국 그 금기는 깨지게 마련이란다. 아담과 하와도 선악과를 따 먹고 말잖아. 하지만 금기가 깨지는 곳에 '새로운 이야기'가 있지. 금기가 깨지지 않으면 새로운 이야기는 창조되지 않는단다. 아담과 하와가 선악과를 따 먹었기 때문에 그 이후 인간의 역사가 진행되는 거지. 페리자드의 오빠들이 뒤를 돌아봤기에 페리자드가 이야기의 주인공이 될 수 있어. 오누이가 호랑이에게 문을 열어 주지 않았으면 동아줄을 타고 올라가 해와 달이 되지는 못했겠지. 금기가 깨지는 곳에서 새로운 이야기가 전개된다고나 할까. 모든 이야기의 금기는 그것이 깨짐으로써 결국 새로운 세계를 열어 가는 구실을 한단다.

그런데 아빠는 금기가 있는데도 깨지지 않는 이야기를 하나 보게 되었단다. 일본 애니메이션 중에 〈센과 치히로의 행방불명〉이라는 거 있잖아. 거기에 보면 치히로와 친구가 된 하쿠가 치히로를 떠나보내면서 금기를 전해 주잖아. 마을을 벗어날 때까지 절대 뒤를 돌아보지 말라고 말이야. 우리가 아는 대로라면 치히로는 마지막 순간에 뒤를 돌아봐서 금기를 깨야겠지. 하지만 금기는 깨지지 않고 치히로는 무사히 자기 부모님께 돌아가지? 만약 치히로가 뒤를 돌아봐서 금기를 깼다면 어떻게 되었을까? 〈센과 치히로의 행방불명 2〉가 나왔겠지, 뭐.

자, 이야기에서 발견되는 금기가 무엇인지 또 그것이 언제 어떻게 깨지고 그 후로 어떤 새로운 이야기가 전개될지 기대하면서 이야기를 읽어 보자. 그럼 이야기를 읽는 우리의 시야가 조금 더 넓어질 거야.

그와 더불어 우리가 살아가는 지금의 현실에는 어떤 금기들이 있는지 살펴보자. 어떤 사람들은 이야기 속의 금기는 그것이 깨짐으로써 새로운 이야기가 만들어지지만 현실 속에 존재하는 금기들은 모두 나름대로의 이유가 있는 것이라고 본단다.

우리 민속에는 특히 임신과 관련한 금기들이 무척 많지. 임신한 여자들이 먹어서는 안 되는 음식이라든가 해서는 안 되는 말이나 행동 등 이루 헤아릴 수 없는 금기들이 있지. 그중에는 어찌 보면 무척 황당하고 비합리적이어서 허탈한 웃음이 나오는 것들도 있어. 예를 들어 임신한 여자가 욕을 해서는 안 된다는 것은 금기라기보다는 태교로 볼 수 있지만, 임신한 여자가 오징어를 먹으면 안 된다는 것은 좀 황당하게 들리지. 임신한 여자는 화로를 뛰어넘어서는 안 된다거나 줄을 넘어서는 안 된다는 등의 금기 사항들은 좀 엉뚱한 이야기처럼 들린단다. 하지만 임신에 대한 금기가 엄청나게 많다는 사실을 가만히 되새겨 보면 그만큼 새로운 생명의 잉태와 탄생에 대한 사람들의 관심이 높다는 사실, 그리고 임신부뿐만 아니라 모든 가족이 임신과 출산에 협조해야 한다는 사실을 전하려는 의도를 가진 것이라 볼 수 있단다.

이렇게 금기는 때로 우리가 살아가는 세상의 덕목과 질서를 보호하기도 하고, 그 의미가 무엇인지 깊이 생각하게 하는 기능도 하고 있단다. 물론 우리가 계속 살펴볼 고전문학에서도 아주 중요하고 말이야.

더 생각해 볼 문제

1. 우리가 일상생활에서 찾을 수 있는 금기에는 어떤 것이 있을까?

2. 우리가 알고 있는 이야기에서 금기를 찾아보자.

3. 위에서 찾은 금기는 어떻게 깨지게 되고, 그 결과 어떤 일이 일어나는지 알아보자.

4. 금기와 미신은 어떤 차이가 있는지 생각해 보자.

도전! 단군 신화 1

단군 신화에 도전해 보자. 왜 '도전'이라는 표현을 쓰냐고? 동화처럼 구성된 이야기만 읽을 것이 아니라 정말 단군 신화가 우리가 알고 있는 이야기와 똑같은지 한번 확인해 보자는 거지. 그러기 위해서 단군 신화가 가장 잘 서술되어 있는『삼국유사』를 읽어 보는 거다.

『삼국유사』는 고려 시대의 일연이 쓴 책이지. 고려 시대에는 한글이 있었을까? 당연히 없었다. 그러면『삼국유사』는 어떤 문자로 쓰였을까? 당연히 한자로 쓰였지. 그러니 단군 신화에 도전한다는 얘기는 무슨 뜻이지? 그렇다. 한자로 된 단군 신화 원본에 도전하자는 얘기다. 한문 원문을 읽거나 한자를 해석하는 일은 매우 어려운 일이긴 하지만, 뭐 그래 봤자 인간이 만든 문자 아니겠니? 두려울 것 없다.

우선 아빠가 한문 원문과 더불어 그 뜻을 우리말로 옮기는 방식으로 이야기를 해 볼게. 너희들이 좀 더 자라서 한자를 어렵지 않게 읽을 수 있게 되면 그때 아빠랑 같이 다시 읽어 보면 더 좋을 것 같구나.

고기에 이르기를

단군 신화는 이렇게 시작된다.

古記云 昔有桓因庶子桓雄 數意天下貪求人世
(고기운 석유환인서자환웅 삭의천하탐구인세)

고기에 이르기를, 옛날에 환인의 서자 환웅이 있어서 자주 천하에 뜻을 두고 인간 세계를 탐내어 구하였다.

古: 옛 고, 記: 쓸 기(기록한다는 뜻), 云: 이를 운(말한다는 뜻)
昔: 옛 석, 有: 있을 유, 桓: 굳셀 환, 因: 인할 인(말미암다. 원인이 되다)
庶: 여러 서, 子: 아들 자, 桓: 굳셀 환, 雄: 수컷 웅 또는 뛰어날 웅
數: 셀 수 또는 자주 삭, 意: 뜻 의, 天: 하늘 천, 下: 아래 하
貪: 탐낼 탐, 求: 구할 구, 人: 사람 인, 世: 누리 세

실제 '고기'라는 책이 있었는지 아니면 단순히 '옛 기록'이라고 봐야 하는지는 정확하지 않단다. 아빠는 그냥 문맥의 흐름이 자연스럽

도록 저렇게 번역했단다. '옛 기록에 이르기를'이라고 번역하면 뒤에 다시 '옛날에'가 나와서 중복되니까 좀 어색한 느낌이 들어서 말이지.

여기서 환인은 하늘에 사는 하느님과 같은 존재라고 보면 되겠다. 환웅은 하느님의 아들이 되겠지. '환'은 우리 고대어에서 '신'을 의미하는 '한'의 한자어 표기라 보고, 그 뒤에 붙은 '인'은 원인을 나타내는 의미라고 해석하는 사람들도 있단다. 즉, 환인이란 '세계의 모든 원인이 되는 신'이라는 뜻이라고 말이다. 환인이 하느님이든 신이든 불교의 제석(하느님의 불교적 명칭)이든 그 정체를 밝히는 것은 이 글의 목적이 아니니 계속 읽어 보자.

서자는 뭘까? 대개 서자라는 말은 본부인이 아닌 다른 여자가 낳은 자식을 가리키는 말인데 그럼 환웅이 환인의 사생아라는 말일까? 하느님이 사생아를 낳았다는 뜻일까? 아니란다. 여기서 서자라는 것은 여러 아들 중 하나를 뜻하지. 아빠 생각으로는 아마 막내가 아닐까 싶다. 우리가 아는 많은 이야기에서 막내가 주인공인 경우가 많잖아. 러시아 민담에 자주 등장하는 바보 이반은 대부분 막내아들이지. 모든 신들의 우두머리가 된 제우스도 원래는 막내였어. 외모가 멋진 형들을 제치고 이스라엘을 통합한 다윗 왕 역시 막내아들이었고. 대부분의 설화에서 공주를 구하거나 용을 물리치는 인물들은 대체로 힘이 없고 가진 것 없는 막내인 경우가 많단다. 왜 그럴까? 많은 문학 작품에서 주인공이 막내인 이유는 무엇일까? 이 부분에 대한 설명은 나중에 다시 할 테니 여기에서는 그냥 궁금증만 안고 가기로 하자.

원문의 글자 중에 '數'라는 글자는 좀 특이하지. 이 글자는 두 가지 뜻과 소리를 가지고 있단다. 가장 흔하게는 '셈 수'라고 하지. 數學 (수학)이라고 할 때의 그 수야. 하지만 이 문장에서는 '자주 삭'으로 읽어. '자주'라는 뜻을 가지고 있고 '삭'이라고 읽어야 한다는 거야.

한자는 이렇게 한 글자가 다른 뜻과 소리를 가지고 있는 경우가 종종 있어. 예를 들면 '樂'의 경우가 그렇지. '樂'은 '즐거울 락', '음악 악', '좋아할 요'의 세 가지 뜻과 소리를 가지고 있어. '快樂(쾌락)을 즐긴다'고 할 때는 즐거울 락, '音樂(음악)이 아름답다'고 할 때는 음악 악, 산을 좋아한다는 뜻의 '樂山(요산)'이라고 할 때는 좋아할 요.

이렇게 한 글자의 한자가 서로 다른 뜻과 음으로 활용되는 문자를 '전주 문자'라고 해. 한자를 공부할 때 알아야 할 기본적인 사항으로 '육서(六書)'*라는 게 있어. 육서란 한자가 만들어진 여섯 가지 방법을 설명하는 것인데, 여기에는 '상형, 회의, 형성, 지사, 전주, 가차'의 여섯 가지 방법이 있단다. 이중에서 '樂'처럼 한 글자의 한자가 서로 다른 뜻과 소리로 활용되는 것을 전주라고 하지.

'數'도 마찬가지란다. 이 녀석은 평소에 셈을 한다는 뜻으로 쓰여서 '수'로 읽지만, 어떤 때에는 '자주'의 뜻으로 쓰고 '삭'으로 읽지. 지금 이 경우가 그래. 그러니 이 부분의 해석은 '자주 천하에(하늘 아래에, 그러니 세상이 되겠군) 뜻을 두고 인간 세상을 탐내어 구하였다.' 라고 할 수 있지.

● 六書(육서)

상형 그 물체가 그림으로 나타난 것. 예) 해 → 日, 달 → 月

지사 보아서 곧 그 글자의 뜻을 알 수 있는 것. 예) 위 → 上, 아래 → 下

회의 두 글자를 합해 한 글자를 만들되, 그 두 글자의 뜻이 합해져 한 글자의 뜻이 이룩된 것. 예) 사람[人] + 말씀[言] → 믿다[信]

형성 두 글자를 합해 한 글자를 만들되, 반은 뜻을 표시하고 반은 음을 표시한 것. 예) 물[水] + 하[可] → 물 하[河]

전주 새로운 사물과 개념이 생길 경우 새 문자를 만들지 않고 이미 있는 문자의 뜻을 확대하여 사용하는 것. 예) 樂 : 음악 악, 즐거울 락, 좋아할 요

가차 이미 있는 글자 중 음이나 형태가 비슷한 글자를 빌려 새로운 사물을 표현하는 방법. 예) 아시아 → 亞細亞

신의 아들이 인간 세상을 탐내다

다시 한 번 정리해 볼까?

고기에 이르기를, 옛날에 환인의 아들 환웅이 있었는데 자주 천하에 뜻을 두고 인간 세상을 탐내어 구하였다.

이게 무슨 소리일까? 환인의 아들인 환웅이 인간 세상에 마음을 많이 두고 있었다는 거야. 인간 세상에 대한 애정과 욕심이 있었다는 거지. 그러니 어쩌겠니? 인간을 무척이나 사랑한 환웅이 이 세상에 직접 내려와야겠지? 그런데 환웅이 세상에 내려오기 전에 어떤 일을 했는지 살펴볼 필요가 있어.

아들이 관심을 두고 있는 세상을 아버지가 무심하게 바라보면 안 되겠지? 환인은 아들 환웅이 마음에 두고 있는 세상을 어떻게 했을까? 단군 신화 다음 부분을 보자.

父知子意 下視三危太伯 可以弘益人間 乃授天符印三個 遣往理之
(부지자의 하시삼위태백 가이홍익인간 내수천부인삼개 견왕리지)

父:아비 부, 知:알 지, 子:아들 자, 意:뜻 의
下:아래 하, 視:볼 시, 三:석 삼, 危:위태로울 위, 太:클 태, 伯:맏 백
可:옳을 가, 以:써 이, 弘:넓을 홍, 益:더할 익, 人:사람 인, 間:사이 간
乃:이에 내, 授:줄 수, 天:하늘 천, 符:부적 부, 印:도장 인, 三:석 삼, 個:낱 개
遣:보낼 견, 往:갈 왕, 理:다스릴 리, 之:어조사 지

여전히 암호처럼 보이겠구나. 하지만 잠시만 참고 아빠의 해석을 따라와 보기 바란다. 아빠도 아직 한문을 읽는 재미가 뭔지는 잘 모른단다. 그저 한문 문장을 끙끙거리며 해석하다 보면 뭔가 큰일을 해낸 것 같은 느낌을 받긴 하지만 그것이 곧 재미인지 어쩐지 어찌 알겠냐?

앞에서 환인의 아들인 환웅이 인간 세상에 뜻을 두고 탐냈다는 얘기를 했지? 그러자 아버지 환인이 그 사실을 알게 되었지. 아빠도 너희들이 뭔가 먹고 싶은 게 있거나 갖고 싶은 게 있으면 금방 알아내잖아? 아버지는 자식들이 원하는 것을 알기 마련이란다. 환인도 마

찬가지였나 봐. 그러니까 아버지가 아들의 뜻을 알았다고 하지. 아버지 환인이 아들 환웅이 인간 세상을 탐내고 있다는 것을 알았다는 이야기야. 그래서 어떻게 했을까?

이 부분을 해석하는 두 가지 방법이 있는데 '삼위태백'을 어떻게 해석하느냐에 따라 다르단다. 사람들은 일반적으로 삼위태백을 그냥 '세 개의 봉우리를 가진 태백산'이라고 생각해. 하지만 아빠의 선생님의 선생님(복잡하지?)께서는 삼위태백을 따로 나누어 해석하셨지. 그래서 이렇게 두 가지 버전으로 해석할 수 있단다.

1. 아래로 삼위태백(태백산)을 내려다보니
2. 아래로 태백(태백산)에서 세 가지 위태로움을 보고

일반적으로는 첫 번째 해석을 따르지. 아버지 환인이 아들 환웅의 뜻을 알고 인간들이 살고 있는 태백산을 내려다본 거야. 그랬더니……

'可以(가이)'라는 표현은 '무엇을 할 수 있다'는 뜻이야. 또 '人間(인간)'이란 단어는 예전부터 '人生世間(인생세간)'의 줄임말로 쓰였지. 인생세간이라는 것은 인간들이 모여서 사는 이 세상을 가리키는 거야. 예전에는 인간이라는 단어가 곧 사람을 가리키는 말이 아니었다는 거지. 그래서 이 부분을 해석하면 다음과 같이 된단다.

널리 인간 세상을 이롭게 할 만하였다.

아버지가 아들의 뜻을 알고 아들이 관심을 갖고 있는 인간 세상이 어떤 곳인가 싶어 태백산을 내려다보니까 인간 세상을 널리 이롭게 할 만한 곳이었다는 거야.

그러니 이 단군 신화의 내용을 잘 생각해 봐. 우리 민족의 기원을 이야기해 주는 신화에 우리가 사는 이곳이 '인간 세상을 이롭게 할 만한 곳'이라고 나와 있다는 거잖아. 단순히 어떤 특정한 사람, 특별한 계급이나 집단만을 이롭게 해 주는 곳이 아니라 사람들이 사는 이 세상을 널리 이롭게 할 만한 곳이 우리나라라는 거야. 그러니 우리 민족은 이기적으로 자기 생각만 하는 민족이 아니라 다른 많은 사람을 배려하는 민족성을 가지고 있다는 것을 알 수 있지. 모든 사람을 차별 없이 공평하게 이롭게 할 수 있다면 얼마나 좋은 세상이 되겠니? 이 홍익인간의 이념이 얼마나 좋았던지 우리나라 교육 이념으로도 삼고 있단다.

하느님이신 환인이 보기에 이 땅은 인간 세상을 널리 이롭게 할 만한 곳이었어. 그래서 자신의 아들 환웅을 보내도 되겠다고 판단한 거지.

그다음 부분의 해석은 다음과 같다.

이에 천부인 세 개를 주어 보내어 다스리게 했다.

이 부분에 '천부인'이라는 말이 나오는데 이 천부인이라는 것이 뭐냐에 대해서는 많은 의견들이 있단다.

천부인의 비밀

어떤 사람은 '天符印(천부인)'이라는 한자를 토대로 하늘에서 내려준 무슨 도장일 것이라고 생각하기도 하고, 또 어떤 사람은 무슨 부적이 아닐까 생각하기도 한단다. 도장은 뭔지 알고 있을 테고, 부적이 뭔지는 아는지 모르겠다. 우리 집에는 부적이란 것이 없으니…….

가끔 식당 입구에 있는 문 위를 보면 노란색 종이에 빨간색 글자나 그림, 기호 따위가 복잡하게 그려진 딱지 같은 것을 붙여 놓았는데 그것이 부적이란다. 아무튼 이 부적이란 것은 귀신의 힘을 빌려 외부의 사악한 힘을 물리치거나 내부의 악한 기운을 정화하기 위한 것이란다. 과학적 사고를 기본으로 하는 사람들에게야 아무런 쓸모도 없는 종잇조각에 불과하겠지만 그것을 믿고 따르는 사람들에게는 무척 중요한 도구가 되겠지.

어쨌든 이 천부인이 도장이나 부적이 아닐까 하는 추측은 충분히 가능한 거야. 옛날에 임금이 전쟁에 나가는 장수에게 도장을 하사한 것에서 비롯되어 천부인이 도장이 아닐까 하는 추측이 생겼을 수도 있단다. 천부인이 무엇인지에 대한 문제의 핵심에는 단군이 어떤 존재인가 하는 문제가 도사리고 있어. 단군의 정체가 무엇인지에 따라 천부인의 성격이 달라진다는 얘기지.

지금 많은 사람들은 단군이 일종의 무당이 아니었을까 추측한단다. 그렇다고 지금 무당들처럼 화려한 옷을 입고 작두를 타는 무당이 아니라 그보다 더 힘이 세고 능력이 넘치는 무당이었을 것이라는 거야. '檀君(단군)'이라는 한자어에서 그런 추측을 할 수 있지. '檀

(단)'은 박달나무를 뜻하는 글자인데 '壇(단)'으로도 본다. '壇'은 제단, 곧 하늘에 제사하는 단을 말하는 거야. '君(군)'은 임금이란 뜻이지. 그러니 단군이란 곧 '제단을 주관하는 사람', '제사를 책임지는 최고 책임자'를 의미하는 말이 되겠지? 이제 눈치를 챘는지 모르겠다만 단군은 사람의 이름이 아니란다. 단군은 그저 직책을 가리키는 말이야. 제사를 주관하는 자, 제단의 주인, 곧 제사장이지.

그런데 아주 오랜 옛날에는 제사를 주관하는 사람과 왕의 구분이 없었어. 하늘에 제사하는 일과 나라를 다스리는 일을 모두 한 사람이 맡아서 하던 시대를 '제정일치 시대'라고 한단다. 제사와 정치가 하나가 되어 구분되지 않던 시대라는 뜻이야. 그리고 제사와 정치가 하나가 된 시대에 무엇보다 중요한 것은 바로 제사를 주관하는 제사장이겠지. 하늘에 제사하는 사람과 나라를 다스리는 사람이 구분되지 않았던 시대에 하늘에 제사하는 사람을 단군이라고 불렀다면 단군은 제사장이면서 왕인 것이지.

인간과 신 사이에 특정한 인물이 있어서 이 인간이 인간의 소원을 신에게 전달해 주고 신의 뜻을 인간에게 전해 준다고 믿는 사고방식을 '샤머니즘'이라고 한단다. 그리고 인간과 신 사이에 통역관 역할을 하는 그 사람을 '샤먼'이라고 하지. 우리는 그냥 무당이라고 번역하지만 사실 우리가 지금 부르는 무당과 샤먼은 그 능력이나 영향력 면에서 큰 차이가 있단다.

고대 사회는 샤머니즘이 강력하게 작용하던 시대였단다. 샤먼의 역할은 하늘의 뜻을 인간에게 선포하는 것이었으니 그 힘과 영향력이 얼마나 대단했겠니? 단군도 역시 그런 존재였단다. 이렇게 샤먼의 역할을 하면서 동시에 왕과 같은 역할을 하는 사람을 '샤먼킹'이라고 해. 버거킹이 아니라 샤먼킹. 샤먼(Shaman, 무당)이면서 킹(King, 왕)이란 말이지. 단군은 샤먼킹의 대표적인 인물이야. 어떤 학자들은 '단골'이라는 말이 단군이라는 말과 서로 통하는 말이라고 하기도 해.

우리 가족이 예전에 자주 갔던 바닷가의 그 허름한 식당 기억나니? 그 집 사장님이 우리에게 맛있는 음식도 많이 주고, 돈도 많이 안 받고, 심지어 된장까지 만들어 주었던 거 기억하지? 그 식당이 없어질 때 우리가 가서 사진도 같이 찍었잖아. 그런 경우에 그 식당은 우리의 단골이었던 거지.

그런데 단골이라는 말은 지금도 전라도 지역의 무당을 가리키는 말이란다. 전라도 지역의 무당은 일정한 지역을 맡아서 관리하는 특성이 있는데, 내가 만일 '가나동'이라는 동네에 산다면 '다라동' 단골무당 집에는 가지 않아. 내가 사는 집 가까이에 '다라동' 단골무당이 산다고 해도 '가나동' 단골무당을 찾아 먼 길을 돌아가기도 하는 것이 전라도 단골무당의 특징이란다.

이렇게 특정한 무당에게만 집중적으로 찾아가는 단골무당의 습성에서 어느 특정한 음식점이나 상점을 정해 놓고 그곳만 이용하는 경우를 단골이라고 부르게 된 것이지. 그래서 전라도 지역에서는 무당을 '당골'이라고 부르기도 한단다. 발음되는 그대로 쓰면 '당꼴'이 되겠지. 무당은 대개 여자인 경우가 많기 때문에 여자에게 붙이는 접미사 '-네'를 붙여서 당골네라고 부르기도 해. 현대 소설가 최인석이 쓴 소설 중에 『아름다운 나의 귀신』이라는 작품이 있단다. 그 소설을 보면 나이 어린 주인공과 그가 사랑하는 당골네의 이야기가 나오지. 고대에나 살았을 것만 같은 당골네를 현대로 불러내어 아름다운 이야기로 재구성한 소설가의 탁월한 능력을 확인할 수 있는 이야기란다. 나중에 시간이 되면 그 소설도 꼭 한 번 읽어 보기 바란다. 아주 아름답고 슬픈 이야기가 담겨 있으니까.

아무튼 단군과 단골과 당골네는 서로 이웃사촌이거나 성격이 같은 단어일 확률이 높아. 그러니 우리는 단군이 무당과 같은 기능을 한 존재라는 것을 확인할 수 있지. 그렇다고 한다면 무당인 단군의 아버지 환웅이 하늘에서 받아 온 천부인은 무당이 사용하는 도구, 곧 무구와 밀접한 관련이 있지 않을까? 그래서 학자들은 천부인을 무당의 무구인 칼과 방울과 거울이 아닐까 추측한단다. 실제 무당이 굿을 할 때 보면 칼을 들고 춤을 추고 방울을 흔들어 귀신을 부르잖아. 거울은 귀신의 뜻을 보기 위해 목에 걸고 있었으리라 추측한단다.

너희들이 전에 아빠와 함께 갔던 국립박물관이 기억날지 모르겠구나. 그곳에서 방울과 거울과 칼을 보았을 텐데 기억을 잘 더듬어 보기 바란다. 팔주령, 다뉴세문경˚ 등의 단어들을 인터넷이나 백과사전에서 찾아보렴. 어떤 것인지 바로 알 수 있을 거다.

● **팔주령** 청동기 시대에 의식을 행할 때 흔들어 소리를 내던 방울.
● **다뉴세문경** 초기 철기 시대에 나타난 청동거울로, 잔무늬 거울이라고도 한다.

신의 아들이 이 땅에 내려오다

이제 다음 부분을 살펴볼까?

雄率徒三千 降於太伯山頂神壇樹下 謂之神市 是謂桓雄天王也
(웅솔도삼천 강어태백산정신단수하 위지신시 시위환웅천왕야)

환웅이 무리 삼천을 거느리고 태백산 꼭대기 신단수 아래에 내려
와 신시라고 일렀는데(그곳 이름을 신시라고 지었는데), 이분을 일러
환웅천왕이라고 한다.

雄:수컷 웅(여기서는 환웅을 가리킴), 率:거느릴 솔, 徒:무리 도, 三:석 삼, 千:일천 천
降:내릴 강, 於:어조사 어(장소를 나타낼 때 씀), 太:클 태, 伯:맏 백
山:뫼 산, 頂:정수리 정, 神:귀신 신, 壇:제터 단, 樹:나무 수, 下:아래 하
謂:이를 위, 之:어조사 지, 神:귀신 신, 市:저자 시
是:이것 시, 謂:이를 위, 桓:굳셀 환, 雄:수컷 웅, 天:하늘 천, 王:임금 왕
也:어조사 야(문장이 끝날 때 씀)

환웅이 하늘에서 내려올 때 혼자 오지 않고 삼천 명이나 되는 무
리를 거느리고 내려왔다는 얘기지. 그리고 태백산 꼭대기에 신단수
라는 나무가 있었다는 거야. 신단수란 어떤 나무일까?

모든 신화에는 세계의 중심을 나타내는 산이나 나무가 꼭 등장한
단다. 이것은 다시 말하면 모든 신화는 세계의 중심에서 일어나는
신이나 신적인 존재의 일에 관한 이야기로 구성되어 있다는 말이 된

단다. 그때 세계의 중심을 상징하는 산을 '우주산', 세계의 중심을 상징하는 나무를 '우주목'이라고 하지.

무슨 이야기인지 이해가 안 되면 이런 경우를 생각해 보면 된다. 예를 들어 그리스 신화를 보면 신들이 활동하는 주 무대가 어디로 되어 있지? 올림포스 산으로 되어 있지? 올림포스 산은 그리스 신화를 만든 사람들이 생각하는 그들의 중심 세계란다.

우리가 앞에서 읽어 본 「구지가」도 떠올려 보렴. 「구지가」를 불러 태어난 김수로왕 신화에서 중심 산은 구지봉이 되겠지? 구지봉이 곧 세계의 중심인 우주산이 되는 셈이란다. 김알지 신화에서 주인공 김알지는 나무에 걸려 있는 상자에서 태어나는데 그 나무가 곧 우주목이 되는 거야.

성경을 보면 이집트에서 노예로 지내던 이스라엘 민족을 이끌고 나온 지도자 모세가 시나이 산에서 야훼 하느님을 만나지? 이때 시나이 산은 곧 이스라엘 민족의 우주산이 되겠지. 그리고 모세가 떨기나무에 불이 붙은 것을 궁금하게 여기다가 그 자리에서 야훼와 만나게 되는데, 이때 떨기나무는 이스라엘 민족의 우주목이 되겠고.

예수는 골고다에서 십자가에 달려 돌아가시지? 온 인류의 구원을 이루는 골고다 언덕은 기독교 신앙을 가진 사람들의 우주산이 되겠지. 그런데 다른 것도 아니고 나무로 된 십자가에 못 박히시잖아? 그러니 십자가는 곧 우주목이 된다고 할 수 있지. 불교에서는 부처님이 깨달음을 얻은 보리수나무가 곧 우주목이 될 수 있겠구나. 북유럽 신화에서는 오딘 신이 매달려 죽음을 경험한 나무가 그들의 우주목이 될 수 있고, 몽골에서는 샤먼들이 자신의 성무 의례(무당이 될 때 치르는 의식)에서 맨발로 오르는 나무가 그들의 우주목이 될 수 있을 것이다.

우리나라는 마을마다 어귀에 장승이라는 커다란 나무 조형물을 세워서 마을의 경계로 삼았지? 이때 장승은 마을과 마을 바깥 지역의 경계가 되는 거룩한 기준점으로서 우주목이 되는 셈이란다. 마을의 중앙에는 솟대라고 하는 기다란 장대를 세워 놓았지. 이때 솟대는 하늘의 뜻을 알기 위한, 그리고 인간의 뜻을 하늘에 전하기 위한 통로로서 우주목이 되는 거란다. 마을 어귀에는 서낭당 또는 당산나무가 있어서 마을의 중심 역할을 했지. 이때 서낭당은 작은 규모이긴 하지만 우주산의 기능을, 당산나무는 마을 전체의 중심을 상징하는 우주목의 기능을 하는 셈이지.

이 우주산과 우주목의 상징은 현대인들에게도 그대로 나타나고 있단다. 크리스마스에 사람들이 집집마다 뭘 세워 두지? 커다란 크리스마스트리를 거실 한가운데 세우는구나. 이때 크리스마스트리는 곧 그 집의 중심이 되는 우주목의 역할을 하는 거란다. 커다란 빌딩 앞에는 꼭 대형 조각이 높이 솟아 있지? 그 대형 조각도 그 건물의 중심을 상징하는 우주목이 된다고 볼 수 있지.

산과 나무는 분리되지 않고 하나처럼 어우러져서 세계의 중심을 나타내는 상징 역할을 한단다. 그것은 사람의 정신과 마음을, 때로는 영혼을 하나로 모으는 중요한 역할을 하기도 해. 사람들은 너도나도 나무 아래 모여들어 하늘에 기원을 하지. 기도하러 산으로 올라가는 사람은 많지만 넓디넓은 광장으로 나가는 사람은 없지? 나무 아래 돌무더기를 쌓으며 기도하는 사람은 많지만 나무 밑동을 파헤치며 기도하는 사람은 없지? 산과 나무는 그것을 중심으로 살아가는 사람들에게 있어서 '온 세상의 중심'으로 작용한단다. 그런 산과 나무를 우주산, 우주목이라고 한다. 단군 신화에서는 태백산이 우주산으로, 신단수가 우주목으로 등장하고 있지. 이 중심 산과 중심 나무에 대한 강렬한 이미지가 사람의 마음을 사로잡아 지금까지 신앙의 형태 또는 신앙의 표현으로 활용되고 있는 셈이야.

좀 어려운 이야기지? 어려운 이야기는 그냥 흘려들으면 된단다. 뭐든지 꼭 머릿속에 담아 두려고 애쓰지 마라. 외우려 애쓰기보다는 그저 듣고 이해하려 노력하는 것이 더 중요한 법이니까 말이다.

도전! 단군 신화 2

　단군 신화의 앞부분이 이제 겨우 정리가 된 모양이다. 계속 읽기 전에 먼저 이야기할 것이 하나 있단다. 왜 아빠가 다른 쉬운 이야기를 먼저 하지 않고 어려운 한자로 되어 있는 단군 신화를 해석하고 있을까? 혹시 그 이유를 알고 있니?

　아빠는 지금 한국 문학을 너희들에게 가르쳐 주려고 해. 그런데 문학은 그 기원을 신화에 두고 있단다. 문학의 뿌리가 신화인 셈이지. 신화를 모르면 문학을 이해하기 어려워. 그래서 신화를 이야기하는 것인데, 이왕에 신화를 배우려면 원본을 가지고 성실하게 배워 보자는 뜻이란다.

　많은 사람들이(특히 일부 종교인들이) 신화는 무조건 엉터리라고 하면서 실제 그 내용은 정확히 알지 못하는 경우가 많아. 사람들은 흔히 어떤 대상에 대해 자신이 이미 가지고 있는 생각과 판단을 가지고 쉽게 평가를 내리는 좋지 않은 습성이 있는데, 우리는 그러면 안 된단다. 뭔가 평가를 내리기 위해서는 그 대상을 잘 알아야 해. 알지도 못하는 것을 쉽게 평가해 버리면 안 되겠지? 아빠는 예전에 단군 신상 건립 반대 운동을 하는 사람들이 단군 신화의 내용을 비판하는 글을 읽어 보았는데 얼마나 부끄러웠는지 몰라. 그 사람들은 단군 신화를 황당한 신화라고 하면서 비판하고 있는데 사실 단군 신화의 내용도 제대로 해석하지 못했더라고. 알지도 못하면서 남을 비판하면 안 된단다. 비판하고 평가하기 위해서는 먼저 잘 아는 것이 우선이야. 그런 뜻에서라도 계속 해 보자.

將風伯雨師雲師 而主穀主命主病主刑主善惡凡主人間三百六十餘事 在世理化
(장풍백우사운사 이주곡주명주병주형주선악범주인간삼백육십여사 재세이화)

> 將:장수 장(여기서는 '장수'라는 뜻이 아니라 '거느리다'라는 뜻으로 쓰임), 風:바람 풍
> 伯:맏 백, 雨:비 우, 師:스승 사, 雲:구름 운, 師:스승 사, 而:말 이을 이
> (앞부분과 뒷부분의 말을 이어 주는 역할을 하는 글자), 主:주인 주, 穀:곡식 곡
> 命:목숨 명, 病:병들 병, 刑:형벌 형, 善:착할 선, 惡:악할 악, 凡:무릇 범
> 六:여섯 육, 十:열 십, 餘:남을 여, 事:일 사, 在:있을 재, 理:다스릴 리, 化:될 화

글자가 많긴 하지만 어렵진 않아. 이 부분을 해석할 때는 풍백, 우사, 운사를 한 단어로 묶어서 해석해야 해. 즉 바람 어른, 비 스승, 구

름 스승 등으로 해석해서는 안 되고 그냥 풍백, 우사, 운사로 해석하는 거야. 어떤 사람은 바람 귀신, 비 귀신, 구름 귀신이라고 해석하기도 해. 풍백, 우사, 운사가 바람과 비와 구름을 다스리는 신인지, 아니면 바람과 비와 구름을 의인화한 것인지는 알 수 없지. 의인화했다는 것은 인간이 아닌 것을 인간인 것처럼 표현했다는 말이야.

풍백, 우사, 운사를 거느리고

환웅이 다른 것도 아니고 바람과 비와 구름을 거느리고 내려왔다는 것은 무슨 뜻일까? 바람과 비와 구름은 어디에 가장 필요하지? 농사와 아주 많은 관련을 갖고 있지? 바람이 많이 불거나 비가 너무 많이 오거나 구름이 잔뜩 끼게 되면 농사를 망치게 되잖아. 그러니 환웅이 풍백, 우사, 운사를 '거느렸다'는 것은 그가 농사와 관련한 기후의 변화를 잘 알고 있었다는 말이 되는 거야. 기상관측을 능숙하게 잘하는 사람이 임금이 되면 농사가 잘되겠지?

그다음 부분은 일정한 형태로 반복되고 있어. 주곡, 주명, 주병, 이렇게 '주 시리즈'로 되고 있지? 여기서 '주'는 주인의 의미라기보다는 주관한다는 뜻으로 해석할 수 있어. 어떤 일을 책임지고 맡아 관리한다는 말이야.

그러니 이 부분을 해석하자면,

곡식을 주관하고 생명을 주관하고 병을 주관하고……

단순하게 반복되니까 짜증이 좀 나려고 하지? 그러니 이렇게 해보자.

곡식, 생명, 질병, 형벌, 선악 등 무릇 인간 세상의 삼백육십여 가지 일을 주관하고

환웅이 곡식을 주관했단다. 그러니 농업을 잘 지도한 것이라고 할 수 있지? 또 생명을 주관했대. 아마 의술도 가지고 있었나 봐. 질병을 주관했다는 것을 보면 더 확실해지지? 형벌을 주관했다고 하니 당시 사람들에게 법을 적용해서 잘 지도했나 봐. 선악 구분을 주관했다는 것을 보니 더 확실해지는구나. 아무튼 인간 세상의 360여 가지 일을 모두 주관했단다. 하필이면 360여 가지 일이라니? 일 년 365일의 개념도 어느 정도 가지고 있었던 것이 아닐까?

농업, 의술, 법 등등을 주관했다는 것은 이 시대에 이미 문화적인 삶을 살았다는 것을 의미한다고 볼 수 있겠지? 그런데 이런 탁월한 문화생활을 누리던 시대의 사람들이 곰이 마늘을 먹고 사람이 되었다는 것을 믿을 수 있을까?

앗, 한 부분이 빠졌구나. '在世理化(재세이화)'는 '세상에 있으면서 다스리고 교화했다.'는 뜻이란다. 신의 아들인 환웅이 인간 세상에 내려와서 인간들과 함께 생활하며 여러 가지 문화를 전파하고 다스리고 가르쳤다는 거지. 재미있는 것은 어느 민족의 신화든 이렇게 다른 곳에서 온 어떤 탁월한 존재가 이미 그곳에 있던 민족에게 진보한 문화적 혜택을 베푼다는 식의 이야기를 가지고 있다는 거야.

그래서 그레이엄 헨콕이라는 학자는 문명의 외부 전래설을 주장하지. 이 세계의 모든 문명은 이미 오래전에 훨씬 더 발달한 형태로 전개되고 있었는데 어떤 극심한 재앙(홍수, 기상이변 등)으로 인해 모두 멸망해 버리고, 그중 겨우 살아남은 몇몇 사람들이 미개한 생활을 하는 생존 부족들을 찾아가 문명을 전파해서 지구의 문명이 사라지지 않고 계속 이어져 왔다고 생각하는 거야. 거의 만화책 내용 같은 그 주장을 펼치기 위해서 그레이엄 헨콕이 얼마나 많은 시간과 노력을 기울였는지 알고 싶으면 그 사람이 쓴 책을 보면 돼. 하지만 지금은 전혀 추천하고 싶지 않구나. 내용이 어렵기도 하고 복잡하기도 해서 말이다. 상상력을 자극하기에는 무척 쓸모 있을 듯하지만.

단군의 어머니가 곰이라고?

드디어 단군 신화에서 아주 중요하게 다루어지는 부분, 우리의 주인공 곰이 등장할 단계가 왔구나. 지금까지 읽은 내용이 기억나니? 환인의 아들 환웅이 인간 세상에 뜻을 두고 천부인 세 개를 받아 풍백, 우사, 운사를 거느리고 태백산 꼭대기 신단수 아래에 내려와 인간들을 다스리기 시작했다는 부분까지 이야기했지?

이 부분까지의 주인공은 누구일까? 당연히 환웅이지. 아직 단군은 출현하지 않았잖아. 이제 단군이 출현할 때가 되었는데 환웅 혼자 단군을 낳을 수 없으니 어쩐다? 누가 필요하지? 그래, 아내가 필요하지. 인류의 조상이라는 아담도 하와가 있어야만 카인과 아벨을 낳을 수 있었잖아. 그러니 환웅에게도 단군을 낳아 줄 여인이 필요하겠군. 그래서 등장한 것이 바로 곰이지.

時有一熊一虎 同穴而居 常祈于神雄 願化爲人
(시유일웅일호 동혈이거 상기우신웅 원화위인)

時:때 시, 有:있을 유, 一:한 일, 熊:곰 웅[웅담(熊膽)은 곰의 쓸개], 虎:호랑이 호
同:한 가지 동, 穴:구멍 혈, 而:말 이을 이(앞말과 뒷말을 연결해 주는 글자)
居:거할 거 常:항상 상, 祈:바랄 기, 于:어조사 우('누구누구에게' 하는 뜻)
神:귀신 신, 雄:수컷 웅, 願:바랄 원, 化:될 화, 爲:할 위, 人:사람 인

해석을 하자면 다음과 같지.

이때 곰 한 마리와 범 한 마리가 있어서 같은 굴에 살면서 항상 신웅(환웅)에게 인간이 되기를 빌었다.

드디어 곰과 범이 등장하지? 그런데 몇 가지 의문이 있어. 하나는 어떻게 곰과 범이 한 굴에 같이 살 수 있는가 하는 점이야. 또 하나는 왜 환웅이라 하지 않고 신웅이라고 했을까 하는 점. 또 하나는 어떻게 곰과 범이 기도를 할 수 있을까 하는 점.

곰과 범이 같은 굴에 살았다는 것이나 곰과 범이 기도를 했다는 것을 볼 때, 이 단군 신화에서 이야기하는 곰과 범은 우리가 동물원에서 볼 수 있는 그런 곰과 범이 아니라는 것을 알 수 있지. 마치 우

리가 알고 있는 러시아 동화에 나오는 곰이 곰답지 않은 것과 비슷하지. 기억나니? 우리 집에 있는 동화책에도 나오는데 「마샤와 곰」이야기에 보면 마샤가 곰에게 잡혀서 그 집 부엌일을 해 주다가 결국 탈출하는 이야기가 나오잖아. 거기에 보면 곰이 마샤랑 이야기도 하고 마샤에게 일도 시키지? 그게 진짜 곰일까? '우워워워~' 하는 곰이 어떻게 마샤를 부려 먹을 수 있지?

또 「농부와 곰」 이야기에 나오는 곰 역시 마찬가지지. 어떻게 곰이 농부에게 나타나 행패를 부리고 농부와 흥정을 하고 결국 농부에게 속임을 당하고 억울해할 수 있을까? 그 곰이 진짜 곰일까? 옛날에는 동물들이 모두 사람과 대화가 통했는데 지금은 대화가 통하지 않아서 그러는 것일까? 곰이 어떻게 기도를 할까? 그것도 사람이 되게 해 달라고…….

어쨌든 그렇게 기도를 해서 나중에 사람이 되었다고 치자. 그럼 왜 지금은 그런 곰이 하나도 없는 걸까? 왜 우리는 우리 조상을 동물원에 가둬 두고 사진을 찍는 악한 짓을 하는 걸까? 단군 신화의 곰이 진짜 곰이라면 일어날 수 없는 일들이겠지? 그러니 이 곰은 실제의 곰이 아닌 거야.

또 하나 환웅을 신웅이라고 하는 것을 봐. '환웅=신웅'. 그런데 웅은 같은 글자잖아. 그렇다면 '환=신'의 등식도 성립할 수 있겠구나. 그렇다면 '환'은 한자어 '굳세다'는 의미가 아니라 혹 '신'을 가리키는 우리말이 아닐까? '환'은 결국 '한'이 아닐까? '한'은 고대어에서 '크다'는 뜻을 가지고 있는 순우리말이니 '가장 큰 신'을 가리키는 말이 아닐까? 환웅이라고 할 때는 우리말로 쓴 것이고, 신웅이라고 할 때는 한자 말로 쓴 것이 아닐까? 아빠는 왜 답을 말하지 않고 계속 묻기만 할까? 혹 이런 것은 아빠의 추측일 뿐 사실은 아닌 것이 아닐까? 도대체 우리가 알고 있는 것들 중에서 어디까지가 사실이고 어디까지가 추측이고 어디까지가 환상일까? 우리는 도대체 진실과 거짓과 환상과 추측을 어떻게 구별할 수 있을까? 이런 복잡한 의문을 던지는 것이 과연 우리에게 유익할까?

아빠가 골치 아픈 질문을 계속 던지니 머리가 어지럽지? 문제가 있는 곳에서 질문을 던지는 것, 문제가 없는 것처럼 보이는 곳에서 질문을 찾는 것, 질문에 대한 답을 찾기 위해 노력하는 것, 이 모든 것이 우리 정신을 살지게 하는 유익한 것들이란다. 그러니 힘들더라도 꾹 참고 잘 따라오기 바란다. 이제 우리가 잘 알고 있는 부분이 나온다.

時神遺 靈艾一炷 蒜二十枚 曰"爾輩食之 不見日光百日 便得人形"熊虎得而食之 忌三七日 熊得女身 虎不能忌 而不得人身
　(시신견 영애일주 산이십매 왈 "이배식지 불견일광백일 편득인형" 웅호득이식지 기삼칠일 웅득여신 호불능기 이부득인신)

時:때 시, 神:귀신 신, 遺:보낼 견, 靈:신령할 령, 艾:쑥 애, 一:한 일, 炷:심지 주
蒜:마늘 산, 二:두 이, 十:열 십, 枚:묶음 매, 曰:가로 왈
爾:너 이, 輩:무리 배, 食:먹을 식, 之:어조사 지(여기서는 '이것'으로 사용)
不:아니 불, 見:볼 견, 日:해 일, 光:빛 광, 百:일백 백, 日:날 일

便:곧 편, 得:얻을 득, 人:사람 인, 形:모양 형
熊:곰 웅, 虎:범 호, 得:얻을 득, 而:말 이을 이, 食:먹을 식
忌:꺼릴 기, 三:석 삼, 七:일곱 칠, 日:날 일
熊:곰 웅, 得:얻을 득, 女:계집 녀, 身:몸 신, 虎:범 호, 能:능할 능, 忌:꺼릴 기
而:말 이을 이, 不:아니 부, 得:얻을 득, 人:사람 인, 身:몸 신

이 부분은 우리가 잘 알고 있는 대목이야. 이해를 도우려고 일부러 따옴표를 찍어 두었단다. 무척 어려운 한자도 등장하지만 너무 두려워하지는 마라. 그래 봤자 어차피 글자 아니냐? 해석해 보면 별거 아니다.

이때 신이(신웅, 환웅을 말함) 신령한 쑥 한 심지와 마늘 이십 묶음을 주며 말하기를,

여기에서 주목할 것은 '쑥 한 심지'라는 표현이다. 굳이 묶음이라는 단어를 쓰지 않고 심지라는 단어를 썼다는 것을 볼 때 이때의 쑥은 먹는 용도가 아니라 심지로 삼아 태우는 용도였을 거라는 추측이 가능하지.

그러니 쑥은 불에 태워 연기를 피우기 위한 것이고 마늘은 먹기 위한 것이겠지. 흔히들 하듯이 '쑥과 마늘을 먹으며'라고 번역하기에는 좀 껄끄러운 부분이 있단다. 그러니 곰이 쑥과 마늘을 먹고 사람이 되었다는 해석에는 좀 문제가 있어 보인다.

아무튼 그다음을 보자.

'爾(이)'는 '너'를 가리키는 말이지만 '輩(배)'라는 글자와 어울려 '爾輩(이배)'가 되면 '너희들'이 된단다. 그러니까 해석을 하자면,

너희들이 이것을 먹고 햇빛을 백날 동안 보지 않으면 곧 사람의 형상을 얻게 될 것이다.

마늘만 먹고 백 일 동안 햇빛을 안 보면 사람이 된다고? 그럼 곰은 무려 100일 동안 햇빛을 안 보고 마늘만 먹었을까? 바로 다음 부분을 잘 보면 사실이 어떤지를 알 수 있단다.

곰과 범이 이것을 받아먹고 기한 지 삼칠일에 곰은 여인의 몸을 얻었으나 범은 기하지 못하였으므로 사람의 몸을 얻지 못하였다.

여기에서 우리는 몇 가지 궁금증을 발견하게 된다. 하나는 '기한다'는 말의 의미는 무엇인가? 또 하나는 '삼칠일'이 무엇인가?
먼저 '기한다'는 말은 꺼린다는 의미인데 '금기를 잘 지킨다'는 뜻으로 해석할 수 있어. 지난번에 금기에 대해 이야기한 적 있지? 합리적인 이유 없이 그냥 주어지는 금지 사항이 금기라고 했잖아. 게다가 이 금기는 곰에게 주어진 시련이나 과제의 성격이 있으므로 당연히 곰은 이 금기를 잘 지켜 내야만 하겠지.
아무튼 이와 같은 금기를 곰은 잘 지켰다는 거야. 물론 단군 신화에서 곰과 호랑이에게 주어진 금기는 마늘만 먹으며 백 일 동안 해

를 보지 말라는 것이었지. 그런데 왜 곰은 삼칠일 만에 사람이 되었을까?

여기서 삼칠일은 '3 곱하기 7일'을 뜻해. 3 곱하기 7은 얼마? 그래, 21이지. 그러니 삼칠일이란 21일이란다. 곰은 100일이 아니라 21일 만에 사람이 된 거야. 어찌 된 일일까? 분명 환웅은 백 일 동안 햇빛을 보지 말라고 했잖아? 그런데 어떻게 21일 만에 사람이 되었지? 우리나라 사람의 '빨리빨리 습관' 때문일까?

그게 아니지. 百은 숫자 100을 의미하기도 하지만 순우리말로 '온'이라고 해서 온전한, 완전한 등의 뜻을 가지고 있어. 지금은 백이라고 말할 뿐 온이라는 말은 없어졌지. 하지만 이 온이라는 말의 흔적은 지금도 남아 있어. 온종일, 온갖, 온 세상 등등……. 이때 온은 어떤 의미지? 온종일은 하루 종일, 온갖은 모든 종류, 온 세상은 모든 세상이지. 그러니 온이라는 말은 숫자로 백을 뜻하는 것이 아니라 완전함을 뜻하는 말이야. 모두, 전체, 꽉 참 등을 뜻하는 말이 되는 것이지.

환웅이 요구한 것은 완전한 날 동안 햇빛을 보지 말라는 것이었지 숫자로 하루 이틀을 세어서 100일을 의미하는 것이 아니었단다. 그러니 곰은 어찌겠니? 완전한 날을 채워야겠지? 3은 완전한 수, 7도 완전한 수를 의미한단다. 3이 완전한 수라는 것은 지금 우리에게도 그대로 남아 있어서 우리가 어떤 일을 시작할 때, 사진을 찍을 때, 달리기 신호를 할 때 '하나 둘 셋'을 하게 만들지.

7도 완전한 수야. 세상이 일주일 동안 창조되었고, 지금도 일주일은 7일이고, 방향의 기준이 되는 북두칠성조차 일곱 개의 별로 이루어져 있잖아. 완전한 수와 완전한 수의 곱하기는 그야말로 정말 완전한 수가 되겠지?

그래서 곰은 삼칠일 만에 사람이 된 거야. 이 삼칠일의 금기는 우리나라에서 지금도 지켜지고 있어. 아이를 낳은 집에 다른 사람들은 함부로 찾아가지 않는 것이 예의인데 그 기간이 바로 3주, 즉 삼칠일이지. 삼칠일 동안은 아이와 산모를 잘 보호하기 위해서 아무도 그 집에 안 가는 거야. 삼칠일이 지나고 나서야 아이와 산모를 만나러 가지. 물론 요즘은 그런 금기를 잘 지키지 않는단다. 산부인과 신생아실이 무슨 아기 전시장처럼 누구나 다 들여다볼 수 있게 되어 있잖아.

자, 곰은 삼칠일의 금기를 지켜 사람이 되었고, 호랑이는 금기를 지키지 못해 사람이 되지 못했어. 그런데 정말 곰이 사람이 될 수 있을까? 실험을 해 보면 어떨까? 곰 한 마리를 잡아다 굴에 가둬 놓고 21일 동안 마늘만 먹이는 거야. 그럼 사람이 나올까? 아마 곰은 굶어 죽은 싸늘한 시체로 발견될 거야. 아니면 피골만 앙상하게 남은 비참한 몰골로 기어 나오겠지. 그렇다면 도대체 이 곰은 뭘까?

곰이 상징하는 것은?

지난번에 아빠가 단군 신화의 곰은 실제 곰이라 보기 어렵다고 얘기했지? 곰이 실제 동물인 곰이 될 수 없다는 것은 토테미즘에 관해 설명할 때도 했고, 「구지가」를 설명할 때도 했고, 곰이 마늘을 먹고 사람이 되었다는 이야기를 할 때도 했지. 지금 그 모두가 다 기억나지 않는다 해도 너무 걱정할 필요 없어. 그저 천천히 밥을 꼭꼭 씹어 삼키듯이 소화를 시키면 된단다.

곰이 뭘까? 곰이 뭔지 알기 전에 곰이 사람이 되는 과정을 한번 살펴보자. 곰은 자기들의 사회와 단절되어 햇빛을 보지 못하고 마늘만 먹는 고통을 견디다가 결국 사람이 되었구나. 이전에 아빠가 설명한 뭔가가 기억나지 않니?

사람이 어느 집단과 분리되어 혹독한 시련을 견뎌 내고 나서 더 나은 집단에 소속되는 일련의 과정 중에 꼭 치러야 하는 통과의례를 뭐라고 한다고 했지? 그래! 입사식이라고 했지? 곰이 사람이 되기 위해 치르는 저 의식을 가만히 보면 그 입사식과 참 많이 닮은 것 같지 않니? 그렇다면 우리는 이렇게 생각해 보면 어떨까?

단군 신화의 곰 이야기는 실제 동물인 곰에 관한 이야기가 아니라 김수로왕 신화처럼 나라의 지도자가 되기 위해 어떤 인물이 치르는 입사식에 관한 묘사가 아닐까? 입사식을 치르기 전의 존재는 곰으로 묘사되고, 입사식을 치른 곰은 사람이 된 것이 아닐까? 그런데 아무리 그렇다고 해도 왜 하필이면 여우나 돼지가 아닌 곰일까?

전에 아빠가 옛사람들이 순우리말로 기록할 방법이 없어서 한자말을 빌려 왔다고 했는데 그것도 기억이 나니? 「구지가」의 거북이가 실제 짐승 거북이가 아니라 신을 나타내는 순우리말을 한자 말로 표기하기 위한 과정에서 나타난 것이라고 얘기했잖아.

이 곰도 마찬가지가 아닐까? 곰은 '굼', 'ㄱㅁ' 또는 '고마' 등으로 표기할 수 있는 순우리말로 '지모신'을 가리키는 말이란다. 지모신(地

母神)이란 땅을 신격화한 표현이란다. 대지의 신을 말하는 것이지.

세계의 많은 민족이 가지고 있는 신앙 체계를 잘 보면 거기에는 땅을 거대한 어머니 여신으로 보는 경우가 많은데 우리나라 또한 마찬가지였단다. 곡식을 생산해 내는 땅은 자식을 생산해 내는 어머니와 닮았잖아. 그래서 땅을 거대한 여신으로 생각했던 거지. 그리고 그 땅에 깃들어 있는 신성을 곰, ㄱㅁ, 고마, 가마 등으로 표현하지. 옛 우리말로 땅 또는 신을 가리키는 표현인 '감'에 가까운 한자가 바로 '곰 웅'이라는 글자란다. 그래서 '熊(웅)'이라고 쓰기는 하지만 실상은 짐승인 곰이 아니라 땅의 신, 지모신, 대지의 여신을 의미하는 것이라고 볼 수 있어.

그렇다고 하면 또 희한한 이야기가 나오겠다. 결국 단군은 땅에서 태어났다는 이야기가 되는 거잖아? 웅녀가 낳은 것이 단군이니까 말이야. 그럼 땅을 파며 노래를 부르다가 태어난 김수로왕이나 땅을 상징하는 곰에게서 태어난 단군이나 결국 모두 일종의 입사식(태어난다는 의미에 있어서)을 거쳐 땅에서 태어났다는 동일성을 가지고 있는 것이 되겠구나.

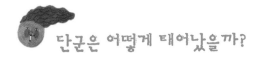

단군은 어떻게 태어났을까?

이제 단군의 탄생에 해당하는 부분만 읽어 보자.

熊女者 無與爲婚 故每於壇樹下 呪願有孕 雄乃假化而婚之 孕

生子 號曰 壇君王儉

(웅녀자 무여위혼 고매어단수하 주원유잉 웅내가화이혼지 잉생자 호왈
단군왕검)

해석을 하자면,

雄:곰 웅, 女:계집 녀, 者:사람 자
無:없을 무, 與:더불어 여, 爲:할 위, 婚:혼인할 혼
故:연고 고, 每:매양 매, 於:어조사 어, 壇:제터 단, 樹:나무 수, 下:아래 하
呪:빌 주, 願:바랄 원, 有:있을 유, 孕:아이 밸 잉
雄:수컷 웅(환웅을 가리킴), 乃:이에 내, 假:거짓 가, 化:화할 화, 而:말 이을 이,
婚:혼인할 혼, 之:어조사 지, 生:날 생, 子:아들 자, 號:이름 호, 曰:가로 왈
君:임금 군, 王:임금 왕, 儉:검소할 검

웅녀는 더불어 혼인할 사람이 없었다. 그러므로 매양 단수(신단수
기억나지?) 아래에서 아이를 가질 수 있기를 빌었다. 환웅이 이에 거
짓으로 화하여(사람으로 잠시 변했단 말이지) 혼인하여 아이를 낳으니
그 이름을 단군왕검이라고 하였다.

특이하지? 혼인할 사람이 없었는데 결혼 상대자를 달라고 빈 것이
아니라 아이를 가질 수 있게 해 달라고 빌었단다. 그러니 이 이야기
는 곰과 환웅의 결혼에 초점을 맞춘 것이 아니라 단군의 탄생에 초
점을 맞춘 것임을 알 수 있지.
더구나 이 부분은 바로 우리 민속 중 '기자정성'(祈子精誠)*과 관

련이 있기도 해. 기자정성은 우리 민족이 아들을 낳기 위해 하늘에 빌거나 그 밖의 여러 가지 방법을 동원하던 것을 말하는데, 그런 민속에 관한 것은 나중에 따로 설명해 줄게.

아무튼 웅녀가 그랬듯이 우리 조상들은 옛날부터 나무 아래에서나 하늘에 대고 아들을 낳게 해 달라고 빌었지. 아이를 갖거나 낳는 일이 결코 단순한 일이 아니며 신의 개입과 간섭이 있어야 하는 신성한 일이라는 인식이 있었기에 지속된 민속이 아니었을까 싶구나.

앞에서 아빠가 단군은 이름이 아니고 직책을 가리키는 말이라고 했지? 그런데 여기 보니까 '단군왕검'이라고 했네? 그렇다면 단군의 이름은 뭘까? 단군이 아니라 왕검이겠지? 그래서 『삼국유사』에도 제목이 '단군 신화'도 아니고 '단군 조선'도 아닌 「왕검조선」이라고 되어 있단다. 단군의 이름은 왕검이야. 단군은 입사식을 거쳐 지도자로 거듭난 고조선의 지도자를 지칭하는 것이지, 실제 인물의 이름을 가리키는 것은 아니란다. 사람들은 이 점을 오해하고 있지. 단군을 이름이라고 알고 있잖아.

자, 이제 기나긴 단군 신화를 마무리해야겠구나. 물론 『삼국유사』에 기록된 단군 신화의 내용이 여기서 끝나는 것은 아니란다. 하지

● **기자정성** 자녀를 낳지 못하는 사람들이 자녀를 낳기 위해 행했던 옛 풍습. 주로 아들을 얻기 위해 했던 의식인데 산천에 제사를 지내거나, 산이나 나무나 바위 등에 기도를 하거나, 유명한 사람의 묘비에서 남자와 관련한 이름 글자를 파서 물에 타 마시거나, 돌부처의 코를 긁어 먹거나, 아들을 낳은 여자의 속옷을 훔쳐서 입거나, 아들 낳은 집의 부엌칼을 훔쳐 몸에 지니고 다니는 등의 여러 가지 형태가 있다.

만 우리의 주인공 단군왕검이 태어났으니 그 뒤의 부분은 굳이 한문을 자세히 풀어 읽을 것까지는 없겠다.

단군 신화의 마지막 부분을 보면 단군은 죽지 않고 나중에 산에 들어가 산신이 되는 것으로 나와 있단다. 그리고 그렇게 산신이 될 당시의 나이가 1908세라고 되어 있어. 우리가 알기로 가장 오래 산 사람은 성경에 나오는 므두셀라라는 사람이지. 969세까지 살았다고 되어 있어. 그렇다면 그보다 두 배쯤 더 오래 산 단군은 괴물일까? 물론 아니지. 단군이 개인의 이름이 아니라는 것을 알면 이런 오해는 금방 해결된다. 단군이라는 직책이 세대를 거듭하며 1908년이나 지속되었다는 뜻이겠지.

물론 숫자는 큰 의미가 없단다. 무릇 모든 신화에서 숫자는 글자 그대로의 사실성을 갖는다고 보기 어렵다. 신화는 그 신화가 향유되던 시대의 특성, 그 시대의 가치관, 그 시대의 세계관이 반영된 거야. 그러니 지금 우리의 관점을 그대로 적용해서 신화를 해석하려고 하면 문제가 생기게 된단다. 그렇게 되면 자칫 우리 민족은 곰의 후손이 되어 버리고, 우리는 조상의 쓸개를 녹여 피로 회복제를 만들어 먹는 불효막심한 족속이 되어 버리고 말지.

신화는 다양하게 해석할 수 있고 다양하게 적용할 수 있어야 해. 그것이 신화가 죽지 않고 살아 있는 이유이기도 하지.

자, 이제 기나긴 단군 신화는 여기서 잠시 막을 내린다. '잠시'라는 표현을 쓴 이유는 단군 신화의 내용이 앞으로 다른 문학 작품을 공부하면서 종종 등장할 예정이기 때문이기도 하고, 너희들의 이해력이 더 풍부해지면 단군의 탄생에 대해 더 깊이 공부할 것이기 때문이기도 하지.

　그동안 어려운 한자를 꼼꼼하게 읽으며 따라와 줘서 고맙구나. 수고 많았다.

더 생각해 볼 문제

1. 단군을 곰의 자식이라고 해석했을 때와 신의 후손이라고 해석했을 때 느낌의 차이를 말해 보자.

2. 단군 신화에서 발견할 수 있는 입사식의 모습에 대해 구체적으로 정리해 보자.

입사식의 주체 :

입사식의 대상 :

입사식의 과제(금기) :

입사식의 결과 :

3. '한국인으로서 단군 신화를 어떻게 봐야 할 것인가?' 하는 주제와 '종교인(기독교인, 불교인, 천주교인 등)으로서 단군 신화를 어떻게 봐야 할 것인가?' 하는 두 가지 주제를 놓고 친구들과 이야기해 보자.

임이여, 물을 건너지 마오

공무도하가

만일 사랑하는 사람이 물에 빠져 죽는 것을 본다면 어떤 반응을 보이게 될까? 너무 슬퍼서 울다가 결국 미치게 될까? 아니면 같이 빠져 죽을까? 우리 옛 기록에 보니 사랑하는 사람이 물에 빠지자 슬피 울며 같이 빠져 죽은 사람이 있다고 해.

우리나라 최초의 국가인 고조선 때의 일이래. 뱃사공 곽리자고(이름이 웃겨)라는 사람이 어느 날 바닷가에 나갔지. 그런데 저 멀리서 머리가 하얗게 센 미친 사람[백수광부, 白:흰 백, 首:머리 수, 狂:미칠 광, 夫:사내 부]이 달려오네. 흰머리를 마구 풀어 헤치고 허리에는 술병을 차고 있었다는군. 그 늙은이가 별안간 물로 첨벙 들어가서는 영영 돌아오지 않더래. 그런데 그때 아내처럼 보이는 웬 여자가 울면서 뒤를 따라와서는 슬픈 노래를 부르고 나더니 물에 빠져 죽었다는 거야. 곽리자고는 무척 당황스러웠겠지? 그래서 배를 타러 가지도 않고 다시 집으로 돌아왔어. 그리고 자기 아내에게 자기가 방금 본 사건을 이야기해 줬지. 곽리자고의 아내는 여옥이라는 여자였는데 남편이 이야기해 준 사연을 듣고, 또 그 여자가 죽기 전에 불렀다는 노래를 듣고 너무너무 슬퍼서 옆에 있던 공후˚라는 악기를 들고는 그 노래를 연주했다지. 그리고 옆집에 사는 여용이라는 아가씨에게도 전해 주었다는 거야. 그래서 그 노래가 지금도 전해 오고 있지.

「공무도하가」라는 노래야. 곡조가 어떤지는 아무도 모르지만 그 가사만 남아 있지(윤후명이라는 소설가는 그 「공무도하가」를 소재로 해서 소설도 썼단다). 그 가사는 다음과 같단다.

임이여, 물을 건너지 마오.
임은 마침내 물을 건너셨네.
물에 빠져 돌아가시니
가신 임을 어찌할까.

정말 슬픈 노래지? 그런데 뭔가 이상하지 않니? 흰머리를 풀어 헤친 미친 늙은이라니? 그리고 물에 빠져 죽은 남편을 따라 죽는 여자가 노래를 부르다니? 뭔가 상식적으로 이해가 되지 않는 상황이지?

●공후 하프 형태의 발현 악기 중 하나. 중국 한대에 처음 생겼으며 우리나라에서는 고구려 때 사용되었으나 어떠한 경로로 들어왔는지는 알 수 없다.
●「공무도하가」를 소재로 쓴 윤후명의 소설 제목은 「돈황의 사랑」이다.

이 노래에는 뭔가 다른 내용이 숨어 있을 것 같지 않니?

어떤 사람은 이 노래가 백수광부(白首狂夫)라는 글자 그대로 '흰머리를 풀어 헤친 미친 늙은이'의 죽음을 슬퍼한 아내의 비참한 노래라고 생각하기도 해. 하지만 어떤 사람은 여기서 흰머리의 미친 늙은이는 술의 신 바커스, 또는 디오니소스에 해당한다고 생각해. 그리고 그 아내는 디오니소스를 따라다니는 님프(요정)를 의미한다고 말하지.

그리고 또 어떤 사람들은 이 미친 남자(백수광부)가 허리에 차고 있었다는 그 술병이 사실은 '박(우리가 나물을 해 먹는 그 커다란 박, 나중에 잘 말려서 바가지를 만드는 그 박)'이었다고 보기도 하지. 그래서 박을 허리에 차고 물을 건너는 것이라고 해. 튜브를 타고 물을 건너는 사람이란 말이지.

아빠는 이 '흰머리를 풀어 헤친 미친 늙은이'가 샤먼이라고 생각해. 백수광부를 샤먼이라고 보는 거야. 무당이 굿을 하면 머리도 풀어 헤치게 되고 꼭 미친 것처럼 보이잖아. 게다가 옛날에는 무당이 굿을 할 때 술을 마시게 되어 있었거든. 백수광부를 샤먼이라고 보면, 그가 물에 빠져 죽었다는 것은 진짜 죽었다는 것을 말하는 게 아니라 의식으로서의 죽음, 좀 어려운 말로 제의적 죽음을 의미한다고 보는 거야.

제의, 즉 하늘에 제사하는 의식, 굿을 하는 과정에서 무당이 자기 정신을 잃어버리고 혼이 빠져나가는 체험을 하게 되는데 이런 것을 탈혼(脫魂) 또는 망아(忘我)라고 하지. 영어로는 '엑스타시'라고도 하고. 이런 상태가 되면 사람은 자기 혼이 빠져나가고 다른 귀신의 지

배를 받는 것처럼 보인단다. 그리고 그런 상황은 일반인의 눈으로 보기에는 마치 미치거나 죽은 것과 같은 느낌을 주지.

백수광부가 사실은 샤먼이라고 한다면 백수광부는 물에 빠져 죽은 것이 아니라 제의를 통해 죽음과 같은 상황에서 귀신과 접신을 하는 상황에 있는 것이라 할 수 있지. 그렇게 보면 이 노래는 좀 으스스한 느낌을 주지?

「공무도하가」는 사랑하는 사람의 죽음을 슬퍼하는 노래가 아니라 제의에서 샤먼의 탈혼 현상을 이야기하는 으스스한 노래가 되는 거야. '나도 당신처럼 혼이 쑥 빠져나가 엑스타시의 상태에 이르고 싶소.' 하는 내용이 되는 거지. 음, 그러고 보니 좀 무시무시한 내용처럼 보이기도 하는군.

옛사람들이 부른 노래가 이렇게 다양하게 해석되는 이유는 여러 가지가 있지. 가장 중요한 것은 이 노래에 대한 기록이 너무 부족하다는 거야. 그러니 우리는 상상력을 동원할 수밖에 없어. 그리고 그 다양한 상상력 속에서 우리 생각은 더 넓어지고 깊어지게 되는 거지.

「공무도하가」를 또 어떻게 해석할 수 있을까? 너희들도 한번 상상력을 동원해 봐. 우리가 이렇게 옛 노래들에 대한 다양한 해석을 찾아보기도 하고 스스로 나만의 해석을 해 보기도 하다 보면 몇 가지 중요한 사실을 얻게 된단다.

하나는 우리 문학이 가진 다채로움을 간접적으로 경험할 수 있다는 거야. 우리는 그동안 문학 작품에 대해 깊이 생각해 보는 훈련을 많이 해 보지 못했어. 그냥 책에 나오는 것들을 읽거나 시험 문제를 풀어 보는 정도에서 그치고 말지. 하지만 문학이 정말 그 정도에 불과한 것일까? 실제 그 시를 짓고 노래를 불렀던 옛사람들에게 있어서 그 노래는 목숨과 바꿀 정도로 귀중한 어떤 것은 아니었을까? 아니면 그 노래를 여러 사람이 함께 부르거나 잊지 말고 기록해 두어야 할 정도로 간절한 더 깊은 사연이나 내력을 가지고 있는 것은 아닐까?

우리는 옛 노래 한 편에서 정말 많은 생각들을 끌어낼 수가 있지. 그 과정에서 우리 문학이 얼마나 다채로운 색깔을 가지고 빛을 내는지 바라볼 수 있단다. 마치 우리가 산에 오르다가 눈앞에서 빠르게 지나간 새 한 마리를 잠깐 바라보고 이런저런 상상력을 발휘하며 이야기를 나누거나, 새의 울음소리나 이름의 내력을 생각해 보는 것과 비슷하지. 그러면서 우리는 자연에 대해 더 깊이 있게 이해하고, 그와 동시에 우리가 살아가는 이 세계와 환경에 대해 더 다양한 생각을 할 수도 있게 되는 것이지.

또한 지금은 살아 있지도 않은 오랜 옛사람들의 생각과 마음을 이해하려고 노력하다 보면 지금 우리가 발을 딛고 살고 있는 이 세상

● 「새 가면은 어디에 있을까」 이 그림책을 보면 새 가면을 찾아가는 주인공에게 '머리를 허옇게 풀어 헤친 할머니'가 나타난다. 그 할머니는 "나는 사람들의 슬픔이란다. 내가 사라지면 사람들의 슬픔도 사라지지."라고 말하며 바닷속 소용돌이로 사라져 버린다. 이 이야기의 주인공과 이 「공무도하가」는 뭔가 관련이 있는 것이 아닐까? 이런 아프리카 설화에서도 「공무도하가」와 비슷한 소재가 발견되는 것은 우연의 일치일까, 아니면 사람들의 무의식 속에 있는 어떤 것이 세계 어디에서나 다 같이 나타나는 것일까? 우주목이나, 우주산이나, 입사식이나 다 공통된 이야기가 존재한다는 건 뭔가 우리가 알지 못하는 거대한 이야기가 이미 우리 안에 숨겨져 있다는 증거가 아닐까?

에서 우리와 더불어 살아가는 다른 사람들을 이해하는 훈련이 되기도 한단다.

우리는 모두 혼자 살아가는 사람들이 아니라 다른 사람들과 더불어 살아가는 존재란다. 이른바 사회적 동물이라고 할 수 있지. 사회생활이란 어느 한 사람의 생각과 주장에 따라서 살아가는 생활이 아니라, 더불어 살아가는 사람들의 다른 생각과 다른 주장들을 같이 들어 보고 다른 사람의 처지에서 세상을 바라보기도 하면서 함께 발전해 가는 것을 의미한다. 그래서 우리가 옛 노래들을 다양하게 해석하고 상상하다 보면 어느 틈엔가 조금씩 세상을 보는 안목이 넓어지게 된단다. 그뿐만이 아니지. 더 많은 이야기, 더 많은 생각, 더 다양한 것들이 문학을 읽는 우리 앞에 기다리고 있단다. 또 만나 보도록 하자.

더 생각해 볼 문제

1. 죽음에 대해 정의를 내린다면?

2. 내가 내 의지가 아닌 언행을 하게 된다고 해도 여전히 '나'라고 할 수 있을까?

3. 사랑과 생명 중 어느 것이 더 우위에 있는 가치라고 할 수 있을까?

불쌍한 유리왕

황조가

고구려를 세운 왕이 주몽이라는 것은 알지? 나라를 세운 영웅답게 주몽을 둘러싼 이야기는 무척 흥미롭지. 예전에 〈주몽〉이라는 제목의 텔레비전 드라마가 어마어마한 인기를 끈 적도 있단다. 드라마의 속성상 재미를 위해 지나치게 가공한 부분이 있어서 문제가 되기도 했지. 역사의 실체나 문학의 진실성에는 무관심하고 그저 재미만 추구해서는 곤란한데 말이야. 여기서 우리 같이 주몽이 어떤 인물인지 알아보도록 하자.

주몽은 동명성왕이라고도 한다. 주몽이 어떻게 태어났는지를 가장 세밀하게 묘사하고 있는 글은 고려 시대에 이규보가 쓴 「동명왕편」이라는 글이다.

서정시와 서사시

이규보는 아주 뛰어난 문장가였는데 그가 쓴 글을 모아 놓은 것이 『동국이상국집』이라는 책이다. 그리고 거기에 「동명왕편」이라는 서사시가 나온단다. 서사시라고 하는 것은 한 편의 이야기를 품은 시야. 요새 우리가 보는 대개의 시들은 서정시지. 서정시란 사람의 정서를 노래한 시를 말해. 아빠가 전에 차에서 들려준 김소월의 「진달래꽃」이라는 시 혹시 기억나니?

나 보기가 역겨워
가실 때에는
말없이 고이 보내 드리오리다.

영변에 약산
진달래꽃
아름따다 가실 길에 뿌리오리다.

가시는 걸음걸음
놓인 그 꽃을
사뿐히 즈려밟고 가시옵소서.

나 보기가 역겨워
가실 때에는

죽어도 아니 눈물 흘리오리다.

아빠가 기억하고 있는 것을 그냥 옮겨 쓴 것이니 이 내용이 맞는
지 한번 확인해 보거라. 웬 여가수가 이 시에 곡을 붙여 열창을 하기
에 아빠도 몇 번 따라 불렀더니 이젠 원래 시 내용조차 헷갈리는구
나. 아무튼 사랑하는 사람과 이별하는 사람의 안타까운 심정을 노래
하고 있는 시가 「진달래꽃」이란다. 이 시처럼 작가가 감정을 담아 노
래하는 시를 서정시라고 해.

그런데 서사시라고 하는 것은 이야기를 중심으로 전개되는 시야.
이야기가 있는 시니까 길까, 짧을까? 길겠지? 서사시는 무척 긴 시
란다. 특히 이규보가 쓴 「동명왕편」은 엄청나게 긴 서사시지.

아빠는 이 시를 겨우겨우 읽었어. 길어서 그런 것이 아니라 한자
로 쓴 시라서 그래. 아빠가 가진 옥편에도 잘 나오지 않는 어려운 한
자를 동원해서 쓴 시라서 끙끙거리며 읽었던 기억이 난다. 그때 좀
열심히 읽어 두었으면 내용이 잘 기억날 텐데 너무 어렵다고 뺀질거
리는 바람에 기억이 흐릿하구나. 너희들은 부디 뺀질거리지 말고 열
심히 공부하기 바란다.

아무튼 이규보의 「동명왕편」은 우리나라 최초의 서사시란다. 한자
로 썼다는 안타까움이 있기는 하지만 최초의 서사시라는 데 의의가
있지. 게다가 이 시는 동명왕 주몽의 일대기를 중심으로 한 시야. 그
래서 역사적인 성격도 아주 강하지. 내용도 아주 웅장해서 『반지의
제왕』 시리즈에 못지않단다.

이 「동명왕편」은 크게 세 부분으로 구성되어 있단다. 앞부분은 동

명왕의 아버지인 해모수에 대한 이야기, 가장 많은 가운데 토막은 주인공 주몽에 대한 이야기, 그리고 마지막 부분은 주몽의 아들 유리왕에 대한 이야기이지.

아빠가 이야기할 사람은 사실 유리왕이지만, 유리왕을 이야기하려면 주몽을 먼저 이야기해야겠지? 그리고 동명왕 주몽을 이야기하려면 해모수를 먼저 이야기해야 할 거야. 지금부터 아빠가 기억을 되살려 해모수와 주몽과 유리왕에 얽힌 이야기를 해 줄게. 혹 아빠의 기억이 부정확할지도 모르니 이 글을 읽다가 수시로 책을 찾아 확인하는 작업을 게을리해서는 안 된다.

아빠는 단순히 기억에 의존하지만 너희들은 아빠가 쓴 이 글을 책을 통해 검증하는 작업을 해야 한단다. 무릇 올바른 공부를 하기 위해서는 먼저 의심하는 방법을 배워야 한다. 이 내용이 정말일까? 이것이 맞는 말일까? 이렇게 끝없이 의문을 던지는 것은 아주 중요한 작업이니까 말이야.

자, 그럼 시작한다. 해모수는 사람이 아니다. 헉! 사람이 아니라고? 그럼 뭘까? 괴물?

해모수의 정체

아빠가 해모수와 동명왕 주몽과 유리왕의 이야기가 가장 상세히 기록된 글이 뭐라고 했지? 그래, 이규보가 쓴 「동명왕편」이라는 서사시라고 했지? 그 「동명왕편」에서 해모수에 관해 설명하고 있는 부분을 이곳에 옮겨 볼게. 드디어 아빠가 책을 찾아서 참고하고 있다. 이런 자세한 부분은 잘 기억하기 힘들거든…….

한나라 신작 3년
사월 달에 왕위에 오른
해동의 해모수는
진정한 하늘의 아들이었어라.
그가 처음 하늘에서 내려올 때
다섯 마리 용이 수레를 끌고
백여 명의 신하들이 따오기를 타고
날개도 가지런히 내려오는데
음악 소리 맑게 울려 퍼지고
오색구름은 깃발이 펄럭거리는 듯.
예부터 임금이 되는 자
누구나 하늘의 명을 받았으련만
대낮에 하늘에서 날아내리는
이런 일은 있지 않았느니.
아침에는 세상에서 나라를 다스리고
저녁이면 다시 하늘로 올라갔도다.

좀 긴 내용으로 되어 있지만 분명한 정보를 확인할 수 있지? 해모수는 도대체 누구일까? 정답을 예측할 수 있는 단서는 다음과 같다.

1. 하늘의 아들이다.

2. 하늘에서 내려온다.

3. 아침에는 세상에 있지만 저녁에는 다시 하늘로 올라간다.

누구일까? 알아맞혀 봐.

그동안 단군 신화를 해석하느라 머리가 좀 아팠을 테니 유리왕에 관한 이야기를 들으며 좀 식히도록 하자. 아 참, 아직 유리왕의 이야기를 하려면 한참 멀었구나. 아직 우리는 해모수의 정체도 밝히지 않았잖아?

하늘의 아들이며, 아침에는 인간 세상에 내려오지만 저녁에는 다시 하늘로 올라간다는 해모수는 어쩌면 그렇게 해와 닮았을까? 해모수는 너희들이 이미 짐작한 바와 같이 해를 의인화한 것이라 할 수 있다. 해가 아침에 뜨고 저녁에 지는 것을 아침에는 하늘에서 내려와 세상을 돌보고 저녁에는 다시 하늘로 올라간다고 묘사한 것이지. 또 해모수가 다섯 마리의 용이 끄는 수레를 타고 내려온다거나 흰 따오기(고니)를 탄 시종들이 뒤따르는 것도 햇살이 환하게 비치는 것을 아름답게 묘사한 것이라고 할 수 있지. 해모수는 하필 넓은 들판을 다 놔두고 웅심산에 내려오지. 이 웅심산은 단군 신화에 나오는 태백산과 마찬가지겠지? 세계의 중심을 상징하는 산, 우주산이야.

해모수가 웅심산에 내려와 세상을 다스리는데 어느 날 압록강에서 놀고 있는 하백의 세 딸을 만나게 되지. 하백은 강의 신인데 강의 신의 딸들이 셋이나 물가에서 놀고 있는 거야. 해모수는 이 딸들 중 하나와 결혼하고 싶었지. 그래서 구리로 된 방을 만들어 놓고 이 딸들을 꼬드겼단다.

구리로 된 방에 아름다운 비단을 깔고 맛있는 술도 준비해 두었지. 하백의 세 딸은 이 방에 와서 술을 마시고 놀았어. 그때 별안간 해모수가 방문을 막고 들어섰지. 하백의 딸들은 깜짝 놀라서 달아났는데, 그중 큰딸인 유화는 도망을 못 가고 그만 해모수에게 잡혀 버렸네. 이건 꼭 「나무꾼과 선녀」 이야기를 닮았구나.

유화의 아버지는 강의 신이라고 했지? 강을 다스리는 신이 자기 딸이 납치되었으니 얼마나 화가 났겠니? 그래서 해모수에게 막 항의했지. 도대체 어떤 산적 같은 녀석이 내 딸을 납치해 갔느냐고 노발대발했겠지.

그러자 해모수가 자신은 하늘의 아들이라고 소개했어. 하백은 해모수가 정말 하늘의 아들이라면 도술을 부릴 수 있을 테니 시험해 보겠다고 했지. 하백이 잉어로 변하자 해모수는 수달이 되어 잡았고, 하백이 꿩으로 변해 날아가자 해모수는 매가 되어 잡았고, 하백이 사슴이 되어 달아나자 해모수는 승냥이가 되어 붙잡았지. 변신 경쟁에서 진 하백은 해모수를 사위로 인정할 수밖에 없었어. 그래서 잔치를 준비하고 함께 술을 마셨지. 여기까지는 별 무리 없이 이야기가 진행되는 것 같지?

그런데 문제는 그다음에 생겼어. 하백은 막상 해모수가 하늘의 아들이라고 하니까 욕심이 생겨 걱정이 되는 거야. 해모수는 하늘의 아들이고 자기 딸은 강에 사니까 혹시 해모수가 자기 딸을 하늘로 데려가지 않으면 어쩌나 하고 말이야. 그래서 해모수에게 술을 잔뜩 먹여서는 술에 취한 해모수와 유화를 커다란 가죽 부대에 집어넣고 해모수가 타고 다니는 용수레에 실었지. 용수레는 자동 조정이 되는지 아침이 되자 막 하늘로 오르기 시작했어.

그런데 그때 잠에서 깬 해모수가 유화의 비녀를 빼어서는 자기가 갇혀 있던 가죽 부대를 찢고 혼자 하늘로 올라가 버렸어. 남편과 함께 하늘로 오르지 못한 딸 유화에게 화가 난 하백은 유화의 입술을 확 잡아당겨서 석 자나 되게 늘려 놓고는 쫓아내 버렸지. 흑흑…….남편에게 버림받은 것도 서러운데 입술까지 쭉 늘어나서 학 주둥이가 되다니……. 이제 버림받은 유화는 어찌 될까?

주몽의 탄생

불쌍한 유화……. 해모수에게서 버림받고 아버지에게는 쫓겨나고, 더구나 입술은 쭉 늘어나 학 주둥이가 되었지. 어느 날 강력부추라는 어부가 물속에서 이상한 짐승을 목격하지. 그래서 쇠 그물로 낚아 올려 부여의 임금인 금와왕에게 갖다 준단다. 유화가 강의 신 하백의 딸이니 아마 물속에서 헤엄치는 인어쯤으로 묘사되었겠지. 유화는 입술이 쭉 늘어나 말을 못하다가 세 번이나 입술을 잘라 준 뒤에야 말을 하게 되었대. 금와왕이 유화가 해모수의 아내인 것을 알고 별궁에 가둬 두었는데 해가 계속해서 유화에게만 비치는 거야. 햇빛이 유화만 따라가며 비추더니 유화는 결국 임신을 하게 되었지.

해모수는 하늘의 아들이고 해가 의인화된 인물이니 당연히 햇빛으로 임신을 시킨 거겠지. 유화는 배가 점점 불러 올라 아이를 낳게 되었어. 엥, 그런데 아이를 낳은 것이 아니라 알을 낳았다네.

금와왕은 사람이 알을 낳은 것은 좋지 못한 징조라고 여겨서 이 알을 내다 버렸는데, 마구간에 버리면 말들이 보호해 주고 산속에 버려도 짐승들이 돌봐 주는 거야. 그래서 금와왕은 이 알을 다시 유화에게 갖다 주었는데, 얼마 지나지 않아 이 알을 깨고 '응애~' 하면서 사내아이가 태어났어. 이 아이가 바로 주몽이야.

주몽은 한 달이 지나서 말을 하기 시작했고 어려서부터 활을 잘 쏘았지. 당시 부여에서는 활 잘 쏘는 사람을 주몽이라고 했대. 그래서 주몽이라고 부르게 되었단다. 주몽이 얼마나 활을 잘 쏘았는지 물레 위에 앉은 파리까지 쏘아 맞혔다는구나. 정말 대단한 주몽이야. 우리나라 사람들이 올림픽 양궁 경기에서 금메달을 모두 쓸어 오는 것을 보면 주몽의 활 솜씨가 우리 민족의 핏줄 속에 면면히 이어져 오고 있는 것이 아닐까 싶어.

그런데 여기서 한 가지 생각해 봐야 할 것이 있어. 아빠가 예전에 신화에 등장하는 알의 의미를 새롭게 해석할 수 있다고 했잖아. 알에서 태어난 것은 무슨 공룡의 후손이라는 의미가 아니라, 세상의 모든 이치를 깨달아 아는 사람으로 거듭난 것이라고 말이야. 주몽 또한 마찬가지란다. 주몽이 알로 태어났다는 것은 곧 주몽이 입사식을 거쳐 세계의 이치를 깨달아 아는 사람으로 태어났다는 의미가 된단다.

주몽의 입사식을 설명하는 대목은 유화의 입술을 세 번이나 잘랐다든지, 유화가 방에 갇혀 있었다든지 하는 대목으로 설명이 가능하지. 주몽이 입사식을 통해 세상의 모든 것을 아는 지도자로 태어난 것이라는 해석이 가능한 증거는 주몽이 태어난 지 한 달 만에 말을 하게 되었다는 것과 어려서부터 활을 잘 쏘았다는 거야.

실제로 사람이 태어난 지 한 달 만에 말을 할 수는 없지. 게다가 아빠의 기억이 맞는다면 주몽은 일곱 살부터 활을 잘 쏘는 것으로 나오는데 그게 현실적으로 가능하겠니? 그러니 주몽은 글자 그대로 알에서 태어난 것이라고 보기 어렵단다.

또 하나, 주몽이라는 이름부터가 예사롭지 않아. '朱蒙(주몽)'은 '붉다'는 뜻의 '주(朱)'와 '알다'는 뜻의 '몽(蒙)' 자가 결합한 말이야. 그러니 주몽은 '밝게 아는 자'를 뜻하는 우리말을 표기하기 위한 한자어가 아닐까?

아무튼 주몽은 활을 잘 쏘았지. 그런데 그런 주몽을 시기하는 사람이 있었어. 그 사람은 바로 금와왕의 큰아들 대소였지. 어느 날 금와왕과 그 아들들 그리고 주몽이 함께 사냥 대회를 했는데, 금와왕과 아들들은 전부 모여 겨우 사슴 한 마리를 잡았는데 주몽은 혼자서 사슴을 여러 마리 잡았어. 짜증이 난 대소는 주몽을 나무에 꽁꽁 묶어 버렸는데, 주몽은 묶인 채로 나무를 쑥 뽑아 버리고는 집에 돌아갔지. 그것을 본 대소는 주몽을 없애 버리려고 했어.

그러자 금와왕이 주몽을 시험하기 위해서 말 기르는 일을 맡겼어. 주몽의 어머니 유화는 말 중에 아주 뛰어난 말을 알아보고는 그 말의 혀 밑에 바늘을 꽂아 두었단다. 그러니 그 말은 아무리 뭘 먹고 싶어도 입이 아파 먹을 수가 없잖아. 그래서 뛰어난 말은 비쩍 마르고, 별로 좋지 않은 말들은 살이 통통하게 쪘지. 금와왕은 며칠 뒤에 와서 보고는 그 삐쩍 마른 말을 주몽에게 주고 자기는 통통한 말을 가져갔어. 하지만 결국 좋은 말을 얻게 된 것은 주몽이야. 주몽은 그 말을 얻은 뒤 바늘을 뽑고 잘 먹여 튼튼한 말로 길렀단다.

하늘의 아들인 해모수의 아들 주몽, 강의 신 하백의 외손자 주몽, 어려서부터 활을 잘 쏘는 주몽, 게다가 이제 뛰어난 말까지 얻게 된 주몽. 주몽은 이제 어떤 일을 하게 될까?

그래, 원래 영웅은 좁은 곳에 갇혀 지낼 수가 없단다. 그러니 넓은 땅으로 나가서 새로운 나라를 세워야겠지. 주몽은 자기를 따르는 세 친구와 함께 부여를 떠나지. 그런데 이 사실을 알게 된 대소가 군사를 거느리고 뒤를 쫓아오는 거야. 주몽은 커다란 강 앞에 도착하게 되었어. 그런데 그 강에는 다리가 없네. 뒤에는 대소와 그 군사들이 쫓아오고 앞에는 넓디넓은 강이 가로막혀 있지. 이 상황은 어디서 많이 본 것 같지?

뒤에서는 이집트의 파라오가 군대를 이끌고 쫓아오고 앞에는 홍해가 가로막아 오도 가도 못하게 된 성경의 인물 모세와 그가 거느린 이스라엘 민족의 상황이 떠오르지 않니? 모세는 야훼 하느님에게 기도해서 홍해를 가르고 바다를 건너지? 주몽은 어떻게 했을까?

주몽도 기도를 했단다. 하늘을 향해 말했지.

"나는 천제자의 아들이고, 하백의 외손자입니다. 불쌍한 저를 하늘이 버리시렵니까?"

그러면서 활로 물을 치자 물고기와 자라가 모여 들어와 다리를 놓았단다. 그래서 다리를 통통통 건너게 되는 거야. 물론 대소와 그 군사들은 물고기가 다리를 만들어 주지 않아서 그냥 돌아갈 수밖에 없었지. 강을 무사히 건넌 주몽은 결국 고구려라는 어마어마하게 큰

나라를 세우고 왕이 된단다.

주몽의 일생이 화려하지? 하지만 아빠가 이야기하려는 것은 주몽이 아니야. 바로 주몽의 아들 불쌍한 유리왕이지. 왜 왕의 아들을 불쌍하다고 할까?

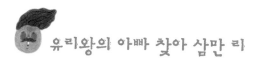

유리왕의 아빠 찾아 삼만 리

지금까지 아빠가 이야기한 것은 해모수와 주몽에 대한 이야기였지? 해모수는 하늘나라 황제의 아들이자 해로 상징되는 인물이었고, 주몽은 천제자 해모수와 강의 신 하백의 딸 유화 사이에서 태어난 영웅이잖아. 그렇다면 이런 영웅의 아들 유리왕은 어떤 인물이었을까?

주몽이 대소의 추격을 피해 강을 건너 고구려를 세웠다는 이야기는 이미 했지? 그런데 주몽이 부여를 떠날 당시 이미 주몽에게는 아내가 있었어. 그리고 그 아내는 임신 중이었지. 주몽은 집을 떠날 때 자기 아들을 위한 증표를 남겨 두었어. 옛날에는 주민등록증이나 운전면허증 같은 것이 없으니 어릴 때 헤어진 아들을 찾기가 어려웠을 거야. 그래서 주몽은 집을 떠날 때 아내에게 이렇게 말을 하지.

"일곱 고개 너머 일곱 모가 난 바위 위 소나무 아래를 찾아보라고 하시오."

이런 괴상한 수수께끼를 남기고 주몽은 집을 떠나. 그리고 어쨌든 고구려를 세우지. 주몽이 떠난 뒤 그의 아내는 아들을 낳았단다.

그 아들이 바로 유리야. 유리는 아버지를 닮아 어려서부터 활을 잘 쏘았지. 하루는 활을 쏘아 참새를 잡으려다가 그만 길 가는 아줌마가 이고 가는 물동이를 쏘아 버렸어. 물동이에는 구멍이 뻥 뚫려 물이 철철 흘러넘쳤지. 그러자 그 아줌마가 아비 없는 자식이라 버릇이 없다고 막 욕을 한 거야. 마음에 커다란 상처를 입은 유리는 진흙을 뭉쳐 화살 끝에 붙이고 다시 활을 쏘아 뚫린 물동이 구멍을 막아 주고는 집으로 돌아왔단다.

우리는 이 이야기가 얼마나 심하게 꾸며 낸 이야기인지 짐작할 수 있지. 화살로 물동이를 쏘면 구멍이 나지 않고 박살이 날 거야. 게다가 진흙을 뭉쳐 붙인 화살 끝으로 그 구멍을 다시 메운다니……. 옛 사람들의 상상력에는 박수를 보낼 만해. 아무튼 집에 돌아온 유리는 어머니 앞에 엎드려 펑펑 울었지.

"제 아버지는 도대체 어디에 있나요?"

그제야 유리의 어머니는 주몽이 남긴 수수께끼를 말해 주었단다. 그때부터 유리는 아버지가 남긴 증표를 찾기 위해 온 산을 헤매기 시작했지. 하지만 세상에 일곱 모가 난 바위는 있을 리가 없잖아. 게다가 그런 바위 위에 소나무라고? 어처구니없는 수수께끼야.

이렇게 자기 아버지를 찾아 세상을 떠도는 이야기는 우리나라만 아니라 전 세계 곳곳에 흩어진 이야기에 꼭 나오는 소재란다. 신화에서 '아버지 찾기'는 매우 중요한 소재로 등장하지.

아무튼 아버지가 남긴 증표를 찾으러 돌아다니던 유리는 아무것도 찾지 못하고 지친 몸을 이끌고 집에 돌아왔단다. 그런데 막 집을 들어서는 순간 바로 자기 집 주춧돌이 일곱 모가 난 돌이라는 것을 발견하게 되지. 그리고 기둥으로 삼고 있는 나무는 소나무이고 말이야. 그 소나무를 잘 살펴보니 구멍이 뚫려 있는 거야. 그 속에 손을 넣어 보니 부러진 칼 토막이 나왔단다. 드디어 유리는 아버지가 남겨 둔 증표를 찾은 거야.

이제 유리가 할 일은 무엇일까? 그래, 아버지가 세운 나라 고구려를 향해 달려가는 일이지. 우리 집에 있는 그림책 『태양으로 날아간 화살』* 기억나니? 거기에서도 주인공은 아버지를 찾기 위해 헤매다가 결국 태양인 아버지를 만나게 되잖아.

유리도 마찬가지란다. 온갖 고생 끝에 아버지 주몽을 만나게 되지. 『태양으로 날아간 화살』에서 주인공이 아버지를 만나자마자 아버지가 바로 "오, 내 아들!" 하고 반기던가? 아니지. 아들이 맞는지 시험을 하잖아. 주몽도 마찬가지였단다.

유리가 가져온 부러진 칼 토막을 본 주몽은 자기가 가지고 있던 칼 토막과 맞춰 보지. 그러자 칼은 피를 흘리며 맞아떨어졌단다. 그런데 주몽은 그런 칼 한 토막으로는 만족하지 않았던 모양이야. 주몽이 말했지.

"네가 정말 내 아들이 맞는다면 그 증거를 보여라."

헉! 증거를 보이라고? 그렇게 고생을 해서 이상한 수수께끼를 풀고 다 녹슨 칼 토막 하나 달랑 들고 국경을 넘어왔는데 또다시 아들인 증거를 보이라니? 우리 같으면 투덜거리거나 신경질을 낼 만도

● 『태양으로 날아간 화살』 제럴드 맥더멋이 지은 책으로, 푸에블로 인디언 설화를 바탕으로 하고 있다.

한데 유리는 성품이 무척 온유한 사람이었던가 봐. 주몽의 말을 들은 유리가 어떤 증거를 보여 줬는지 아니? 이것은 잘 아는 사람이 없는데 아빠가 가르쳐 줄게. 유리는 아버지 주몽의 말을 듣자마자 곧바로 몸을 솟구쳐 하늘로 올랐단다. 그래서 해에까지 몸을 솟구쳤다고 해. 그것을 본 주몽은 유리를 아들로 인정하지.

사람이 어떻게 해에까지 몸을 솟구쳐 오를 수 있을까? 이건 완전한 거짓말이 아닐까? 아빠는 그렇게 생각하지 않아. 이것은 순전히 아빠의 생각인데 말이다, 옛날 사람들이 제정일치 사회를 살았다고 했던 말 기억나니? 제사와 정치가 하나가 되었던 시대, 샤먼이 곧 왕이던 시대. 그렇다면 주몽 또한 왕이면서 동시에 샤먼이었겠지. 그러니 자라와 물고기를 불러 다리를 놓게 할 만한 능력을 갖고 있었겠지. 주몽의 아들로 고구려를 이을 자격을 가진 유리라면 역시 어떤 능력이 있어야 할까? 주몽과 같은 샤먼으로서의 능력이 있어야겠지?

유리가 몸을 솟구쳐 해에까지 올랐다는 것은 그가 가지고 있던 샤먼으로서의 능력을 보여 주었다는 뜻이라고 생각한다. 실제 몸이 하늘로 폴폴 올라갔다는 것이 아니라 그의 영혼이 그랬겠지. 샤먼들은 그런 능력을 가지고 있었으니까. 아무튼 유리는 그런 능력을 보여 줌으로써 주몽의 아들로 인정받고 고구려의 2대 왕이 된단다.

그런데 그런 유리왕이 왜 불쌍할까?

화희와 치희가 다투다

고구려의 2대 임금이 된 유리왕은 아버지 주몽의 권력을 이어받아 고구려를 잘 다스렸겠지? 그런데 유리왕의 아내는 금방 죽고 말아. 왕이 혼자 살 수는 없는 일이잖아. 그래서 유리왕은 아내를 다시 얻게 되지. 그런데 하나가 아니라 두 명의 아내를 얻은 거야. 유리왕은 욕심이 많았던 모양이지? 그리고 그런 욕심은 결국 화를 부르게 마련이야.

유리왕이 계비(첫째 왕비의 뒤를 이은 왕비)로 맞은 여자는 우리 민족 출신인 화희라는 여자와 중국 민족 출신인 치희라는 여자였어.

화희와 치희. 무슨 자매 이름 같지? 그러면 둘이 사이가 무척 좋았을까? 불행하게도 그게 아니었단다. 둘은 만나기만 하면 옥신각신했지. 하루는 유리왕이 사냥을 나가고 없을 때였어. 화희와 치희는 또 정신없이 싸웠지. 그런데 이렇게 싸우던 중에 화희가 그만 치희의 자존심을 건드리는 말을 꺼내고 말았어.

"너는 천한 중국 계집인 주제에……."

치희의 민족적 자존심은 크게 훼손되었지. 만약에 요즘 두 여자가 싸우는데 한 여자가 '넌 중국 되놈의 종자인 주제에'라고 하거나, '넌 일본 쪽바리의 후손인 주제에'라고 하거나, '검둥이 주제에' 등등의 발언으로 상대에게 모욕을 준다면 기분이 어떻겠니?

치희는 너무너무 자존심이 상해서 그만 보따리를 몽땅 싸 들고는 자기 나라로 돌아가 버렸단다. 사냥에서 돌아온 유리왕은 그 소식을 듣고 말을 달려 국경 근처까지 치희를 찾으러 갔지. 그런 것을 보면

유리왕은 은근히 치희를 더 사랑한 것이 아닐까? 그러나 이미 치희
는 국경을 넘어서 자기 나라로 돌아간 뒤였단다.

어쩔 수 없이 터덜터덜 집으로 돌아오던 유리왕은 어느 나무 아래
털썩 주저앉았지. 그런데 그 나무 위에서 꾀꼬리 두 마리가 정답게
놀고 있는 거야. 그 모습을 본 유리왕은 이렇게 노래했단다.

　펄펄 나는 꾀꼬리는
　암수 서로 정다운데
　나의 외로움을 생각하니
　누구와 함께 돌아갈까.

어릴 때부터 아비 없는 자식이라고 놀림받던 유리왕, 아버지를 찾
아 정신없이 떠돌던 유리왕, 겨우 아버지를 만나 고구려 2대 왕이 되
었지만 여자 때문에 슬퍼하며 나무 아래 처량하게 앉아 노래하는 유
리왕. 유리왕은 왕이기 이전에 너무나 불쌍하고 나약한 한 남자가
아닐까? 그래서 아빠가 제목을 '불쌍한 유리왕'이라고 붙인 거란다.

그런데 여기서 잠깐. 이 노래는 유리왕의 작품이 아니라는 주장
도 있단다. 한 나라의 임금이 고작(?) 여자 하나 때문에 징징거리며
이런 노래를 불렀다고 보기는 어렵다는 것이지. 그래서 어떤 사람은
이 노래가 당시 고구려의 유행가쯤 되는 것인데 유리왕 이야기에 그
냥 끼어든 것이 아닐까 하고 짐작해 보기도 한단다.

또 어떤 사람은 이 노래의 주요 인물인 화희와 치희에 대해 새로
운 해석을 내리기도 하지. 화희는 '禾姬'라고 쓰고 치희는 '雉姬'라

고 쓰는데 이때 '禾(화)'는 벼라는 뜻을, '雉(치)'는 꿩이라는 뜻을 가지고 있단다. 그래서 화희는 곧 벼를 재배하는 농경 부족을 상징하고, 치희는 사냥을 중심으로 하는 수렵 부족을 상징한다고 보는 거야. 그리고 그 두 여인이 싸우다가 결국 치희가 떠났다는 것은 당시 고구려 주변에 있던 농경 부족과 수렵 부족의 대립에서 결국 유리왕과 연합한 세력이 화희로 대표되는 농경 부족이라는 것을 두 여인의 이야기로 상징하여 보여 주는 것이라고 하지.

이런 해석도 무척 그럴싸하지? 하지만 물론 아빠는 다르게 생각한단다. 유리왕의 이야기 뒤에는 유리왕이 자기 아들인 해명태자˙를 죽게 만든 비극적인 사건도 숨어 있으니 말이다.

그러나 아빠의 생각을 여기서 다 이야기하는 건 좀 어렵겠구나. 아직은 너희들이 이해하기 어려운 부분들이 많으니 말이다. 너희들은 그저 이렇게 생각해 두길 바란다. 신화가 향유되던 거룩하고 위엄 있는 시대가 서서히 물러나고 이제 드디어 사람들이 자기 개인의 감정을 노래하는 시대가 다가오기 시작했다는 한 증거가 유리왕이 지은 이 노래의 의미라고 말이다.

이 노래의 제목은 「황조가」(黃鳥歌)란다. 황조는 물론 이 노래의 중요 소재로 등장하는 꾀꼬리를 말해. 꾀꼬리를 통해 자신의 감정을 드러내는 노래라고 볼 수 있겠지. 자기의 외로운 처지를 꾀꼬리에

● **해명태자** 유리왕의 둘째 아들인 해명은 장남 도절이 병에 걸려 죽은 뒤 태자가 되었다. 『삼국사기』에 따르면 힘이 세고 용맹하였다고 한다. 그는 이웃 나라 황룡국과 서로 사이좋게 지내지 못했다는 이유로 아버지인 유리왕의 노여움을 사게 되었다. 유리왕은 해명태자에게 칼을 보내 자결을 명령했다고 한다.

대비해서 표현한 유리왕의 풍부한 감수성을 보면 고구려는 무척 매력적인 나라였을 것 같구나. 한 나라의 지도자가 자신의 감정을 시로 표현하는 일에 주저하지 않았다면 그만큼 감성적이고 인정이 넘치는 정치를 했다고 볼 수 있겠지. 하지만 어쨌든 아빠에게 개인으로서의 유리왕은 한없이 불쌍한 남자로 기억되는구나.

더 생각해 볼 문제

1. 이별에 대해 정의를 내린다면?

2. 내가 사랑하는 사람과 헤어지게 된다면 어떤 느낌일까?

3. 이별을 소재로 노랫말을 만들어 보자.

4. 내가 부모님의 아들이나 딸이라는 것을 어떻게 입증할 수 있을까?

2장

매콤달콤 향가의 맛

절대 사랑이 아니라네

서동요

　지금까지 우리는 고전문학 중에서도 아주 오랜 고전문학, 가장 오래된 우리 문학을 살펴봤단다. 고조선 시대의 노래로 알려진 「공무도하가」, 가야의 첫 임금인 김수로왕의 탄생과 관련된 「구지가」, 고구려 2대 임금인 유리왕과 연관된 「황조가」. 이 세 편의 노래가 가장 오래된 우리 노래야. 이런 노래를 고대 가요 또는 원시 가요라고 한단다. 물론 「구지가」와 비슷한 형태를 가진 신라 시대의 노래 「해가」도 있기는 하지.

　이런 고대 가요 시절을 지나 우리는 본격적인 형태를 가진 우리 노래를 만나게 된다. 그것이 바로 신라 시대에 불린 '향가'라는 거야. 고대 가요는 순우리말로 불렸는데 기록할 문자가 없어서 한자로 기록된 것과 달리 향가는 '향찰'이라는 독특한 표기로 기록되었단다.

향찰은 한자의 음과 뜻을 빌려 우리말을 표기하던 특이한 표기 방식을 말하는 거야. 생긴 것은 한자와 똑같이 생겼는데 한문을 해석하듯이 해석하면 말이 안 되고 어떤 것은 한자의 음으로, 어떤 것은 한자의 뜻으로 해석을 해야 하는 것이지.

예를 들면 유명한 「서동요」라는 향가는 다음과 같이 시작된다.

善化公主主隱

이것은 그냥 읽으면

선화공주주은

이라고 읽을 수 있지.

그런데 해석을 하면 참 묘하게 된다. 앞의 네 글자는 그냥 '선화공주'이지만 뒤의 두 글자는 '님 주'와 '숨을 은'인데, 그렇다고 해서 '선화공주는 임금과 숨었다.'고 해석할 수는 없는 일이잖아.

이때 '主'는 한자의 뜻을, '隱'은 한자의 소리를 빌린 향찰 표기라는 것을 알면 이해가 쉬워지지. 主는 뜻을 빌려 '님'으로 읽고 隱은 소리를 빌려 '은'으로 읽으면,

선화공주님은

이렇게 해석이 된다.

그러니 향찰로 쓰인 향가를 해석하기는 쉽지 않겠지? 어떤 글자가 음을 빌린 것인지, 또 어떤 글자가 뜻을 빌린 것인지 알기 어렵기 때문이지. 그래도 미리 공부해서 해석해 놓으신 분들이 있어서 우린 그저 그분들의 해석만 봐도 되니까 얼마나 행복한 일이냐?

신라 시대에 향찰로 기록된 우리 노래를 '향가'라고 한단다. 향가는 대개 귀족 계층인 화랑이나 승려들이 썼지. 그리고 당시에는 무척 많은 향가가 지어진 것으로 추측할 수 있어. 향가를 모아 놓은 『삼대목』이라는 책도 있었다니까. 하지만 『삼대목』은 지금 전해지지 않으니 얼마나 많은 향가가 있었는지 우리로서는 알 수가 없단다.

현재 전해지고 있는 향가는 총 25편이야. 그중 11수는 균여대사라는 승려가 지은 것으로 『균여전』이라는 책에 실려 있는데 모두 다 부처님을 찬양한 노래지. 그 외의 14수는 모두 『삼국유사』에 실려 있단다. 이 14수의 향가는 세 가지 종류로 나눌 수 있어. 네 줄짜리 향가를 4구체, 여덟 줄짜리 향가를 8구체, 열 줄짜리 향가를 10구체라고 하지.

『삼국유사』에 실려 있는 4구체 향가로는 백제 무왕이 어릴 때 지었다고 하는 「서동요」, 양지라는 중이 불상을 만들 때 사람들이 흙을 져다 날라 주며 불렀다는 「풍요」, 어떤 노인이 수로 부인에게 철쭉꽃을 따서 바치며 불렀다는 「헌화가」, 어느 날 해가 두 개나 나타난 변괴를 물리치기 위해 월명사라는 승려가 지어 불렀다는 「도솔가」가 있어.

8구체 향가는 두 편인데 처용이 자기 아내와 자고 있는 귀신을 쫓기 위해 부른 「처용가」, 득오라는 화랑이 죽지랑의 인품을 추모하며 부른 「모죽지랑가」가 있지.

　나머지는 모두 10구체 향가란다. 신충이 임금을 원망하며 지어 잣나무에 붙여 놓았더니 잣나무가 말라 죽었다는 「원가」, 광덕이 극락왕생하기를 빌며 불렀다는 「원왕생가」, 영재라는 중이 산적을 만났는데 줄 것이 없어 이 노래를 부르니 산적들이 모두 머리를 깎고 중이 되어 버렸다는 「우적가」, 월명사라는 승려가 제 누이가 죽자 재를 올리며 불렀다는 「제망매가」, 융천사라는 승려가 하늘에 나타난 혜성과 바다로 쳐들어오는 왜적을 물리치려 불렀다는 「혜성가」, 충담사라는 승려가 나라의 평안을 빌며 불렀다는 「안민가」, 역시 충담사가 기파랑이라는 화랑을 찬양하며 불렀다는 「찬기파랑가」, 희명이라는 사람이 자기 아들의 눈을 뜨게 해 달라고 빌며 불렀다는 「천수대비가」, 이렇게 여덟 편의 10구체 향가가 있단다.

　이 모두를 다 배울 수는 없는 노릇이고 그중에 대표적인 몇 편만 배워 볼까 한다.

서동의 노래

　4구체 향가 중 가장 유명한 것은 「서동요」가 아닐까 싶다. 「서동요」는 텔레비전 드라마로 만들어지기도 했지. 드라마를 잘 보진 않았지만 아마 「서동요」를 가지고 서동과 선화공주의 아름다운 사랑 이야기 정도로 꾸미지 않았을까 한다. 그런데 이 향가의 의미가 과연 그런 걸까? 여기서 똑바로 알아보자꾸나.

아무튼 「서동요」는 서동이 쓴 향가란다. 서동이란 백제 무왕의 어릴 적 이름이지. 『삼국유사』에 보면 「무왕」이라는 제목의 기사에 「서동요」가 나온단다. 욕심 같아선 『삼국유사』 원문을 또 함께 읽어 보고 싶다만, 그러기엔 너무 힘들 것 같고 대략적인 내용만 소개하자면 다음과 같다.

서동의 어머니는 과부였단다. 남편이 죽었는지 어디로 갔는지는 알 수 없지만 서울 남쪽 못가에 집을 짓고 홀로 살고 있었지. 그런데 어느 날 못에서 용이 올라와서는 이 여자와 자고 간 거야. 그리고 낳은 아이가 바로 무왕인데 어릴 때 이름이 서동이지.

용이 사람과 잘 수는 없는 일이니 여기에서 용의 의미가 실제 용이 아니라는 것은 알겠지? 뭔가 다른 이야기를 하기 위한 것일 텐데 사람들은 용이라고 해석하기도 하고 용으로 상징되는 임금이라고 해석하기도 한단다. 물론 또 아빠의 생각은 다르지. 견훤은 땅속 지렁이에게서 태어나고 무왕은 못 속 용에게서 태어나다니……. 뭔가 음모가 있는 것 같지 않니? 더구나 '지렁이'나 '池龍(지룡 : 못의 용)'이나 발음도 비슷하잖아. 게다가 이 용은 밤에 몰래 온 존재이니 앞에서 우리가 살펴본 '야래자 전설'을 떠올리게 하는구나.

용은 순우리말로 '미르'라고 한단다. 미르가 머리라는 우리말과 서로 통하는 단어라는 것을 생각하면 「구지가」를 통해 머리로 태어난 수로왕이나 미르에게서 태어난 무왕이 뭔가 연관이 있는 것 같지 않니? 이 녀석들이 도대체 뭔가 서로 연결되어 있는 것 같은 찜찜한 느낌이 있잖아?

게다가 서동의 이름을 볼까? 『삼국유사』에는 서동이 어릴 때부터 마를 캐어 팔아서 '薯(마 서)童(아이 동)'이라고 이름 지었다고 하는데, 그것은 사실과 다른 것이 분명해. 왜냐하면 이름이라고 하는 것은 태어날 때 지어 주는 것이지 그 사람이 자라서 뭘 하느냐에 따라 짓는 것은 아니기 때문이지.

　아빠가 배우기로는 서동은 아마 막둥이가 아닐까 해. 막내를 뜻하는 막둥이를 한자로 표기할 방법이 없으니 막내에 가까운 '마 서'라는 글자를 사용한 것인데, 후대 사람들이 한자만 보고 뜻을 역추적해서는 마를 캐어 팔았다고 해석한 것이라는 거지. 좀 복잡한가? 원래 신을 나타내는 우리말 '검'의 표기를 위해 한자어 '거북 귀'를 썼는데, 후대 사람들이 실제 한자어의 의미인 거북이로 잘못 해석하는 것과 비슷한 경우라고 할 수 있지.

　환인의 서자인 환웅에게서 태어난 단군을 볼까? 서자는 첫째가 아닌 아들을 가리킨다고 했는데 아빠 생각에는 막내를 의미하는 것 같다고 말한 적이 있지? 여럿 중에 하나가 아닌 여럿 중 가장 말째 말이야. 우리가 알고 있는 동화를 보면 대부분 막내가 주인공인 경우가 많잖아. 러시아 동화에 자주 나오는 바보 이반도 막내이고, 우리나라 동화에 자주 나오는 주인공도 막내가 많아. 「늑대와 일곱 마리 새끼 양」에서도 결국 형들을 구해 내는 것은 막내 양이고, 「아기 돼지 삼형제」에서도 늑대를 이기는 것은 막내 돼지잖아. 막내 이야기를 하자면 한도 끝도 없으니 나중에 시간을 다시 내기로 하고, 어쨌든 이 서동을 막내, 막둥이를 말하는 한자어라고 보면 이야기가 맞아떨어진단 말이지.

그렇다면 왜 이렇게 많은 이야기들에서 주인공은 대부분 막내로 등장하는 것일까? 그것은 이야기가 가진 속성 때문이 아닐까 싶구나. 무릇 모든 이야기들은 일정한 절차를 거쳐서 결말에 이르게 되지. 대체로 이야기는 어떤 사건이 일어났다가 마무리되는 형식으로 구성되게 마련이란다. 물론 요즘은 '열린 결말'의 이야기들도 영화로 만들어지긴 하지만, 그런 결말은 우리를 안타깝게 만들지. 이야기를 듣는 사람들은 누구나 하나의 이야기가 완결된 형태로 마무리되기를 바란단다. 이야기는 전통적으로 기-승-전-결의 구조이거나 발단-전개-위기-절정-결말의 구조로 이루어지지. 하나의 이야기가 완결된 형식으로 구조화되는 과정을 생각할 때 등장인물 중 막내가 주인공이 되는 이유를 짐작할 수 있단다. 형이 주인공이면 이야기를 시작하자마자 끝나 버리는 상황이 발생하는 거잖아. 형들이 줄줄이 실패하고 난 뒤에 비로소 막내가 이야기를 마무리해야만 이야기 구조가 완결된 형태로 진행되겠지. 그런 구조적 특징이 이야기의 주인공을 막내로 설정하게 만드는 결과를 가져온 것은 아닐까 싶구나. 그렇지만 정확한 내막이야 누가 알 수 있겠냐?

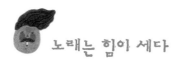

노래는 힘이 세다

아무튼 이 서동이 신라의 선화공주가 아름답다는 이야기를 듣고는 신라에 가서 아이들에게 마를 나눠 주며 부르라고 시킨 노래가 바로 「서동요」란다. 그 내용은 다음과 같지.

선화공주님은

남 모르게 시집가 놓고

맛둥 서방을

밤에 몰래 안고 간다.

물론 이 「서동요」는 향찰로 쓰였고, 우리나라의 유명한 학자인 양주동 박사가 해석한 거야. 하지만 여기에도 말들이 많단다. 특히 마지막 구절은 어떤 학자들에 따르면 '밤에 알을 안고 가다.'로 해석해야 한다고 하기도 해. 아빠가 보기에도 마지막 구절을 '밤에 몰래 안고 간다.'로 해석하기에는 좀 무리가 있는 것 같아. 원문을 자세히 보면 '알'이라는 뜻의 글자로 보이거든.

해석에 관한 것은 신경 쓰지 말고 내용만 보자고 해도 도대체 이게 뭔 소리래? 선화공주가 남몰래 결혼을 했다는 거야. 그리고 밤마다 서동을 안고 간다는구나. 이런 나쁜 여자가 있나? 아직 시집도 안 간 공주가 밤에 몰래 남자를 안고 가다니……

이런 흉악한 노래를 아이들이 퍼뜨리니 결국 이 노래가 궁궐 안까지 들어가게 되었지. 신하들은 공주의 행실이 부정하다며 얼른 내쫓으라고 난리를 쳤지. 결국 임금은 신하들의 협박에 못 이겨 공주를 쫓아내는데 왕비가 선화공주에게 금은보화를 조금 챙겨 줘. 훌쩍훌쩍 울면서 길을 떠나는 선화공주 앞에 서동이 나타나는 거야. 자기가 경호원이 되어 주겠다는 거지. 선화공주는 서동을 보고 그만 첫눈에 반해 같이 살게 되었단다. 하지만 너희들은 조심해야 한다. 첫눈에 반했다고 무조건 같이 살면 안 돼.

아무튼 같이 살림을 차린 선화공주는 서동에게 금은보화를 내주면서 시장에 가져다 팔아서 살림에 보태자고 했지. 서동은 금을 보더니 껄껄 웃었어. 이런 것은 자기가 마를 캐는 곳에 지천으로 널렸다고 말이지. 놀란 공주가 가 보니 금이 한 가득이야. 서동은 유명한 승려에게 부탁해서 그 승려의 신통력으로 금을 모두 신라로 보내지. 신라 임금은 어느 날 갑자기 택배로 날아온 금덩어리에 홀딱 반해서 서동을 사위로 인정하게 되었다는 거야.

　자, 그러니 이런 웃기는 이야기가 어디 있겠니? 선화공주에 대한 말만 듣고 국경을 넘은 서동이나, 소문만 듣고 공주를 쫓아낸 왕이나, 만나자마자 첫눈에 반해 정신 못 차리는 선화나, 금인지 똥인지도 구분 못하는 멍청한 서동이나 뭔가 문제가 있는 것 같지?

　이 이야기의 정체를 정확하게 알아내는 작업은 좀 어려운 일이 될 테니 시간을 두고 천천히 해야 할 것 같구나. 다만 이것만은 기억해 두자. 「서동요」는 절대로 서동의 사랑 노래가 아니라는 것. 서동이 선화공주를 사랑하거나 사랑하게 되었다는 어떤 단서도 원문에는 나오지 않는단다. 만약 서동처럼 선화공주와 살게 된다면 그것은 결혼이 아니라 약탈이거나 아니면 사기 결혼이 되겠지. 선화공주를 얻기 위해 아이들을 이용해 거짓 소문을 퍼뜨린 셈이니까 말이다.

　어쨌든 노랫말 하나 때문에 궁에서 쫓겨나 결국엔 그 노랫말 그대로 서동의 아내가 된 선화공주의 인생도 참 기구하구나. 노래 하나로 선화공주를 차지한 서동도 참 대단하고. 노래의 힘은 정말 대단하지?

　앞으로 아빠가 들려줄 다른 향가들도 대충 비슷하단다. 대부분의 향가는 노래를 통해 어떤 뜻을 이루는 형식으로 되어 있지. 향가가 단순한 노래가 아니라 주술적인 힘을 가진 노래로 활용되고 있단다. 이것은 우리 고대인들의 언령관(言靈觀)을 잘 보여 주고 있지. 언령관이란, 말에 영적인 힘이 깃들어 있다고 보는 관점이란다. 말하는 대로 이루어지는 능력, 말의 주술적인 힘. 그런 것들을 믿었던 고대인들의 사고방식을 확인할 수 있지.

우리는 이런 옛이야기나 옛 노래들을 보면서 옛사람들의 사고가 지금 우리에게 어떻게 적용될 수 있는지 한 번쯤 돌아보는 계기로 삼아야 할 것 같구나.

더 생각해 볼 문제

1. 「서동요」의 배경 설화를 근거로 새로운 노래를 만들어 보자.

2. 「서동요」는 없는 사실을 꾸며 낸 노래이므로 거짓말이라고 할 수 있다. 선한 의도와 목적을 가지고 있다 하더라도 거짓말을 사용하는 것은 옳은 일인가?

3. 첫눈에 반해 가까워지는 것과 사람을 오래 지켜보고 관찰하며 알아 가는 것에는 각각 어떤 장단점이 있을지 생각해 보자.

슬픔을 이기는 방법

제망매가

　너희들은 기억이 날지 모르겠다만 아빠는 어떤 특별한 음식을 먹을 때면 너희들의 외할머니 생각이 가끔 난다. 너희 외할머니께서는 더운 여름에 종종 장어탕을 끓여 주시곤 했단다. 몸이 너무 허약해서 곧 쓰러질 것처럼 보이는 사위를 위해 정성을 다하셨지. 이미 돌아가신 지 오래지만 그 기억은 사라지지 않고 남아 있구나.

　함께 살아가던 사람들과 헤어지는 경험은 쉽지 않은 일이지. 특히 아주 가까운 사이라면 더 그러리라 생각한다. 이 세상에서는 더 이상 볼 수도 없고 이야기를 나눌 수도 없다는 사실을 인식하는 일은 무척 고통스럽지. 그래서 사람들은 죽음으로 인한 이별의 슬픔을 이겨 내기 위해 많은 노력을 해야만 한단다. 어떤 사람은 그 사람이 죽은 날을 기념해서 제사를 지내기도 하고, 어떤 사람은 그 사람의 무덤을 찾아가서 꽃을 드리기도 하지. 그런 행위들은 모두 죽은 사람을 기억하고 추억하는 행위이기도 하지만 동시에 살아남은 사람들이 슬픔을 극복하는 방법이 되기도 한단다.

그렇다면 옛사람들은 어땠을까? 옛날 사람들은 슬픔을 어떻게 이겨 내며 살았을까? 여기 누이동생의 죽음을 겪은 한 사람의 이야기가 있구나.

「제망매가」라고 하는 10구체 향가를 보자. 현재 남아 있는 향가 중에 가장 완성된 형태의 향가가 10구체 향가란다. 10구체 향가가 작품 수도 가장 많지. 그 10구체 향가 중에서도 많은 사람들이 문학적으로 가장 아름다운 작품이라고 꼽는 것이 바로 「제망매가」란다. 「제망매가」는 한자로 '祭亡妹歌'라고 쓰지. 제사할 제, 죽을 망(망할 망), 손아래 누이 매, 노래 가. 그러니까 이 노래는 '죽은 누이동생을 제사하며 부른 노래'라는 뜻이야. 이 노래를 현대어로 번역하면 다음과 같지.

삶과 죽음의 길이
여기 있으매 머뭇거리고
나는 간다는 말도
못다 이르고 어찌 가는가.
어느 가을 이른 바람에
여기저기 떨어지는 잎처럼
한 가지에 나고도

가는 곳 모르겠구나.

아아, 미타찰에서 만날 나

도 닦아 기다리겠노라.

이 노래는 월명사라는 승려가 지은 노래야. 누이동생이니 자기보다 나이가 어리겠지. 그러니 당연히 자기보다 더 오래 살 줄 알았는데 오빠인 자기보다 먼저 세상을 떠났으니 얼마나 마음이 아팠겠니? 월명사는 죽은 누이동생을 위해 제사를 지내며 이 향가를 불렀다고 해.

삶과 죽음의 갈림길이 지금 바로 내 눈앞에 있다면 얼마나 마음이 힘들고 두렵겠니? 그래서 죽음 앞에 머뭇거리는 누이동생의 심정을 노래하고 있어. 그 두려움 때문에 결국 '나는 간다'는 말도 못하고 누이동생은 떠나가 버린 거지. '오빠, 나 먼저 가요.' 이런 짧은 유언도 없이 불현듯 세상을 떠난 모양이구나. 그것을 월명사는 나뭇잎에 비유한 거야. 한 가지에 난 나뭇잎이 가을날 바람이 불면 여기저기 떨어지듯이 한 부모에게서 태어난 누이동생도 운명의 바람 앞에 저항하지 못하고 생명이 떨어지고 말았다는 것이로구나.

월명사는 얼마나 슬펐을까? 누이동생이 '죽음'의 힘을 거역하지 못하고 자기보다 먼저 훌쩍 세상을 떠나 버린 그 허망함, 그 슬픔……. 죽음 앞에서 모든 인간은 슬픔을 느끼지 않을 수 없지. 죽음 이후의 내세를 믿는 종교인들이라 해도 지금 현재의 삶에서 더 이상 그 사람과 함께할 수 없다는 사실 앞에서는 슬퍼하지 않을 수 없는 것 아니겠니? 너희 외할아버지나 외할머니께서 돌아가셨을 때 엄마가 슬퍼했던 모습을 기억해 보면 짐작할 수 있겠구나.

월명사 또한 누이동생의 죽음 앞에서 무척 슬펐으리라. 그런데 월명사가 그 슬픔을 어떻게 극복하고 있는지 잘 보렴. 미타찰에서 만날 나는 도 닦으며 기다린다고 하잖아. 미타찰은 불교에서 말하는 극락이야. 기독교식으로 말하면 천국이지. 사람이 죽으면 가게 된다고 믿는 저승의 아름다운 세계가 미타찰이나 천국으로 표현되었지.

언젠가 나 역시 죽게 되면 아름다운 천국에서 누이동생과 만나게 될 테니 그날을 소망하며 나는 지금 여기에서 도를 닦으며 기다리겠다는 거야. 어찌 보면 모든 종교인들이 이와 유사한 방법으로 슬픔을 극복하지 않을까 싶구나.

동생의 죽음이라는 슬픔을 이기는 월명사의 방법. 그것은 지극히 종교적이지. 우리 인간은 이렇게 모두 종교적인 존재란다. 월명사는 승려였기에 이런 표현을 했겠지만 그가 기독교인이었다면 역시 성실한 기독교인의 표현을 사용했으리라 생각한다. 그래서 누이동생의 죽음 앞에 슬퍼하기는 하지만 천국에서 만날 날을 소망하며 기도하면서 기다리겠다고 노래했겠지. 죽음을 종교적으로 극복하고 있는 월명사의 모습이 새삼 낯설지 않구나.

더 생각해 볼 문제

1. 가까운 사람의 죽음을 경험한 적이 있는가?

2. 죽음 이후의 삶에 대해 생각해 본 적이 있는가?

3. 내가 사는 이 세상에서의 삶이 유일한 삶이라고 생각하는 것과 죽음 이후에
   또 다른 영원한 삶이 있다고 생각하는 것에는 어떤 차이가 있는가?

4. 아픔이나 고통을 극복하는 나만의 방법이 있는가?

5. 아픔이나 고통이 나에게 유익한 것이 될 수 있을까?

신라 최고의 미녀

헌화가

여성의 상품화니 뭐니 해서 요즘은 그 규모가 줄어든 것처럼 보이는 미스코리아 선발 대회라는 것이 있지. 우리나라에서 제일 아름다운 여인을 뽑는 대회란다. 예전에는 미스코리아 선발 대회를 방송에서 생중계했기 때문에 아빠도 본의 아니게 몇 번 그 장면을 보기도 했지. 그런데 그 선발 대회를 볼 때 몇 가지 이상한 점이 있었단다. 하나는 왜 미스코리아 대회에 출전한 사람들이 다 비슷하게 생겼을까 하는 점이었고, 또 하나는 도대체 아름다운 여인의 기준이 뭘까 하는 점이었단다. 아름다움이라는 것은 굉장히 주관적인 것인데 그것을 어떻게 많은 사람이 점수를 매겨서 결정할 수 있을까 하는 생각이 들곤 했지.

오늘은 아빠가 아름다운 여인이라면 적어도 이 정도는 되어야 하지 않을까 하는 생각을 갖게 해 주는, 정말 아름다운 여인을 소개할까 한다. 이 사람이 누군가 하면 신라 성덕왕 때 순정공의 아내였던 수로 부인이란다. 미스가 아니라 아줌마란 얘기지. 그러니 벌써 신분에서부터 우리가 지금 생각하는 미스코리아와는 다르다는 것을 알 수 있겠지?

신라 성덕왕 때 순정공이 강릉 태수로 부임해서 길을 가던 중 어느 날 바닷가에서 점심을 먹게 되었어. 그런데 주변에는 깎아지른 듯 솟은 바위가 병풍처럼 둘러 있고 그 위에 철쭉꽃이 만발해 있는 거야. 순정공의 아내 수로 부인은 그 꽃을 보고 주위에 있는 사람들에게 말했지.

"나에게 저 꽃을 꺾어다 줄 사람은 없나요?"

그러자 같이 수행하던 사람들이 모두 깜짝 놀랐지. 꽃을 꺾으러 바위 위로 오르다가 떨어지면 바로 하늘나라로 떠날 수 있는 곳이었거든.

"저곳은 도저히 사람이 갈 수 없는 곳이랍니다."

하면서 벌벌 떨고 피하기만 했지. 그때였어. 암소를 끌고 그 곁을 지나던 어떤 할아버지가 수로 부인을 위해 그 높은 바위를 올라 꽃을 꺾어다 바치는 거야. 게다가 이 할아버지는 노래까지 불렀지. 그 노래가 바로 「헌화가」라는 유명한 4구체 향가란다.

자줏빛 바위 가에
잡고 있는 암소 놓게 하시고

나를 아니 부끄러워하시면

꽃을 꺾어 바치오리다.

이 이야기와 노래는 도대체 어떻게 된 것일까? 신라 시대 노인들의 체력이 얼마나 왕성했는지를 입증하기 위한 것일까? 아니면 수로 부인의 아름다움이 얼마나 대단했기에 노인으로 하여금 목숨을 걸고 바위를 타게 했는지를 짐작하게 하기 위한 것일까?

이 수로 부인이 이틀을 더 길을 가다가 임해정이라는 곳에서 점심을 먹을 때였어. 그때 갑자기 바다에서 용이 나오더니 부인을 끌고 바다로 들어가 버렸지. 순정공은 발만 동동 구르면서 어쩔 줄 모르고 있는데 지나가던 어떤 노인이 이런 말을 하는 거야.

"옛사람들 말에 여러 사람의 말은 쇠도 녹인다 했습니다. 바닷속에 사는 용이라 한들 어찌 여러 사람의 입을 두려워하지 않겠습니까? 마을의 백성들을 모아 노래를 부르면서 지팡이로 바닷가를 두드리면 부인을 만나 볼 수 있을 것입니다."

그래서 순정공은 노인이 시키는 대로 백성들을 모아다가 막대기로 바닷가를 두드리며 노래를 부르게 했지. 그러자 용이 나와서는 부인을 도로 바치는 거야.

수로 부인은 용모가 무척이나 아름다워서 깊은 산이나 큰 못을 지날 때마다 여러 번 신에게 붙들려 갔다고 해. 그러니 아름다운 여인이 되려면 이 정도는 되어야 하는 거야. 너무 아름다워서 노인으로 하여금 암벽 등반을 하게 만들 정도이거나, 산이나 못에 사는 귀신들이 잡아갈 정도이거나……. 고작 여러 사람의 투표로 선발된 정도로는 아름답다고 할 수 없는 거지. 참, 그런데 이때 사람들이 부른 노래는 다음과 같단다.

龜乎龜乎出水路(귀호귀호출수로)
掠人婦女罪何極(약인부녀죄하극)
汝若悖逆不出獻(여약패역불출헌)
入網捕掠燔之喫(입망포략번지끽)

「해가」 또는 「해가사」라고 하는 이 노래를 번역하면 이렇게 된단다.

거북아 거북아, 수로를 내놓아라.
남의 아내를 빼앗은 죄가 얼마나 크냐.
네가 만일 거스르고 내놓지 않는다면
그물을 넣어 너를 잡아 불에 구워 먹으리라.

어디서 한 번 본 듯한 느낌이 들지 않니? "거북아, 거북아" 하면서 거북이를 부르는 장면, 수로를 내놓으라는 장면, 만일 내놓지 않으면 불에 구워 먹겠다고 협박하는 장면…….

그래, 땅을 파면서 부른 노래인 「구지가」와 비슷하지? 여러 사람이 땅을 파거나 바닷가를 두드리는 노동 행위를 하면서 노래를 불렀다는 점도 비슷하고. 김수로왕이 나온 것이나 수로 부인이 나온 것이나 한자는 다르지만 노래를 부른 결과 '수로'가 나왔다는 점도 비슷하지.

그래서 이 이야기나 노래의 주인공 수로 부인을 글자 그대로 아름다운 여인이라고 보기에는 문제가 있단다. 단순히 아름다운 여인 수로 부인의 이야기라기보다는 영적인 힘을 가진 여인 수로 부인이라고 보는 것이 더 합리적인 해석이란다.

「헌화가」가 출현하는 배경과 「해가」가 출현하는 배경을 잘 보렴. 둘 모두 장소가 바닷가라는 점, 점심을 먹을 때라는 점, 여러 사람이 함께하고 있었다는 점, 꽃 또는 수로 부인의 반환 등 뭔가를 요구하는 사항이 있었다는 점, 노인이 해법을 알려 주었다는 점 등 이런 여러 가지 유사점들은 제의의 상황과 일치하는 점이 많단다. 그렇게 볼 때 수로 부인이 아름다워서 여러 귀신들에게 끌려갔다는 이야기는 오히려 수로 부인이 굿을 주관하는 사제가 되어 자주 접신의 상태에 들어갔다는 이야기로 해석이 가능하지.

그러니 결국 신라 최고의 미녀라는 수로 부인은 신라에서 가장 영적 능력이 탁월했던 샤먼이 아니었을까? 영적 능력이 가장 뛰어난 사람이 가장 아름답게 묘사되었다는 점에서 옛사람들이 사람을 보는 관점이 지금과 너무도 다르다는 것을 알 수 있지 않을까?

요즘 사람들은 사람의 얼굴 생김새나 몸매를 가지고 아름다움의 척도로 삼지만 옛사람들은 그 사람의 능력, 그것도 영적인 능력을 아름다움의 척도로 삼았다는 것. 이는 현대인들에게 아주 큰 교훈을 준단다. 우리는 얼마나 영적인 능력, 영적인 깊이를 높이 평가하며 살고 있는지, 얼마나 영적인 일에 관심을 기울이며 살고 있는지 한 번쯤 돌아봐야 할 것 같구나.

더 생각해 볼 문제

1. 내가 생각하는 아름다움이란 무엇인가?

2. 나는 어떤 경우에 아름다움을 느끼고 경험하는가?

3. 우리가 흔히 보는 연예인들이 아름답다고 생각하는가? 그 이유는 무엇인가?

4. 다른 사람들이 아름답다고 하는 것이 나에게도 아름답게 느껴지는가? 예를 들어 설명해 보자.

지금 부르면 안 되는 노래

도솔가

향가를 소개하면서 아빠가 언령관에 대해 이야기했지. 말에는 신령한 힘이 깃들어 있다는 관념. 향가는 그 노래를 부르는 사람이 실제 그 노래가 효험이 있다는 믿음을 가지고 부른 노래라고 할 수 있지. 그런 측면에서 향가는 주술성이 강한 노래이고 그만큼 놀라운 능력을 가진 노래라고 할 수 있단다.

향가를 불러 노래 내용처럼 실제로 결혼에 이르게 된 노래 「서동요」, 향가를 불러 귀신을 쫓아낸 「처용가」, 향가를 불러 도둑들을 회개시킨 「우적가」, 향가를 불러 혜성을 물리친 「혜성가」 등등 대부분의 향가는 뭔가 신비한 능력을 발휘하는 노래라고 할 수 있단다.

지금 아빠가 소개하려는 「도솔가」도 마찬가지야. 이 노래는 아주 짧은 4구체 향가이지만 그 능력은 막강하지.

신라 경덕왕 19년 4월 초하룻날 갑자기 하늘에 해가 두 개씩이나 나타나서는 열흘 동안 없어지지 않는 거야. 궁궐에서는 난리가 났지. 해가 두 개나 나타나다니……. 지금은 해가 하나뿐인데도 전국적으로 폭염주의보가 내리는 판인데 그 뜨거운 해가 두 개나 나타나면 어떤 일이 생길지 짐작이 가지?

당황하고 있는 왕에게 일관이 조언을 했어. 일관이란 왕의 곁에서 여러 가지 이상한 징조를 해석해 주거나 앞일을 예언해 주는 따위의 일을 맡은 사람이야. 일종의 선지자라고 할 수도 있고 무당과 비슷한 기능을 하는 사람이라고 할 수도 있지. 그 일관은 인연이 있는 승려를 모셔다가 산화공덕을 하면 재앙을 물리칠 거라고 했어. 산화공덕이라는 것은 꽃을 뿌려 부처에게 예배하는 의식을 말하지. 왕이 단을 쌓아 놓고 인연이 있는 중을 기다리고 있는데 이때 나타난 중이 누구인 줄 아니? 바로 월명사라는 승려였어.

월명사, 기억나? 누이동생을 잃은 슬픔을 종교의 힘으로 극복한 향가 「제망매가」를 쓴 승려잖아. 월명사는 정말 능력이 탁월한 승려였단다. 하루는 월명사가 저녁에 길을 가며 피리를 불자 그 피리 소리를 들으려고 달이 그 자리에 멈춰 섰다는 기록도 있어. 그래서 달이 멈췄던 그 동네 이름이 월명리가 되기도 했단다. 성경에 보면 모세의 후계자인 여호수아는 해와 달이 멈추도록 기도해서 결국 해와 달의 움직임을 멈추게 한 사람인데, 월명사는 피리 한 번 불어서 달을 멈추게 한 사람이란다. 어느 나라, 어느 시대나 종교의 힘은 참 막강한 모양이구나.

아무튼 이 월명사가 왕의 요청에 따라 「도솔가」를 지어 불렀지.

오늘 이에 산화가 부를 제
뿌린 꽃아, 너는
곧은 마음의 명을 따라
미륵좌주 모셔라!

미륵좌주는 부처를 가리키는 말이고 산화가는 불교 예식에 부르는 노래의 일종이란다. 그러니 이 노래는 해가 사라지라는 말은 한마디도 하지 않고 오직 부처의 공덕을 찬양하는 것만으로 해를 사라지게 하려 한 노래라고 할 수 있지.

결국 이 노래를 부르자 해 하나가 사라졌다고 해. 대단한 노래이긴 하지만 지금 이 노래를 부르면 안 되겠지? 지금 이 노래를 불러 버리면 그나마 남아 있는 한 개의 해마저 사라져 버릴 테니까 말이야.

그런데 정말 이 이야기의 해가 하늘에 떠 있는 저 해가 맞을까? 혹시 해와 같은 절대적인 힘을 가진 존재에 대한 비유적인 표현은 아닐까? 해와 같은 힘을 가진 왕, 그 왕에게 도전하는 왕처럼 강력한 힘을 가진 또 다른 존재, 그 존재의 출현을 무력으로 진압하지 않고 종교의 힘으로 다스린 월명사.

그렇게 생각하면 지금 우리 사회에 일어나는 불합리하고 부조리한 수많은 일들을 어떻게 해결해야 할지 하나의 힌트를 얻을 수 있지 않을까? 많은 사람들이 특정한 한 개인, 특정한 기업, 특정한 기관에 나라와 사회의 일들을 의존하려는 경향이 많은데, 사실 사회의 많은 문제들은 대통령이나 정치인이나 대기업이 해결할 문제가 아니라 종교와 같은 어떤 신념의 힘으로 해결해야 하는 것은 아닐까?

그리고 그 종교적 힘이나 신념이란 결국 내가 가진 힘만 믿고 나와 대립 중인 사람과 맞서 싸우려는 것이 아니라 나와 다른 사람을 배려하고 사랑하는 넉넉함에 있는 것이 아닐까?

더 생각해 볼 문제

1. 힘이란 무엇일까?

2. 내가 갖고 싶은 힘은 어떤 것인가?

3. 내가 모든 사람보다 뛰어난 어떤 힘을 가지고 있다면 가장 하고 싶은 일은 무엇인가?

4. 내가 가진 힘을 바르게 사용하기 위해 꼭 필요한 것은 무엇일까?

5. 내 생각과 다른 견해를 가진 사람을 어떻게 상대하는 것이 좋을까?

문학을 꼭 공부해야 할 사람은?

안민가

신라 초기에는 왕위가 세습되지 않았단다. 아버지가 왕이라고 해서 아들이 바로 왕이 되는 일이 없었다는 뜻이지. 박혁거세왕, 석탈해왕, 김알지왕 등 왕위를 이은 사람들의 성씨가 각각 다른 것을 보면, 또 우리가 앞에서 살짝 공부한 입사식을 고려해 보면, 초기 왕위는 자기 자식들에게 물려주는 방식이 아니었음이 분명하지. 왕권을 커다란 권력으로 여기고 자기 욕심에 따라 후손들에게 대대로 물려주려는 생각들은 결국 한 나라를 망하게 하는 시초가 되기 마련이란다.

그런데 신라 경덕왕은 왕권을 세습하고 싶은 욕망이 아주 컸던 모양이다. 경덕왕에게는 오랫동안 자식이 없었는데 얼른 자식을 갖고 또 그 자식에게 왕위를 물려주고 싶었어. 그래서 어느 날 표훈대덕이라는 승려에게 하늘나라에 올라가서 자식을 얻을 수 있게 해 달라고 요청했어. 그 무렵에도 자식은 하늘에서 주는 것이라는 생각이 있었던가 보다.

표훈대덕은 특별한 능력이 있어서 하늘나라를 제 이웃집 드나들듯 할 수 있었던지, 하늘에 올라가 옥황상제에게 임금의 부탁을 전했지. "우리 임금에게 아들 하나만 주십시오." 하고 말이다. 하늘나라 임금은 딸은 줄 수 있지만 아들은 안 된다고 했단다. 그러자 경덕왕은 다시 떼를 쓰기 시작했지. 딸로 보내 주려고 작정한 그 아이를 아들로 바꿔서 보내 달라고 말이야.

아이가 무슨 택배 물건도 아니고 이걸로 달라 저걸로 달라 했으니 하늘나라 임금님도 기분이 좋지는 않았던가 봐. 그래서 경덕왕의 요청에 따라 아들로 바꿔 보내 주기는 하지만 표훈대덕에게 앞으로 하늘나라를 이웃집 드나들 듯 하는 짓은 그만 두라고 했지.

경덕왕은 정말 아들을 얻게 되었는데 그 아들이 원래 딸로 태어날 아이였던 탓인지 어려서부터 여자아이처럼 놀았다고 해. 그 뒤로 나라는 어지러워지고 도둑들이 벌떼처럼 일어났지. 결국 경덕왕의 아들 혜공왕은 선덕왕에게 죽음을 당하고 만단다. 왕위의 대를 잇고 싶은 아버지의 욕심이 아들을(원래는 딸이었겠지만) 불행으로 몰고 간 것이라 할 수 있겠지.

그런데 이 경덕왕도 자신의 욕심이 나라를 힘들게 한다는 사실을 알고 있었을까? 어느 날 경덕왕은 충담사라는 승려에게 나라의 평안을 위해 향가를 지어 달라고 부탁한 적이 있단다. 충담사는 「안민가」라는 향가를 지어 주었지.

그 향가의 내용은 다음과 같단다.

임금은 아비요,
신하는 사랑하는 어미요,
백성은 어리석은 아이로다 하실진대
백성이 사랑을 알리라.
꾸물거리며 살아가는 인민,
이들을 먹여 다스릴러라.
이 땅을 버리고 어디로 가리 할진대
나라가 보전될 줄을 알리라.
아아, 임금답게 신하답게 백성답게 할지면
나라가 태평하오리다.

무슨 내용일까? 임금은 아버지, 신하들은 어머니, 백성들은 아이로 여긴다면 백성들이 임금의 사랑을 알 것이라는 거야. 꾸물거리며 살아가는 백성들은 오직 임금의 사랑을 먹고 다스려진다는 거야. 백성들이 스스로 임금과 나라를 사랑해서 '우리가 이 땅을 버리고 어디로 갈꼬?' 할 정도면 나라가 잘 보전될 것이라는 거야. 임금은 임금답게, 신하는 신하답게, 백성은 백성답게 살아간다면 나라가 태평할 것이라는 거야.

어려운 내용일까? 아니지. 오히려 너무 쉬운 내용이고 누구나 다 알 만한 내용이야. 누구라도 이렇게 생각할 수 있지. 왜냐하면 이런 것은 지극히 당연한 이야기이니까. 임금이 임금답고 신하가 신하답고 백성이 백성다운 나라. 그게 어려운 일일까? 당연하고 마땅한 일이지만 임금이 임금답지 못하고 신하가 신하답지 못하고 백성이 백성답지 못하니 나라가 태평하지 못하다는 것이겠지.

모두가 자신의 자리에서 마땅히 자신이 해야 할 일을 하는 세상이 태평한 세상이라는, 얼핏 듣기에도 지극히 당연한 이 노래를 지어서 불러야 할 정도의 세상은 얼마나 황당한 곳이었을까? 얼마나 임금과 신하와 백성이 그 자신답지 못했으면 이런 내용을 노래로 불러야만 했을까?

우리가 지금 살아가는 세상은 어떨까? 대통령이 대통령답고 국회의원이 국회의원답고 경찰이 경찰답고 정치인이 정치인답고 시민이 시민다운 세상이라면 이 세상은 얼마나 태평할까? 우리가 사는 이곳이 혹 태평하지 못하다면 그것은 대통령이 대통령답지 못하고 정치인이 정치인답지 못하고 시민들이 시민답지 못해서일까, 아니면 저마다 본분에 충실한데도 그런 것일까?

모든 것은 위에서부터 모범을 보여야 하느니만큼 최소한 정치를 하는 분들만이라도 「안민가」 한번 읽어 보시고 '정치인답게' 살아 보면 어떨까?

정치인들이 서로 정치적 견해가 달라서 의견 대립을 하고 논쟁을 하는 것까지는 이해할 수 있지만 자신의 욕심과 권력에 대한 집착 때문에 서로 헐뜯고 욕하고 싸우는 모습을 지켜보는 것은 무척 괴롭지. 왜냐하면 그들을 선거를 통해 뽑아 준 것은 국민이기 때문이지.

그래서 아빠는 부디 정치인들이 이 「안민가」의 한 구절이나마 기억하고 실천에 옮기기를 바라는 마음이 간절하구나. 그들 자신이 해야 할 일이 무엇인지를 깨닫고 자신의 처지와 형편에 맞게 실천하는 것은 사회와 국가를 위해 매우 중요한 일이기 때문이란다.

아, 우리는 또 어떨까? 우리 자신은 모두 아버지답고 어머니답고 아들답고 딸답고 어떤 신념을 가진 사람들답게 살고 있을까? 노래 하나에서도 자신을 돌아볼 줄 아는 지혜로운 하루가 되기를 바란다.

더 생각해 볼 문제

1. '~답다'라는 의미에 대해 자신만의 생각을 말해 보자.

2. 어떤 것이 가장 '나다운 것'인지 이야기해 보자.

3. "나는 ~답다. 왜냐하면 ~하기 때문이다."
   위와 같은 진술문을 다섯 가지 이상 만들어 보자.

19세 이하 관람 불가?

처용가

향가에는 4구체, 8구체, 10구체의 세 가지 종류가 있다고 했지? 그중에 8구체 향가는 「모죽지랑가」와 「처용가」 둘밖에 없단다. 오늘은 그중에서 「처용가」에 대한 이야기를 해 줄게. 아빠가 너희들에게 「처용가」를 설명한다고 하는 것을 다른 학생들이 들으면 깜짝 놀랄 거야. 왜냐하면 이 내용이 아주 야릇하거든. 어린아이들에게 이야기하기는 좀 껄끄러운 이야기라고 생각하는 사람들도 있기 때문이지. 하지만 아빠는 그렇게 생각하지 않는단다. 이 향가에는 겉으로 드러나지 않은 또 다른 의미가 있다고 생각하기 때문에 너희들에게 이야기해도 별 염려는 없어. 뭐, 그래도 혹시 거북스럽거나 마음에 들지 않는 부분이 있으면 언제든 이야기하도록 해라.

신라 49대 왕인 헌강왕 때의 이야기야. 왕이 신하들과 함께 바닷가를 거닐고 있었는데 갑자기 구름과 안개가 자욱해지면서 앞을 분간할 수 없는 상황이 된 거야. 왕이 이상하게 생각해서 일관에게 물었지. 일관이 설명했어. "이것은 동해 용이 부린 조화입니다. 그러니 용을 위해 뭔가 좋은 일을 해 주시면 괜찮아질 겁니다."

우리가 생각하기엔 터무니없는 소리 같은데 왕은 그럴싸하게 생각했던 모양이야. 그래서 당장 동해의 용을 위해 그 근처에 절을 지어 주라고 명령을 내렸단다. 왕의 명령이 내리자 갑자기 구름이 걷히고 안개도 사라지는 거야. 그래서 그곳 이름을 개운포(開雲浦 : 구름이 걷힌 포구)라고 지었단다.

그런데 구름이 정말 개운하게 걷히고 나자 실제로 동해의 용이 나타난 거야. 그것도 자기 아들을 일곱 명이나 데리고 말이야. 그 일곱 명의 아들 중 하나를 왕 곁에 남겨 두고 나랏일을 돕도록 했는데 그 사람이 바로 「처용가」를 지은 처용이란다.

왕은 아름다운 여인을 처용의 아내로 주어 처용의 마음을 잡아 두려 했지. 남자들은 아름다운 여인에게 마음을 뺏기기 마련이잖아, 아빠처럼……. 그런데 처용의 아내는 무척 아름다웠는데도 처용은 자기 아내를 별로 사랑하지 않았던 모양이야. 집에서 아내와 함께 있는 것보다는 경주 시내를 돌아다니며 술을 마시고 노는 것을 더 즐긴 것 같거든.

그런데 처용의 아내가 아름다웠기 때문에 문제가 생겼단다. 역신이 처용의 아내를 사랑하게 된 거야. 역신이 누구냐 하면 천연두라는 무시무시한 전염병을 옮기는 귀신이란다. 그 역신이 처용의 아내를 사랑해서 밤중에 몰래 찾아와서는 함께 잠자리에 든 거야.

처용이 경주 시내를 돌아다니며 술 마시고 놀다가 집에 돌아와 보니 이게 웬일이람? 아내가 다른 남자랑 자고 있네? 보통 사람 같으면 당장 난리가 났겠지? 그런데 처용은 확실히 용의 아들이라 남다른 면이 있었나 봐. 노래하고 춤을 추면서 그 자리에서 물러나왔다는 거야. 그때 부른 노래가 바로 「처용가」란다.

서라벌 밝은 달에
밤들이(밤늦게까지) 노닐다가(놀며 돌아다니다가)
들어와 자리를 보니
다리가 넷이로구나.
둘은 내 것인데(아내의 다리 둘)
둘은 뉘 것인고(역신의 다리 둘).
본디 내 것이다마는
빼앗긴 것을 어찌하리오.

엉? 무슨 이런 노래가 있지? 자기 아내가 다른 남자랑 자고 있는데 어쩔 수 없다고 하면서 노래를 하고 나오다니? 아무튼 이런 노래를 부르며 춤을 추고 자리에서 물러나자 아내와 함께 잠자고 있던 역신이 막 뛰어나왔어. 그러면서 회개의 눈물을 흘리며 고백했지.

"제가 평소 당신의 아내를 사모하다가 오늘 이런 짓을 저질렀습니다. 그런데도 당신이 화를 내지 않으시니 정말 감동했습니다. 맹세코 앞으로는 당신의 얼굴을 그린 그림만 보아도 그 문에 들어가지 않겠습니다."

그러고는 물러났단다.

그 일이 있고 난 뒤로 사람들은 처용의 얼굴을 그려 문에 붙였다고 해. 그래서 나쁜 귀신을 물리치고 경사스런 일을 맞아들이게 되었단다. 이런 내용을 어려운 표현으로 '벽사진경'이라고 한단다.

이 이야기는 뭔가 이상한 느낌이 들지? 용의 아들이 세상에 와서 결혼을 하고 살다니? 사람도 아닌 귀신이 처용의 아내와 같이 잠을 자다니? 아내가 다른 남자랑 자고 있는데 노래하며 춤을 추다니? 그 너그러움에 감동해서 다시는 처용의 얼굴을 그려 놓은 집에조차 안 들어간다니? 이게 도대체 무슨 일일까?

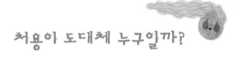

처용이 도대체 누구일까?

무슨 그런 일이 다 있는지 알쏭달쏭하니 우선 처용이 도대체 누구인지부터 생각해 보자. 처용이 누구일까 하는 논란은 오랫동안 계속되어 왔단다. 아빠가 기억하는 아주 재미있는 주장으로는 이런 것도 있지. 「처용가」는 나중에 처용무라는 춤으로도 발전했거든. 그런데 그 춤에 등장하는 처용은 커다란 탈을 쓰지. 우리가 흔히 알고 있는 이상한 탈과 달리 사람의 얼굴과 거의 비슷한 탈인데, 희한하게도 그 탈의 주인공인 처용은 눈썹이 짙고 코가 크고 입술이 붉어서 외국인과 같은 인상을 준단다.

그래서 처용이 용의 아들이라는 점, 그 용이 바닷가에 별안간 나타났다는 점, 처용의 탈이 무척 이국적인 외모를 가진 점 등등을 종합해서 처용이 혹 배를 타고 신라에 찾아온 아라비아의 상인이 아니었겠느냐는 주장도 있단다. 당시에 실제로 아라비아 상인들이 신라에 많이 드나들었으니 그중 하나가 신라인과 혼인을 하고 신라인으로 귀화하여 살았던 것이 아닐까 추측한 것이겠지.

그런데 아무리 그렇게 본다고 해도 여전히 문제는 남는다. 처용이 아라비아인이었다고 하면 도대체 처용의 아내와 잠을 잔 그 역신은 뭐가 되나? 정말 귀신이 아닌 또 다른 어떤 사람일까? 그렇다면 왜 그 사람은 처용의 얼굴을 그린 그림만 봐도 그 집에는 안 들어간다고 말했을까?

많은 사람들이 처용을 무당이라고 생각한단다. 역신이 처용의 아내와 함께 잠을 잤다는 것은 처용의 아내가 역병에 걸렸다는 사실을 의인화한 표현이라는 것이지. 그리고 역병에 든 아내(이 아내가 실제의 아내가 아닐 수도 있지)를 낫게 하기 위해 처용이 굿을 한 셈이고.

무당이 굿을 할 때는 노래하고 춤추는 것이 필수적이거든. 처용이 춤과 노래가 포함된 굿을 함으로써 아내의 역병을 낫게 한 거지. 제의 절차 중에 찬신이라는 절차가 있었어. 신의 내력을 찬양하여 신을 달래는 절차지. 그런 것처럼 처용이 노래하고 춤을 추었다는 것은 찬신과 같은 기능을 한 것으로 볼 수 있단다. 그리고 처용이 굿을 통해 역병을 낫게 하는 능력을 가지고 있으니 그의 신통력에 의지해서 그 얼굴만 보아도 그곳에는 병이 찾아가지 않는다고 본 것이고.

그 후로 사람들이 처용의 얼굴을 그린 그림을 문 앞에 붙여 두었다는 기록이 나오는 것을 보면 처용은 부적의 원조가 되는 사람이 아닐까 싶구나. 아무튼 신라 사람들은 샤먼킹(단군 신화에서 배웠던 기억이 나니?)이 다스리던 시대가 아닌 임금이 다스리던 시대를 살았으면서도 여전히 샤먼의 능력, 귀신의 힘을 빌려 문제를 해결하려는 신앙에서 조금도 달라지지 않아 보인다.

우리나라의 전통적인 신앙 형태는 샤머니즘이었단다. 겉으로 잘 드러나진 않지만 지금도 그 영향력은 우리 사회에 가득하지. 과거의 샤먼 정도는 아니어도 무당 역시 사라지지 않았고, 정식으로 신내림을 받은 무당뿐만 아니라 수많은 선무당들이 활개를 치고 있지. 인터넷에도 무당이 있고 각종 주술사가 늘어나고 있으며 부적까지 판매하는 일이 남아 있으니 처용은 신라 시대에만 있던 것 같지 않구나.

더 생각해 볼 문제

1. 나는 어려운 문제가 생기면 어떻게 해결하려고 하는가?

2. 종교인들이 기도를 하는 것과 사람들이 부적을 사용하는 것의 공통점과 차이점은 무엇인가?

유일한 백제 팝송

정읍사

아빠는 그동안 향가에 대해서 이야기했는데 그 향가가 어느 나라 노래라고 했지? 그래, 신라의 노래라고 했지? 그런데 우리나라에 신라만 있었나? 아니지. 고구려, 백제도 있었어. 하지만 신라가 삼국을 통일한 뒤 고구려나 백제는 상대적으로 조연 배우처럼 다루어지고 말았단다. 영화의 주연만 기억하지 조연은 잘 기억하지 않는 것과 마찬가지로. 그래서 고구려나 백제의 노래가 기록에 남아 있지 않게 되는 서글픈 일이 생기고 말았어.

지금 기록에 남아 있는 백제의 노래로는 「정읍사」라는 것이 있단다. 「정읍사」는 현재 유일하게 전해지는 백제의 노래야. 그래서 아빠는 이 「정읍사」를 '유일한 백제 팝송'이라고 소개하고 싶구나. 왜냐하면 고려 가요와 형태가 비슷하기 때문이야. 고려 가요는 고려 시대의 대중가요, 곧 '팝송'이거든. 귀족과 승려의 노래인 향가와 비교해 보렴. 고려 가요에 대해 배우기 전에 유일한 백제 노래인 「정읍사」를 한번 읽어 보기로 하자.

달하 높이곰 도다샤
어긔야 머리곰 비취오시라.
어긔야 어강됴리
아으 다롱디리
저재 녀러신고요.
어긔야 즌 대랄 드대욜셰라
어긔야 어강됴리
어느이다 노코시라.
어긔야 내 가논 대 졈그랄셰라.
어긔야 어강됴리
아으 다롱디리

노래가 좀 웃기지? '어기야 어강됴리 아으 다롱디리'라는 것은 특별한 뜻을 가지고 있는 내용이 아니라 노래에 흥을 돋우기 위해 첨가한 여흥구*라고 해. 노래를 부르다 보면 흥이 나서 '아싸', '얼씨구', '에헤야 디야', 뭐 이런 것들이 들어가기도 하잖아. 그게 무슨 특별한 의미가 없는 것과 마찬가지야.

하긴 아빠가 읽은 어느 소설을 보면 이 「정읍사」를 아주 독특하게 해석하기도 했더구나. 그 소설에서는 '어기야 어강됴리 아으 다롱디리'를 모두 의미 있는 말로 보고 해석을 했더라고.* 뭐라고 해석했는지는 너희들이 좀 더 크면 얘기해 줄게. 지금은 좀 민망한 내용이란 말이지.

아무튼 본론으로 돌아와서 그런 여흥구를 뺀 나머지 내용을 보면 다음과 같다.

> 달하 높이곰 도다샤
> 머리곰 비취오시라.
> 저재 녀러신고요.
> 즌 대랄 드대욜셰라.
> 어느이다 노코시라.
> 내 가논 대 졈그랄셰라.

이 부분의 옛말들을 일반적인 해석에 따라 다음과 같이 옮길 수 있단다.

● 노래의 흥을 돋우기 위해 고려 가요에서 사용한 여흥구의 종류
  - 아으 동동다리
  - 위 두어렁셩 두어렁셩 다링디리
  - 다로러 거디러 다로러 디러
  - 위 증즐가 대평성대
  - 얄리얄리 얄랑셩 얄라리 얄라
● 「정읍사」에 관해 다양한 해석을 시도한 현대 소설은 이영희의 『달아 높이곰 돋아사』이다.

달님이시여, 높이높이 돋으셔서

멀리멀리 비춰 주십시오.

저자(시장)에 가 계신가요?

진 곳을 디딜까 걱정됩니다.

어느 곳에나 놓으십시오.

내 가는 데 날이 저물까 걱정스럽습니다.

　달님에게 멀리 빛을 비춰 달라고 기원하고 있지? 이 노래는 아마 집을 멀리 떠난 남편을 기다리는 어떤 여인이 부른 노래가 아닐까 추측한단다. 남편이 장사를 하러 떠났는데 날이 저물도록 돌아오지 않는 거야. 그러니 남편이 걱정된 아내가 집 안에서 가만히 기다리고 있을 수만은 없겠지? 남편이 돌아오는 길이 어두워 사고라도 날까 걱정이 된 아내는 달님에게 기원을 하지. 높이 돋아 올라서 멀리 멀리 빛을 비춰 달라고.

　아내는 혹 남편이 시장에 가 계신 것은 아닌지, 아니면 진 곳을 디디지는 않았을지 걱정하고 있지. 진 곳이란 질퍽한 곳을 가리키면서 동시에 술집이나 노름하는 집처럼 아주 위험한 곳을 의미하기도 해. 하지만 남편이 금방 돌아오지 않자 아내는 오히려 남편에게 어느 곳이든 짐을 놓아 두고 쉬라고 하지. 날이 저물어 버리면 아주 위험해지니까 말이야.

　어떤 사람들은 이 노래가 망부석 전설과 연결된 것이 아닐까 생각한단다. 남편을 간절하게 기다리던 여인이 결국 돌이 되고 말았다는 슬픈 전설이지. 기다림의 정도가 얼마나 깊었으면 사람이 돌로 굳어 버렸다는 생각을 하게 되었을까?

유일하게 남아 있는 백제 노래에서 우리는 평범한 아낙네의 애틋한 마음씨를 발견할 수 있단다. 사람이 사는 곳에는 어디에서나 이렇게 따뜻한 마음을 노래한 시들을 찾을 수 있지. 이건 앞으로 우리가 읽게 될 모든 문학 작품에서 발견할 수 있는 사실이란다.

그런데 이 노래를 보면서 한 가지 생각해 볼 것은 누군가를 걱정하는 마음을 왜 굳이 표현해야 했을까 하는 점이란다.

나의 근심과 걱정을 노래로 표현한다는 것은 결국 그 노래를 통해 걱정이나 근심에 잠긴 자기 자신을 위로하는 일이 되겠구나. 그 노래를 불러도 당사자는 들을 수 없다는 것을 생각한다면 말이지. 결국 이 경우에 노래는 자기 위안의 도구라고 할 수 있겠다.

문학은 쾌락적 기능을 가지고 있단다. 여기서의 쾌락이란 육체적인 즐거움을 의미하는 것이 아니라 자신의 감성이 충족된 상태, 거기에서 오는 만족감이라고 볼 수 있지. 그렇다면 걱정과 근심을 노래로 만드는 사람의 심리를 이해할 수 있겠지? 노래를 통해 자신의 근심과 걱정을 조금이나마 해소할 수 있다는 것, 자신을 스스로 위로할 수 있다는 것. 그런 것이 문학이 가진 하나의 기능이라고 볼 수 있단다. 그래서 사람들은 기쁘고 즐거울 때만이 아니라 아프고 괴로울 때도 시를 짓거나 다른 종류의 글을 쓰게 되는 법이란다.

우리가 지금 문학을 공부하는 것에도 어떤 쾌락적 기능이 있을까? 모르는 것을 하나씩 알아 가는 것, 옛사람들의 생각과 감성을 헤아려 보면서 시간과 공간을 뛰어넘어 그들과 교류하는 것. 이런 짜릿한 경험을 할 수 있는 것이 문학이 지닌 놀라운 힘이란다.

더 생각해 볼 문제

1. 내가 알고 있는 노래 중에 누군가를 걱정하는 내용의 노래가 있는가?

2. 걱정하는 마음을 노래로 부르면 결국 그 노래는 누구를 위한 노래가 되는가?

3. 우리는 왜 걱정을 하게 될까?

4. 걱정하는 것이 어떤 문제를 해결해 주지 못한다는 것을 알면서도 걱정하는
   이유는 무엇 때문일까?

3장

무지갯빛 고려 가요

고려 시대의 노래

　통일 신라 시대 이후 등장한 고려 시대는 정말 다채로운 시대였다고 할 수 있지. 이때의 노래 또한 다양했을 거라고 짐작하는데, 지금 기록으로 남아 있는 자료로는 크게 두 종류의 노래가 있었던 것으로 보인단다. 귀족들이 불렀던 노래와 평민들이 불렀던 노래로.

　귀족들은 한자어 위주로 된 노래를 불렀는데 자기들끼리 잘 먹고 잘 놀자는 내용이 대부분이었어. 노래의 끝부분에는 항상 '경 긔 어 떠하니잇고'라는 후렴구를 붙였는데, '이 장면이, 이 경치가 어떠합니까?'라는 뜻이야. '우리들이 잘 먹고 잘 노는 이 장면이 어떻습니까, 아주 끝내주게 잘 놀지요?' 뭐, 이런 뜻을 담은 구절인 셈이지. 그래서 고려 귀족들이 부르던 한자 말 위주의 이 노래를 '경기체가'라고 해. '경 긔 엇더하니잇고'를 한자로 옮기면 '景幾何如(경기하여)'가 되는데 그 말에서 따온 거지. 경기도하고는 아무 상관이 없단다.

다른 하나는 평민들이 불렀던 노래야. 평민들은 한자어를 잘 모르니 당연히 순우리말로 된 노래를 불렀겠지. 평민들의 노래니까 굉장히 솔직하고 꾸밈없는 노래란다. 이 노래를 '고려 가요'라고 해. '고려 시대 사람들이 부르던 가요'라는 말이지. 고려 팝송이라고나 할까.

아무튼 귀족들이 한자어 중심으로 부르던 자기 잘났다는 내용의 노래와 평민들이 순우리말로 부르던 솔직 담백한 노래 중에 더 많은 사람들이 부르고 생명력이 더 긴 노래는 무엇일까? 고민할 필요도 없이 평민들의 노래겠지.

고려 가요는 평민들의 노래였지만 워낙 인기가 좋아서 나중에는 임금이 있는 궁궐에서도 불렀다고 해. 임금 앞에서 고려 가요를 부르며 그 내용에 맞게 연극을 했다고도 하고.

하지만 이렇게 인기가 있는 고려 가요도 고려 시대에는 책에 옮기지 못했어. 왜냐하면 고려 시대에는 아직 한글이 만들어지지 않았기 때문에 순우리말로 된 고려 가요를 책에 옮겨 쓸 수가 없었던 거야. 조선 시대에 와서 훈민정음이 창제되고 난 후에야 비로소 고려 가요도 문자로 옮겨 책에 적어 놓을 수 있게 된 것이지. 이때 고려 가요를 옮겨 적어 놓은 책들이 바로 『악장가사』, 『악학궤범』, 『시용향악보』라는 책이야. 이 세 책을 3대 고려 가요집이라고 하지.

그런데 조선 시대에 고려 가요를 책에 적으려던 학자들 사이에서 논란이 생겼어. 조선 시대는 엄격한 유교가 지배하던 시대야. 모든 양반들이 수염을 쓸어 내리며 점잔을 떨면서 체면을 차리고, 양반이니 상놈이니 하는 신분의 구별도 엄격했고, 또 신분에 따른 예의범

절도 정확했지. 그런데 점잖은 양반들이 고려 시대의 솔직한 노래인 고려 가요를 옮겨 적으려고 보니까 너무 이상한 거야. 고려 가요에는 남녀가 서로 사랑해서 죽고 못 살겠다는 내용이 많았거든. 그럴 수밖에 없지. 평민들이 자신들의 진솔한 감정을 노래하다 보니까 당연히 솔직한 애정 표현도 많았겠지. 그런데 조선 시대 양반들의 체통으로는 도저히 그런 가사를 글자로 옮겨 적을 수가 없었던 거야. 자기들도 사랑을 나누는 평범한 인간이면서 남녀가 서로 사랑하는 내용의 노래를 글자로 옮겨 적을 수 없다고 하는 조선 시대 양반들의 모습을 보면 인간이란 얼마나 이중적인 존재인지 다시 한 번 생각해 볼 수 있지.

아무튼 조선 시대 유학자들은 고려 가요가 남녀 간의 사랑에 대해 지나치게 노골적이라는 이유로 수많은 고려 가요 가사를 책에 기록해 두지 않았단다. 이른바 '남녀상열지사(男女相悅之詞)'라는 이유로 말이야. 남녀상열지사란 '남녀가 서로 즐거워하는 가사'라는 뜻이거든. 그래서 우리가 지금 감상할 수 있는 고려 가요의 작품 수는 그리 많지 않단다. 만일 조선 시대 유학자들이 고려 가요를 하나도 빼놓지 않고 모두 정리해 놓았다면 우린 지금 훨씬 더 많은 문학 유산을 가질 수 있었을 텐데 참 아쉬운 일이지.

그런 것을 보면 사람이 가진 사상이 얼마나 중요한지 알 수 있지. 우리가 어떤 생각을 갖고 있느냐에 따라 우리 후손들이 어떤 혜택을 받을 수 있는지 결정되니까 말이다.

아무튼 이제부터 몇 편의 고려 가요를 읽어 보기로 하자. 고려 가요를 통해서 고려 시대 사람들의 감정을 살펴보는 시간이 되겠구나.

가시리 가시리잇고

가시리

가시리 가시리잇고 나난
바리고 가시리잇고 나난
위 증즐가 대평성대

날러는 엇디 살라 하고
바리고 가시리잇고 나난
위 증즐가 대평성대

잡사와 두어리마나난
선하면 아니 올셰라.
위 증즐가 대평성대

셜온 님 보내압노니 나난

가시난 닷 도셔 오쇼셔 나난

위 증즐가 대평성대

　이 노래는 고려 가요 중에 가장 유명한 작품 「가시리」라는 노래란
다. 이 노래에서 '나난'이라는 것은 운율을 맞추기 위한 여음구이니
해석할 필요가 없어. 또 '위 증즐가 대평성대'라고 하는 것도 고려 가
요에 상투적으로 등장하는 후렴구라서 이 또한 굳이 해석할 필요는
없단다.

　이별을 노래하는 「가시리」에 엉뚱하게 '대평성대'라는 말은 어울
리지 않지? 이것은 앞서 이야기했듯이 고려 가요가 임금 앞에서 공
연될 때 임금을 위해 끼워 넣은 내용이 아닐까 싶다. 당신이 다스리
는 지금 이 시대가 아주 태평성대인 것을 칭송한다는 뜻의 후렴구를
넣은 것이라고 볼 수 있지.

　아무튼 이 노래의 내용을 현대어로 옮긴다면 이렇게 되겠지.

가시겠습니까.

버리고 가시겠습니까.

나는 어찌 살라고

버리고 가시겠습니까.

붙잡아 두고 싶지만

귀찮아지면 안 오실까 염려스러워

서러운 님 보내오니
가시자마자 돌아오소서.

아마도 떠나는 남자를 붙들기 위한 여인의 노래가 아닐까 추측되
는 노래란다.

나를 버리고 가시다니……. 나는 어찌 살라고 가신단 말입니까?
하지만 내가 당신을 붙잡고 당신에게 매달리면 그러는 내 모습이 귀
찮고 싫어져서 아예 다시 돌아올 생각도 안 하실까 두려워 그냥 조
용히 보내 드립니다. 그러니 지금 가시는 것처럼 금방 다시 돌아와
주세요. 뭐, 이런 내용의 노래라고 할 수 있지.

어떤 사람은 이 노래를 고려 가요 중에 가장 빼어난 작품이라고
평가하기도 하는데 아빠가 보기에는 별로 그런 것 같지 않구나. 일
단 노래가 지나치게 정직하게 자기 심정을 드러내 버리니까 천천히
감상할 재미가 없어져 버리잖아.

그냥 자기 마음을 그대로 노출시킨 노래, 자기 심정을 은근히 걸
러 내거나 비유나 상징을 사용하지 않고 그대로 노출시킨 노래. 그
래서 단순하고 솔직한 감정 전달은 될지 몰라도 사람의 마음을 안타
깝게 흔드는 애절함은 좀 없어지지 않았을까?

때로는 정면에서 "사랑해요, 가지 마세요." 하는 것보다 은근히 자
신의 마음을 드러내는 것이 더 강한 호소력을 가질 수 있는 법인데
말이다. 예를 들어 똑같이 이별을 노래한 작품인데 어떤 차이가 있

는지 황진이의 시조와 비교해 보자.

어져 내 일이야 그릴 줄을 모로더냐.
이시라 하더면 가랴마난 제 구태여
보내고 그리난 정은 나도 몰라 하노라.

이 시조를 옮겨 보면 다음과 같지.

아아, 나의 일이여, 그렇게 될 줄을 몰랐더냐.
가지 말고 있으세요 했더라면 갔을까마는 내가 구태여
보내 놓고 그리워하는 정은 나도 모르겠구나.

황진이는 사랑하는 사람과 헤어지면서 "가지 마세요." 하고 붙잡을 수도 있었지. 그리고 그렇게 붙잡으면 그 사람이 떠나지 않을 것을 잘 알고 있으면서도 자존심 때문인지 사랑의 고통 때문인지 그냥 보내 버렸단다. 그러고는 떠난 사람을 혼자 그리워하며 끙끙 앓고 있는 것이지. 사랑하니 떠나지 마시라고 붙잡고 늘어지는 것과 그냥 떠나 보내 놓고는 혼자 속병을 앓는 것. 둘 모두 가슴 아픈 상황이긴 하지만 그것을 시로 표현해 놓은 것을 읽을 때의 우리 심정은 노골적으로 자기 심정을 줄줄이 이야기하는 것보다는 속으로 앓고 있는 것에 더 깊게 공감하게 되는구나.

황진이와 사랑에 빠졌던 것으로 알려진 조선의 유명한 학자 화담 서경덕 선생이 쓴 시조와도 한번 비교해 보자.

마음이 어린 후니 하는 일이 다 어리다.
만중운산에 어느 님 오리마난
지는 잎 부는 바람에 행여 그인가 하노라.

이 시에서 '어리다'는 표현은 지금 우리가 쓰는 나이가 어리다는 뜻이 아니란다. 이 시절에는 '어리다'는 말이 어리석다는 뜻이었어. 그러니 이 시조는 다음처럼 해석이 가능하겠지.

마음이 어리석은 후이니 하는 일이 다 어리석구나.
이 깊은 산중에 어느 임이 찾아올까마는
떨어지는 나뭇잎 불어오는 바람에 행여 그인가 싶구나.

당대 최고의 학자로 알려진 서경덕 선생이 지었으리라고는 도저히 믿어지지 않는 시조로구나. 깊은 산속에 움막 하나 지어 놓고 도를 닦던 분께서 나뭇잎만 떨어지고 바람만 불어도 행여나 자신이 그리워하는 사랑하는 사람이 찾아오는가 싶어서 설레는 모습이 눈앞에 그려지는 것 같구나. 당신이 보고 싶어 견딜 수 없다고 노골적으로 자기 마음을 드러내는 것보다 더 은근하고 멋스럽게 표현하는 이런 시들이 우리를 설레게 하지.

아무튼 이 「가시리」라는 노래는 1970년대에 대학생들이 노래로 만들어서 부르기도 했단다. 궁금하지? 아빠가 나중에 불러 줄게.

더 생각해 볼 문제

1. 내가 다른 사람에게 감정을 솔직하게 드러내는 것과 감추는 것에는 각각 어떤 장단점이 있을까?

2. 사람들이 모두 자신의 감정을 솔직하게 드러내고 살아간다면 이 사회는 어떻게 될까?

3. 사람들이 모두 자신의 감정을 드러내지 않고 숨기며 살아간다면 이 사회는 어떻게 될까?

4. 내가 내 생각을 솔직하게 드러내고 말하는 것과 비유나 상징을 사용하여 말하는 것에는 어떤 차이가 있을까?

아름답지만 아름답지 않은

청산별곡

고려 가요를 이야기하면 항상 빠지지 않고 등장하는 작품이 아마도 「가시리」와 「청산별곡」이 아닐까 싶다.

「가시리」는 간단하고 짧은 데 견주어 「청산별곡」은 일단 그 내용이 길고 해석에 논란이 되는 부분도 많지만 우리에게 가장 잘 알려진 노래라고 할 수 있지. 아마도 '얄리얄리 얄라셩 얄라리 얄라'라고 주문처럼 반복되는 특이한 후렴구 덕분이 아닐까 싶기도 한데 오늘은 이 「청산별곡」을 한번 읽어 보자.

일단 전체 내용은 다음과 같다.

살어리 살어리랏다 청산(靑山)애 살어리랏다.
멀위랑 다래랑 먹고 청산(靑山)애 살어리랏다.

얄리얄리 얄랑셩 얄라리 얄라

우러라 우러라 새여, 자고 니러 우러라 새여.
널라와 시름 한 나도 자고 니러 우니노라.
얄리얄리 얄라셩 얄라리 얄라

가던 새 가던 새 본다. 믈 아래 가던 새 본다.
잉무든 장글란 가지고 믈 아래 가던 새 본다.
얄리얄리 얄라셩 얄라리 얄라.

이링공 뎌링공 하야 나즈란 디내와숀뎌
오리도 가리도 업슨 바므란 또 엇디 호리라.
얄리얄리 얄라셩 얄라리 얄라

어듸라 더디던 돌코, 누리라 마치던 돌코.
믜리도 괴리도 업시 마자셔 우니노라.
얄리얄리 얄라셩 얄라리 얄라

살어리 살어리랏다 바라래 살어리랏다.
나마자기 구조개랑 먹고 바라래 살어리랏다.
얄리얄리 얄라셩 얄라리 얄라

가다가 가다가 드로라. 에졍지 가다가 드로라.

사사미 짐대예 올아서 해금(奚琴)을 혀거를 드로라.
얄리얄리 얄라셩 얄라리 얄라

가다니 배브른 도긔 셜진 강수를 비조라.
조롱곳 누로기 매와 잡사와니 내 엇디 하리잇고.
얄리얄리 얄라셩 얄라리 얄라

좀 어려워 보이지? 그래도 결국 사람이 지은 글이니 이해하는 데
큰 문제는 없을 게다.

누구나 청산에 살고 싶을까?

살어리 살어리랏다 청산(靑山)애 살어리랏다.
멀위랑 다래랑 먹고 청산(靑山)애 살어리랏다.
얄리얄리 얄랑셩 얄라리 얄라.

이 노래의 첫째 연을 보면 어쩐지 낯설지 않은 느낌이 들지?
'살어리랏다'라는 말은 '살고 싶구나'쯤으로 해석할 수 있단다. '살
고 싶어라'라는 구절을 리듬을 살려 말하기 위해 '살어리 살어리랏
다'라고 만든 것이지. 앞에서 읽어 본 고려 가요 「가시리」를 기억해
보렴. 그 시에도 '가시렵니까?'라는 말을 리듬을 살려 '가시리 가시
리잇고'라 표현하고 있지. 이 노래 역시 마찬가지란다. '살고 싶어라'

라는 말에 리듬감을 준 것이지.

이 노래를 부른 사람이 살고 싶은 곳은 어디일까? 그래, 청산이야. 푸른 산에 가서 살고 싶다는 얘기지. 멀위는 '머루'를 말한다. 그러니 이 노래를 부른 사람은 산에 들어가 머루랑 다래를 따 먹으면서 살고 싶다는 소원을 노래하고 있구나.

그런데 어떤 사람이 산에 들어가서 살고 싶어 할까? 요즘 같은 시대에는 비인간적인 기계 문명이나 공해에 찌든 도시가 싫어서 일부러 산에 들어가는 사람이 있겠지만, 고려 시대처럼 그런 문제가 없던 시절에 군이 산에 들어가 살고 싶다는 사람은 뭔가 일반인들과 함께 살고 싶지 않은 문제가 있었기 때문이 아닐까?

일반 사람들이 살고 있는 세상을 속세라고 하는데 이 노래를 부른 사람은 속세의 삶이 싫었던 모양이다. 사랑하는 사람과 이별한 사람일까, 아니면 전쟁의 참화를 겪어 삶이 고단한 사람일까, 아니면 정치적인 이유로 고통을 겪은 사람일까? 아무튼 이 노래를 부른 사람은 세상을 등지고 산속에 들어가 살고 싶은 사람인가 보다.

내용을 보면 무척 우울한 내용이 될 것 같은데도 이 노래가 흥거운 노래처럼 들릴 수 있는 힘은 후렴에 달려 있는 것 같구나. '아~ 울적한 마음을 안고 산에나 들어가 살고 싶어라.'라는 내용의 가사에 별안간 '얄리얄리 얄랑셩 얄라리 얄라'라는 밝은 분위기의 후렴이 들어가니까 노래가 계속 축 처지지 않고 균형이 맞는 것 같지 않니?

'얄리얄리 얄랑셩 얄라리 얄라'가 왜 밝은 느낌이 나느냐 하면 'ㅇ' 과 'ㄹ' 소리, 그리고 'ㅏ' 소리가 중복되기 때문이란다. 이 소리들은 모두 맑고 밝은 분위기를 연출하는 소리거든. 물론 'ㅏ' 모음의 공이 가장 크지. 아무리 'ㅇ', 'ㄹ' 소리가 겹쳐서 난다 해도 '울렁울렁 울렁셩 울러리 울러'라거나 '얼렁얼렁 얼렁셩 얼러리 얼러'라고 썼다면 영 울적하고 묵직한 분위기, 약간 멀미할 것 같은 분위기였을 텐데 말이다.

자, 이 노래의 화자는 산에 들어가서 머루나 다래를 따 먹으며 살고 싶단다. 그런데 그다음 연을 보자.

> 우러라 우러라 새여, 자고 니러 우러라 새여.
> 널라와 시름 한 나도 자고 니러 우니노라.

여기에서 '우러라'는 두 가지로 해석이 가능하단다. 하나는 '우는 구나'로, 또 하나는 '울어라'로. 아빠가 보기에는 '우는구나'가 더 어울리는 해석일 것 같다. '울어라'라고 해석하면 좀 이상하잖아? 가만히 있는 새더러 '야, 너 빨리 울어라.'라고 명령하는 것 같아서 우스꽝스럽기도 하고. '널라와'는 '너보다'라는 뜻이고, '자고 니러'는 '자고 일어나'라는 뜻이다. 그러니 이런 해석이 가능하겠구나.

> 우는구나 우는구나 새여, 자고 일어나 우는구나 새여.
> 너보다 시름이 많은 나도 자고 일어나 울며 다니노라.

'한'은 많다거나 크다는 뜻으로 쓰이는 말이고 '우니로라'는 '우니다'라는 뜻인데, '우니다'는 '울다'와 '니다'가 결합한 말이란다. '울다'는 당연히 징징 운다는 것이고, '니다'는 지금도 '걸어다니다', '싸 돌아다니다' 등에 남아 있듯이 돌아다닌다는 의미가 들어 있지.

그러니 이 노래를 부른 사람은 지금 가만히 앉아 있지를 못하고 징징 울며 돌아다니는구나. 왜 그럴까? 시름이 많아서 그렇단다. 날마다 우는 새보다 더 시름이 많아서 울며 돌아다니는 이 화자는 도대체 어떤 사람일까?

앞에서 봤듯이 뭔가 이 세상에서 좋지 않은 일을 겪은 사람임에 분명한 것 같구나. 세상만사가 다 싫어서 산속에 들어와 살기로 했지만 산에 들어와도 여전히 근심과 걱정, 시름에서 놓여나지 못하고 울면서 방황하는 주인공의 심정이 느껴지지 않니? 참 딱하기도 하지.

떠나온 곳을 그리워하다

이제 「청산별곡」의 3연을 보도록 하자.

가던 새 가던 새 본다. 믈 아래 가던 새 본다.
잉무든 장글란 가지고 믈 아래 가던 새 본다.

얼핏 보면 '가던 새'는 그저 날아가던 새를 말하는 것 같지? 앞 2연에서 '우러라 우러라 새여' 하면서 새를 불렀으니 그 새가 3연에 계속 등장하는 것도 자연스러워 보이지? 하지만 '믈 아래'라고 하면 또 이상해지는구나. 새가 물 아래로 날아간다? '가던 새'를 날아가던 새라고 본다면 '믈 아래'는 물 위를 날아가는 새의 그림자가 물 아래 비치는 것을 의미한다고 볼 수 있지.

지금 작가는 산에 올라가서 산 아래 물이 고여 있는 곳을 바라보고 있는 거야. 그런데 새가 물 위로 날아가고 있으니 마치 물 아래 날아가는 것처럼 보이겠지. '잉무든 장글란 가지고'는 '이끼 묻은 쟁기를 가지고'라고 해석하지. 그렇게 해석한다면 이 노래를 부른 사람은 아마 농민이었던 모양이다. 속세에 살 때 농사를 짓던 사람이 전쟁이든 어떤 이유에서든 산으로 도망쳐 와서 사는 거야. 그러니 농사를 짓지 못해 쟁기에는 이끼가 잔뜩 끼었겠지. 그 이끼 묻은 쟁기를 가지고 자기가 떠나온 마을을 내려다보니, 논에는 물이 가득한데 새 한 마리가 쓸쓸히 날아가는구나. 그래서 이 농부는 자기가 아무 근심 없이 농사를 짓던 그 시절을 생각하고 있는 것이지.

물론 이 노래를 다르게 해석하기도 한다. '가던 새'를 '갈던 사래'라고 해석하는 거야. 자기가 평소 갈던 사래, 즉 자기가 갈던 밭고랑이라고 보는 거지. 자신이 평소 갈던 밭고랑을 본다. 흔히 밭이나 논은 저수지 아래 형성되기 때문에 산에서 내려다보면 물 아래가 밭이 될 수밖에 없겠지. 그러니 주인공은 산에서 저수지 아래 자신이 갈던 밭을 내려다보고 있구나. 이끼 묻은 쟁기를 들고 자유롭게 농사를 짓던 그 시절을 그리워하는 모양이다.

어떤 사람은 '잉무든 장글란'을 '이끼 묻은 병장기'로 해석하기도 한단다. 곧 이 노래를 부른 사람이 군인이라는 거야. 전쟁의 참화를 피해 산으로 와 살다가 이끼 묻은 병장기를 들고 예전에 평화롭던 그 시절을 그리워하는 거라고 보기도 하는 거지.

또 어떤 사람은 '잉무든 장글란 가지고'를 '이끼 묻은 은장도를 가지고'라고 해석을 하지. 그래서 이 노래를 부른 사람을 여인이라고 보기도 한단다.

여인이 이끼 묻은 은장도를 갖고 있든, 군인이 이끼 묻은 병기를 갖고 있든, 농부가 이끼 묻은 쟁기를 갖고 있든 분명한 사실 하나는 이 노래의 화자가 자신이 떠나온 그곳을 바라보며 그리워하고 있다는 것이란다. 비록 속세를 버리고 청산에서 살고 싶어 산으로 들어왔으나 새처럼 울면서 나날을 보내다가 결국은 자신이 떠나온 곳을 그리워하는 화자의 절박하고 쓸쓸한 심경이 느껴지지 않니?

밤은 더욱 외롭다네

4연을 보자.

이렁공 뎌렁공 하야 나즈란 디내와손뎌
오리도 가리도 업슨 바므란 또 엇디 호리라.

현대어로 해석하자면 이렇게 된다.

이럭저럭해서 낮은 지내 왔지만
올 사람도 갈 사람도 없는 밤은 또 어찌할거나.

낮에는 머루나 다래를 따 먹으며 새 우는 소리를 듣기도 하고 또

산 아래 마을을 내려다보며 그 시절의 추억에 잠기기도 하지만, 밤이 오니 아무도 찾지 않는 산속의 외로움이 절절하게 느껴지는 것이란다.

'으아~ 너무 외로워요.'

작가의 이런 고독한 외침이 들리는 것만 같은 대목이란다.

5연은 어떤 내용일까?

어듸라 더디던 돌코, 누리라 마치던 돌코.
믜리도 괴리도 업시 마자셔 우니노라.

'돌코'라고 하니까 '돌로 만든 코'라고 생각하면 안 된다.

어디에다 던지던 돌인가, 누구를 맞히려던 돌인가.
미워할 사람도 사랑할 사람도 없이 맞아서 울고 있노라.

지금 이 노래의 화자는 돌을 던지고 있구나. 그런데 미워할 사람도 사랑할 사람도 없는데 그저 무심코 던진 돌에 자기 자신이 맞아서 울고 있다고 한다. 바보일까? 돌을 어떻게 던져야 자기가 던진 돌에 자기가 맞아 울 수 있을까? 전속력으로 던지고 미친 듯이 달려 일부러 맞으려 애쓰지 않은 다음에야 어려운 일이지. 아니면 하늘로 던져 올린 뒤 떨어지는 지점을 어림잡아 머리를 갖다 대기 전에는 어려운 일이지. 이 사람은 너무 외롭고 힘들어 미쳐 버린 것일까?

여기에서 돌은 자신이 저지른 어떤 불행한 일, 또는 불행한 운명의 상징이라고 봐야 할 거야. 자신은 그 불행한 운명을 피하고 싶었지만 운명은 자신을 피하지 않고 찾아와 나를 괴롭히는 거지. 그러니 이 사람은 피하고 싶어도 피할 수 없는 운명이라는 돌에 맞아 울고 있는 거야. 정말 딱한 사람이지.

결국 시적 화자는 어떻게 되었을까?

이제 「청산별곡」의 마무리 단계에 온 것 같구나. 「청산별곡」의 6연은 이렇게 된다.

살어리 살어리랏다 바라래 살어리랏다.
나마자기 구조개랑 먹고 바라래 살어리랏다.

화자는 다시 '살고 싶어라'라는 구절을 반복하고 있다. 그런데 이번에는 배경이 좀 바뀌었구나. '나마자기'는 해초를 말하고, '구조개'는 굴과 조개를 말한다. 그럼 '바라래'는 어디일까? 그래, '바다에'라는 뜻. 바다이다.

산에서 살아 봤자 마음만 괴롭고 아파서 화자는 다른 장소를 물색했구나. 그래서 이번에는 해초 따 먹고 굴이나 조개를 캐 먹는 바다에서 살고 싶다고 하고 있지. 그런데 막상 바다로 가려고 하니 이런 일이 생겼네.

가다가 가다가 드로라. 에정지 가다가 드로라.
사사미 짐대예 올아서 해금을 혀거를 드로라.

이 7연은 「청산별곡」 전체에서 가장 해석이 까다로운 부분이란다.
해석이 어려운 이유는 첫째 '에정지'가 뭔지 모른다는 것. 흔히 '외딴
부엌'이라고 해석하기는 하지만 그래도 여전히 찜찜하다는 것. 바다
로 가던 도중에 왜 외딴 부엌이 나오는 것인지 이해할 수 없지.

　해석이 어려운 두 번째 이유는 '사사미 짐대예 올아서 해금을 혀
거를 드로라.'라는 이상한 구절 때문이다. 글자 뜻 그대로 해석하면
'사슴이 장대에 올라서 해금을 켜는 것을 듣노라.'라는 것이지. 그런
데 뭔 사슴이 장대에 올라갈 것이며 더구나 장대에 올라간 사슴이
어떻게 해금을 켠다는 말이냐?

　해금은 우리나라 전통 악기로 두 줄짜리 현악기란다. 일종의 한국
형 바이올린이라고 할 수 있지. 그런데 사슴이 그걸 어떻게 켠단 말
인가. 그래서 이 구절은 이렇게 다양한 해석이 가능하단다.

　첫째, '(바다를 향해) 가다가 듣노라, 외딴 부엌을 지나다가 듣노
라. / 사슴이 장대에 올라서 해금 켜는 것을 듣노라.'라고 해석할 수
있다.

　너무 힘들고 괴로운 화자는 사슴이 장대에 올라가서 해금을 켜는
것과 같은 불가능한 상황, 즉 기적 같은 일이라도 일어나기를 바라
고 있는 것이다.

　둘째, 사슴을 '사슴 분장을 한 광대'로 보는 경우.

　너무 힘들고 괴로운 화자가 바다로 가던 중 당시 유행하던 일종의

서커스 놀이(연극 공연)를 보게 되었다는 것. 그래서 현실의 괴로움을 잊고 잠시 연극 공연을 관람하고 있다는 것이다.

셋째, '사슴'은 '사람'의 잘못된 표기라는 것.

사실은 '사람이'라고 써야 할 것을 너무 급하게 쓰다 보니 잘못 써서 '사슴이'라고 썼다는 것. 그러니 이 부분은 '사람이 장대에 올라서 해금 켜는 것을 듣노라.'라고 봐야 한다는 것이지.

넷째, 장대는 일종의 솟대와 같은 것으로 봐야 한다는 입장.

샤먼이 제의를 통해 접신의 상태에 이르는 것을 설명한 것으로써 일종의 굿의 현장에 대한 묘사로 봐야 한다는 것이다.

하나의 구절에 뭔 해석이 저리도 다양한지, 원……. 아무튼 아빠는 저 중에 2번 해석이 가장 그럴듯하구나. 바다를 향해 거처를 옮기던 중 연극 공연을 보면서 잠시 현실의 괴로움을 잊고자 하는 것이 아닐까 하는……. 너희들은 너희들 나름대로 해석을 해 보아라.

이렇게 연극 공연을 보던 화자는 결국 마지막 연에 가서 이렇게 되고 만다.

가다니 배브른 도긔 설진 강수를 비조라.
조롱곳 누로기 매와 잡사와니 내 엇디 하리잇고.

이 마지막 연의 해석은 이렇다.

가더니 배가 불룩한 독(항아리)에 진한 술을 빚는구나.
조롱박꽃 누룩 냄새가 진하여 나를 붙잡으니 안 마시고 어찌하리.

뭐냐? 결국 현실의 괴로움을 견디지 못한 화자는 술독에 빠져 현실의 고통을 잊으려 하는 것으로 끝맺고 있구나. 이제 아빠가 「청산별곡」을 소개하면서 그 제목을 '아름답지만 아름답지 않은'이라고 한 이유를 알겠니?

이 노래의 화자는 현실의 괴로움을 잊기 위해 산으로 갔지만 산에서도 만족을 얻지 못하고 늘 괴로워하며 외로움을 못 견디고 운명을 체념하는 태도를 보이다가, 결국엔 바다를 향해 떠나던 중 술독에 빠져 현실을 도피하려는 것으로 노래를 끝내고 있구나.

「청산별곡」은 순우리말을 아름답게 사용하는 것은 물론 리듬감 있는 구성과 활발한 후렴구를 동원한 아름다운 노래라는 것이 분명하지만, 다루고 있는 주제는 매우 비관적이며 현실 도피적인 노래라고 할 수 있다. 이것은 아무리 곡조가 아름답고 가사가 예뻐도 다루는 주제가 아름답지 않은 현대의 일부 유행가들과 너무도 닮은 것 같지 않니?

유명한 고려 가요이기에 상식적으로 알아 두라는 의미에서 설명하긴 했다만, 아빠는 너희들이 「청산별곡」의 화자와 같은 삶의 태도를 갖고 살지는 않기를 간절히 바란다. 세상에서 아무리 힘들고 어려운 일이 있어도 그것을 피하려 하지 말고, 또 울면서 좌절하지도 말고, 혼자라고 괴로워하지 말고, 여기저기 도망 다니다가 쓸데없는 일에 시간을 허비하거나 술독에 빠지지 말고, 삶의 고난을 이겨 나가기를 바란다.

어떤 사람은 고려 가요가 고려 멸망의 이유라는 극단적인 표현도 한단다. 고려 가요를 보면 고려 사회가 얼마나 퇴폐적이고 허약한 사회인지를 읽어 낼 수 있다는 뜻이겠지. 그 이야기는 다시 말하면 지금 우리가 부르는 노래가 우리 사회를 반영하는 것이라 볼 수도 있겠다. 지금 우리는 밝고 건강하고 희망에 가득 찬 노래를 부르고 있는지, 아니면 절망과 좌절과 외로움과 체념의 노래를 부르고 있는지 우리 자신을 돌아보는 시간을 가져 봐야겠구나.

더 생각해 볼 문제

1. 내가 피하고 싶은 현실은 어떤 것인지 구체적으로 나열해 보자.

2. 내가 피하고 싶은 현실에서 완전히 벗어날 수 있을까?

3. 벗어나거나 회피할 수 없는 상황을 이겨 낼 수 있는 방법은 무엇일까?

4. 어려운 문제에 정면으로 맞서는 것과 회피하는 것 중 어느 것이 더 나을까?

서경별곡 이야기

서경별곡

서경이 아즐가
서경이 서울히 마르는
위 두어렁셩 두어렁셩 다링디리

닷곤대 아즐가
닷곤대 소셩경 고외마른
위 두어렁셩 두어렁셩 다링디리

여해므론 아즐가
여해므론 질삼뵈 바리시고
위 두어렁셩 두어렁셩 다링디리

괴시란대 아즐가
괴시란대 우러곰 좃니노이다.
위 두어렁셩 두어렁셩 다링디리

구슬이 아즐가
구슬이 바회예 디신달
위 두어렁셩 두어렁셩 다링디리

긴힛단 아즐가
긴힛단 그츠리잇가 나난
위 두어렁셩 두어렁셩 다링디리

즈믄 해를 아즐가
즈믄 해를 외오곰 녀신달
위 두어렁셩 두어렁셩 다링디리

신잇단 아즐가
신잇단 그츠리잇가 나난
위 두어렁셩 두어렁셩 다링디리

대동강 아즐가
대동강 너븐디 몰라셔
위 두어렁셩 두어렁셩 다링디리

배 내여 아즐가
배 내여 노한다 사공아
위 두어렁셩 두어렁셩 다링디리

네 가시 아즐가
네 가시 럼난디 몰라셔
위 두어렁셩 두어렁셩 다링디리

널배예 아즐가
널배예 연즌다 사공아
위 두어렁셩 두어렁셩 다링디리

대동강 아즐가
대동강 건너편 고즐여
위 두어렁셩 두어렁셩 다링디리

배타들면 아즐가
배타들면 것고리이다 나난
위 두어렁셩 두어렁셩 다링디리

　사랑하던 남녀가 있었단다. 여자는 남자를 끔찍하게 사랑했대. 당시 여자들은 길쌈을 해서 먹고 살았는데 이 여자는 사랑하는 남자를 위해서라면 자신이 짜던 길쌈베를 모두 버리고서라도 그 남자의 뒤를 따르려고 했나 봐.

하지만 아마 그 남자는 여자가 자신을 사랑하는 만큼 여자를 사랑하지는 않았던가 봐. 게다가 남자는 살짝 바람둥이 기질도 있었다지. 남자는 자신을 사랑하는 여자를 떠나 다른 여자를 만나러 갈 예정이었어. 남자가 자신을 떠나 다른 여자를 만나러 간다는 사실을 알게 된 여자는 너무너무 슬펐겠지?

남자는 드디어 배를 타고 다른 여자에게 떠나지. 하지만 이 여자는 차마 떠나는 남자를 욕할 수가 없는 거야. 왜냐고? 남자를 지독하게 사랑하기 때문이지. 사랑하는 남자를 차마 욕하고 원망할 수 없었던 이 여자는 결국 남자를 태우고 노를 저어 떠나는 뱃사공을 원망하는 거야.

'이봐요, 뱃사공 아저씨, 당신 부인이 바람났다고 하던데 지금 어딜 노를 저어 떠나시나요?'

여자가 아무리 뱃사공을 욕해도 뱃사공 귀에 그 소리가 들릴 리가 없지. 이미 배는 저만큼 두둥실 떠나가고 있거든. 사랑하는 남자를 실은 배는 벌써 대동강을 건너고, 그 남자를 사랑하는 여자는 강 이편에 서서 그저 눈물만 흘리고 있지.

서경은 지금의 평양을 말하는데 이 노래에선 노래하고 있는 여인 자신을 뜻하지. 새로 터를 닦은 작은 서울은 남자가 새로 사랑하게 된 여인을 말하는 것이고.

자, 이 노래에서 해석할 필요가 없는 후렴구는 무엇일까? 구절마다 반복되고 있는 '나난'이라는 부분과 각 연의 끝에 반복적으로 등장하는 '위 두어렁셩 두어렁셩 다링디리'겠지? 그럼 해석해서 다시 읽어 보자.

서경이 아아
서경이 서울이지만

닦은 데 아아
닦은 데 작은 서울을 사랑하지만

이별하기보다는 아아
이별하기보다는 길쌈베를 버리고

사랑하시는 데 아아
사랑하시는 데 울며울며 따르겠습니다.

구슬이 아아
구슬이 바위에 떨어진들

끈이야 아아
끈이야 끊어지겠습니까.

천 년을 아아
천 년을 외롭게 살아간들

믿음이야 아아
믿음이야 끊어지겠습니까.

대동강 아아
대동강 넓은 줄 몰라서

배 내어 아아
배 내어 놓았느냐 사공아.

네 각시 아아
네 각시 바람난 줄 몰라서

가는 배에 아아
가는 배에 (사랑하는 남자를) 태웠느냐 사공아.

대동강 아아
대동강 건너편 꽃을

배 타고 건너면 아아
배 타고 건너면 꺾을 것입니다.

대동강 건너편 꽃은 남자가 새로 사랑하게 된 여자를 말하지. 이
노래는 이렇게 이별의 상황을 노래하고 있단다.

그런데 이 노래가 고려 시대의 대표적인 노래라는 것을 생각해 보려. 고려 시대 사람들이 얼마나 가볍게 사랑하고 가볍게 이별하는지, 남자가 얼마나 쉽게 이별을 하고 또 새로운 여자를 만나는지……. 결국 사람들이 사랑을 너무나 쉽게 생각하고, 쉽게 만나고, 쉽게 헤어지고, 쉽게 감정을 주고받는다는 것을 알 수 있겠지? 고려 시대 사람이나 지금 사람이나 사랑한다는 감정에 대해 진지하지 못하고 너무나 쉽게 사랑하고 헤어지는 모습을 보면 사람의 가벼움이란 시대를 초월하는 모양이다.

사람과 사람이 만나고 사랑하는 것은 전 인생을 걸 만한 매우 진지하고 깊은 고뇌와 결단이 따르는 일이란다. 사랑에는 감정만 있는 것이 아니라 무한한 책임이 따르는 것은 더 말할 것도 없지. 너희들은 진지하고 깊이 있는 만남, 변함없는 사랑을 지키려 애쓰는 열정 있는 삶을 살아가기를 바란다.

더 생각해 볼 문제

1. 누가 나를 떠난다고 해도 내 마음은 변하지 않을 것이라는 내용의 노랫말을 만들어 보자.

2. 사람의 감정은 자주 변한다는 것을 전제로 할 때, 「서경별곡」에서 화자의 처지와 상대방 남자의 처지를 각각 대변하는 글을 써 보자.

3. 나는 어떤 상황에서도 마음이 변하지 않고 한결같을 수 있을까?

고려 시대의 로봇 공학

정석가

아빠가 생각하기에 세계에서 가장 먼저 로봇에 대한 아이디어를 떠올린 민족은 우리 한민족이란다. 우리는 이미 고려 시대에 로봇에 대한 아이디어를 소재로 시를 지었으니까 말이다. 고려 시대의 '로봇 공학'을 알 수 있는 고려 가요가 있다. 「정석가」라는 제목의 노래란다. 「서경별곡」처럼 원문과 해석을 따로 하니까 읽기 어려울 것 같아서 여기에서는 원문과 해석을 나란히 써 놓을 테니 한번 감상해 보기 바란다.

딩아 돌하 당금에 계샹이다.
딩아 돌하 당금에 계샹이다.
선왕성대예 노니아와지이다.

이 부분은 정석가의 서두 부분에 해당한다.

「정석가」라고 할 때 '정'과 '석'은 각각 쇠와 돌로 된 악기를 말해. 그러니 노래의 시작에서 '딩아 돌하'라고 하는 것은 악기 소리를 흉내 낸 것이라 할 수 있지. 아마 이 고려 가요는 쇠와 돌로 된 악기를 두드리며 부르던 노래가 아닐까 싶구나.

'당금에 계샹이다'라는 것은 '지금 이 시대에 계십니다.'라는 뜻이고, '선왕성대예 노니아와지이다'라는 것은 「가시리」에서 '위 증즐가 대평성대'와 같은 효과라고 할 수 있다. 태평성대에서 놀고 싶다는 얘기인데 결국 이 시대가 태평성대라고 하는, 조금 아부 섞인 발언이 아닐까 싶구나. 어쨌든 이 고려 가요 역시 임금 앞에서 불렸다는 증거가 될 수 있겠지.

그다음 연을 볼까?

삭삭기 세몰애 별헤 나난
삭삭기 세몰애 별헤 나난
구은 밤 닷 되를 심고이다.
그 바미 우미 도다 삭나거시아
그 바미 우미 도다 삭나거시아
유덕(有德)하신 님믈 여해아와지이다.

같은 구절을 두 번씩 반복해서 리듬감을 얻고 있지? 해석을 하자면 다음과 같다.

바삭바삭한 가는 모래 벼랑에
군밤 닷 되를 심습니다.
그 밤이 움이 돋아 싹이 나야만
덕이 있으신 임과 헤어지겠습니다.

이 노래는 결국 사랑하는 임과 헤어지겠다는 결말을 반복하고 있
단다. 그런데 사랑하는 사람과 헤어지기 위해서는 먼저 조건이 있지.
그 조건이 뭐냐 하면 바삭바삭한 모래 벼랑에 군밤 닷 되를 심어 그
밤에서 싹이 나야 한다는 거야.

바삭바삭한 모래 벼랑이 도대체 가능한 것일까? 모래는 높이 쌓기
도 어렵잖아? 그런데 그런 모래로 된 벼랑이라니……. 배경 설정 자
체가 불가능한 상황이지? 그런데 그렇게 있을 수도 없는 곳에 군밤
닷 되를 심는단다. 모래 벼랑에 군밤을 어떻게 심을까? 벼랑이 있을
수도 없고, 있다 한들 그 벼랑에 밤을 심기란 정말 어려운 일이겠지?
게다가 군밤이야. 이게 가능하려면 아마 누군가 헬기를 타고 가서
모래 벼랑에 군밤을 총알 날리듯 쏘아 가며 심어야만 할 거야. 그리
고 그렇게 심으면 또 뭐하겠어? 그 밤에서 싹이 날까? 군밤에서 싹
이 난다는 것은 도저히 이루어질 수 없는 일이겠지?

그런 불가능한 상황이 벌어져야만 사랑하는 사람과 헤어지겠다는
이야기니까 이 노래는 결국 '나는 도
저히 사랑하는 사람과 헤어질 수 없어
요.' 하는 내용을 반어적°으로 표현한
것이란다.

● **반어적** 말하는 사람이 자신
의 의지를 더 강하게 표현하
기 위해서 실제 뜻과 반대되
는 말을 하는 것.

다음 연을 봐도 마찬가지야.

노래와 해석을 연달아 써 줄게.

옥으로 연고즐 사교이다.

옥으로 연고즐 사교이다.

바회 우희 접주하요이다.

그 고지 삼동이 퓌거시아

그 고지 삼동이 퓌거시아

유덕하신 님 여해아와지이다.

옥으로 연꽃을 새깁니다.

(옥으로 새긴 연꽃을) 바위 위에 접붙입니다.

그 꽃이 세 묶음이 피어야만

덕이 있으신 임과 헤어지겠습니다.

역시 마찬가지지? 옥돌로 연꽃을 새기는 거야 오랜 시간 공을 들인다면 충분히 가능하겠지만 옥 연꽃을 바위에 접붙이다니……. 그러려면 초강력 접착제를 사용해야만 할 거야. 거기까지는 충분히 가능하다고 해도 그 꽃이 세 무더기나 피어야만 사랑하는 사람과 헤어지겠단다. 옥으로 새겨 바위에 붙여 놓은 연꽃이 어떻게 세 묶음이나 피어날 수 있겠냐? 참 무시무시한 상상력이다, 그렇지? '삼동'이라는 표현을 어떤 사람들은 한겨울로 해석하기도 해. 그렇게 보면 옥으로 새긴 연꽃을 바위에 접붙여 한겨울에 피어나게 되었을 때 당신과 헤어지겠다는 의미가 되지. 역시 도저히 일어날 수 없는 상황을 이야기하는 것은 마찬가지로구나.

다음 연은 한술 더 뜬단다.

> 므쇠로 철릭을 말아 나난
> 므쇠로 철릭을 말아 나난
> 철사로 주름 바고이다.
> 그 오시 다 헐어시아
> 그 오시 다 헐어시아
> 유덕하신 님 여해아와지이다.

> 무쇠로 철릭을 마름질하여
> 철사로 주름을 박습니다.
> 그 옷이 다 헐어야만
> 사랑하는 임과 헤어지겠습니다.

철릭은 옛날 군복이란다. 무쇠로 군복을 만들었으니 일종의 갑옷이겠지. 쇳덩어리로 마름질을 해서 옷을 만든다는 설정부터가 이미 불가능한 상황을 이야기하고 있구나. 그런데 그 무쇠로 만든 옷에 철사로 주름을 박아 놓고 가만히 걸어 둔다면 얼마나 오랜 시간이 지나야 그 옷이 헐어서 다 없어지게 되는 것일까? 그것을 만든 사람보다 옷이 더 오래 살아남을 것 같지 않니? 그렇게 아주 오랜 시간이 지나야 당신과 헤어지겠다는 뜻이니, 이 또한 당신과는 절대로 헤어지지 않겠다는 의지를 반복해서 보여 주는 노래라고 할 수 있겠구나.

다음 연이 바로 고려 시대 '로봇 공학'의 정체가 드러나는 대목이란다.

므쇠로 한소를 디여다가
므쇠로 한소를 디여다가
철수산애 노호이다.
그 소가 철초를 머거아
그 소가 철초를 머거아
유덕하신 님 여해아와지이다.

무쇠로 큰 소를 만든단다. 쇳덩어리로 소를 만들었으니 바로 '로봇 소'라고 할 수 있겠지. 쇠로 만든 소, 그 로봇 소를 철수산에 놓는단다. 철수산이란 모든 나무가 쇠로 된 산을 말해. 그런 산이 있던가? 있을 수 없는, 이 세상에는 존재하지 않는 산이겠지? 아니면 그런 산을 다시 만들어야만 할 거야. 온통 쇠로 된 나무가 울창한 산을 하나 만들어야만 하겠지. 아무튼 그런 산에 로봇 소를 풀어 놓고 그 소가 산에 있는 쇠풀을 모두 뜯어 먹어야만 사랑하는 사람과 헤어지겠다고 하는구나.

이 시를 지은 사람은 과연 사랑하는 사람과 헤어질 수 있을까?

마지막 연은 「서경별곡」에도 나왔던 구절이란다.

구스리 바회예 디신달

구스리 바회예 디신달
긴힛단 그츠리잇가.
즈믄 해를 외오곰 녀신달
즈믄 해를 외오곰 녀신달
신(信)잇단 그츠리잇가.

구슬이 바위에 떨어진들
끈이야 끊어지겠습니까?
천 년을 헤어져 지낸다 한들
믿음이야 끊어지겠습니까?

구슬로 꿴 목걸이를 바위에 떨어뜨리면 구슬이 깨질 수는 있어도 끈이 끊어지지는 않겠지? 꽁꽁 얼린 목걸이나 유리로 줄을 만든 목걸이가 아닌 다음에야……. 마찬가지로 천년을 헤어져 지낸다고 해도 당신과 나 사이의 믿음, 당신과 나 사이의 사랑은 끊어지지 않는다는 말이지.

앞에서 읽어 본 「서경별곡」의 남자는 무척 쉽게 사랑하고 쉽게 헤어지는 것 같아서 우리 마음을 안타깝게 했지. 하지만 「정석가」의 화자는 사랑하는 사람과 영원히, 절대로 헤어지지 않겠다는 굳은 다짐을 하는구나.

어떤 사람은 「정석가」에서 노래를 부르는 사람은 신하이고, 이 사람이 사랑 고백을 하는 대상은 임금이라고 해석하기도 해. 충성스런 신하가 임금에게 자신의 충성이 영원히 변하지 않을 것임을 다짐하는 노래라는 거지. 하지만 아빠는 그냥 사랑하는 두 사람 사이의 노래라 믿고 싶구나.

　사랑이여, 영원하여라…….

　뭐, 이런 낭만이 아직 아빠에게 조금이라도 남아 있길 바라는 마음에서 말이다.

더 생각해 볼 문제

1. "변하지 않음"을 상징하는 비유나 표현을 찾아보자.

2. 반어적인 표현을 사용한 글이나 시를 찾아보자.

3. 내가 어떤 대상에 대해 변하지 않는 심정을 유지할 수 있다면, 그 대상은 누구이며 그 심정은 어떤 것인지 이야기해 보자.

노래 속에 들어 있는 민속 1

동동

    우리는 지금 도시에서 살고 있기 때문에 전통 민속에 대해 잘 모르고 또 체험할 기회도 많지 않아 아쉽지. 우리나라는 옛날부터 농경 사회였기 때문에 우리 민속놀이는 대부분 농경 생활과 밀접한 관련을 갖고 있단다.

    아빠는 한때 대학에서 민속학 강의를 했는데 그때마다 늘 마음 한 구석이 답답했단다. 그 이유가 뭔지 아니? 아빠는 농촌에서 태어나기만 했을 뿐 어린 시절을 도시 변두리에서 보냈거든. 그러니 농경 생활을 실제로 체험해 본 적이 거의 없단다. 도시 빈민 출신이 감히 농경 생활을 기초로 한 민속학을 강의하다니, 어찌 마음이 편할 수 있었겠니? 민속이란 단순한 지식의 나열이 아니라 삶의 체험에서 우러나는 것인데, 그런 삶을 온전히 경험해 보지 못한 사람이 감히 우리 민속에 대해 강의한다는 것이 스스로에게 무척 부끄럽다는 느낌을 떨쳐 버릴 수가 없었단다. 그런 불편한 마음을 달래기 위해 민속과 관련한 다양한 책을 읽어 보기도 하고 여러 자료를 살펴보기도 했지만 역시 직접 체험한 것만 못한 것은 사실이겠지. 술래잡기를 해 본 사람이 그 놀이의 재미에 대해 설명하는 것과 그것을 구경만한 사람이 설명하는 것, 그 놀이에 관한 책을 읽은 사람이 설명하는 것을 비교해 보면 쉽게 짐작할 수 있겠지?

그러나 그런 부담감이 있다 해도 아빠는 이 시에 대해 이야기해야만 하겠구나. 이런 시를 읽고 그 속에 담긴 내용을 살펴보는 간접적인 체험마저 중단하게 된다면 우리는 옛 조상들의 삶에 대해 점점 잊어버리게 될 거야. 그렇게 되어서 옛사람들과의 접점이 점점 사라지게 되면 우리는 마치 외톨이로 존재하는 고립된 민족처럼 문화가 빈약한 생활을 하게 될 수도 있지. 우리가 문학을 계속 공부하는 이유 중에는 우리와 조상들의 관계를 중단 없이 계속 이어 감으로써 문화적 전통을 계승하겠다는 의지도 들어 있으니까 말이다.

고려 가요 중에 우리의 전통 민속 풍습이 꽤 많이 담겨 있는 작품이 있단다. 그중 대표적인 것이 바로 「동동」이야. '동동'은 한자로 '動動'이라고 쓰지. '動'은 '움직인다'는 뜻을 가진 글자이지만 그렇다고 이 노래의 제목이 '움직여, 움직여'라는 뜻은 아니란다. 「동동」은 아마 북소리를 표현한 제목이 아닐까 해. 북소리가 동동거리잖아. 흔히 둥둥이라고 하지만 둥이라는 한자는 없으니까…….

「동동」이라는 고려 가요는 여성이 부른 노래로 추정되는데 모두 13연으로 구성되어 있단다. 첫 번째 연은 전체 노래의 시작 부분에 해당하는 서사라 할 수 있고, 나머지 12연은 모두 1월부터 12월까지 월별로 구분되어 있지. 각 달을 기준으로 노래한 것이라서 '월령체 노래'라고도 하고 '달거리 노래'라고도 한단다.

「동동」은 1월부터 12월까지 우리 민속을 소재로 해서 노래를 하고 있는 작품이야. 그런데 이 노래의 주제는 이별이란다. 한 여인이 자신이 사랑하던 남자와 이별한 것을 중심으로 하고 있지. 이별한 사실이 얼마나 마음 아프면 달마다 잊지 않고 노래를 불렀을까.

이 노래를 따라 읽어 가면서 사랑하는 사람을 잃은 사람의 슬픔을 느껴 보는 동시에 우리 민속에 어떤 것이 있는지 대략이라도 살펴보면 좋겠구나. 우리 민속은 이 노래에 있는 것만이 아니라 훨씬 더 풍성하지만 그것은 다음 기회에 조금씩 배우도록 하자꾸나.

자, 「동동」의 1연, 즉 서사가 되는 부분은 다음과 같단다.

덕으란 곰배예 받잡고
복으란 님배예 받잡고
덕이여 복이라 호날
나사라 오소이다.
아으 동동다리

이제 지금쯤 되면 '아으 동동다리'가 후렴구라는 것은 알겠지? '곰배'는 뒷부분을 나타내는 말이고 '님배'는 앞부분을 나타내는 말이야.

이 부분을 해석하면 다음과 같지.

덕이라고 하는 것은 뒤에 바치고
복이라고 하는 것은 앞에 바치고
덕이니 복이니 하는 것을 드리러 왔습니다.

뭐, 이런 내용이야. 그런데 좀 이상하지 않니? 이 노래의 전체 주
제가 뭐라고 했더라? 이별이라고 했지. 그런데 난데없이 무슨 덕이
니 복이니 하는 것을 바치러 왔다고 할까? '비록 나를 떠난 사람이긴
하지만 그분을 생각하며 덕과 복을 바치러 왔습니다.' 이렇게 생각할
수도 있고, 아빠가 전에 말했듯이 이 노래를 임금 앞에서 공연하다
보니 임금께 축하 인사를 드리기 위해 끼어 들어간 부분이라고 생각
할 수도 있겠다.

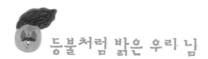

등불처럼 밝은 우리 님

자, 이제 「동동」의 세계에 본격적으로 들어가 볼까? 「동동」의 2연
은 몇 월을 소재로 하고 있을까? 당연히 1월이겠지. 그런데 우리가
한 가지 기억해야 할 사실은 이 노래가 만들어질 무렵에는 양력 개
념이 없었다는 거야. 그러니 이 노래에서 말하는 1월, 2월 등등은 모
두 음력으로 계산된 날이지. 그래서 1월 노래는 다음과 같단다.

정월 나릿므른
아으 어져 녹져 하논대

누리 가온대 나곤
몸하, 하올로 녈셔.
아으 동동다리

정월은 음력 1월을 가리킨단다. '나릿믈'은 냇물이라는 뜻이고 '어
져 녹져 한다'는 것은 '얼었다가 녹았다가 한다'는 뜻이야. '누리'는
온 세상을 말하고 '녈셔'는 '지낸다'는 말이지. 그럼 다음과 같이 해
석할 수 있겠지.

정월 냇물은
아아, 얼었다 녹았다가 하는데
이 세상 가운데 난
몸이여, 홀로 지내는구나.

이 세상에 난 몸, 홀로 지낸다는 이 몸은 누구의 몸일까? 당연히
지금 이 노래를 부르는 여인을 말하는 것이지. 이 노래의 주제는 이
별이라는 것을 잊지 마. 이별한 몸이니 당연히 이 세상에 홀로 지내
는 외로운 몸이라고 표현할 수 있겠지.

그런데 좀 이상하지 않니? 외로운 내 몸을 말하기 위해서 왜 화자
는 정월의 냇물을 소재로 삼았을까? 정월은 음력 1월이니까 양력으
로 2월쯤 되겠지? 2월이면 날씨가 어때? 아주 춥기도 하다가 좀 풀
리기도 하다가 그렇잖아? 그러니 정월의 냇물은 얼었다가 녹았다가
하겠지. 냇물이 얼기도 했다가 녹기도 했다가 하는 모양을 보면서

이 노래의 화자는 자기랑 함께 사랑을 나누던 그 남자를 그리워하고 있는 것이지. 사실 '얼다'라는 단어에는 남녀가 서로 육체적인 관계를 갖는다는 의미도 들어 있단다. 그러니 냇물이 얼었다 녹았다 하는 것을 보면서 자신과 육체적인 사랑을 나누었던 연인을 떠올리는 것은 지극히 당연한 것이겠지.

'저 냇물도 얼었다가 녹았다가 하면서 서로 사랑을 나누는데 나는 예전에 함께 사랑을 나누던 임과 이별한 채 이렇게 홀로 외로이 지내고 있구나. 아아, 외로워라~' 하면서 노래하고 있는 거지.

정월 노래에는 우리 민속이 소재로 등장하지 않는단다. 사실 정월에는 설날이나 대보름 등 중요한 우리 민속 풍습이나 다채로운 놀이들이 많이 있긴 하지. 하지만 한 해를 시작하는 정월은 대부분 경건한 뜻이 담긴 민속 풍습들이 많은데 그런 것을 이별이라는 주제에 맞춘다는 것은 좀 어울리지 않는 면도 있을 것 같구나.

그럼 2월 노래를 볼까.

이월 보로매
아으 노피 현 등블 다호라.
만인 비취실 즛이샷다.
아으 동동다리

'현'은 '켠', '다호라'는 '같구나', '즛'은 지금의 '짓'의 원형으로 '모습'이라는 뜻이지. 그래서 해석을 하면 이렇게 된단다.

이월 보름에

아아, 높이 켜 놓은 등불과 같구나.

만인을 비추실 모습이시도다.

이월 보름엔 등불을 켜서 매달아 놓고 노는 풍습이 있었단다. 어떤 사람은 정월 보름의 풍습이라고 하기도 하는데, 어쨌든 등을 켜서 매달아 놓고 놀던 풍습이 불교의 전래와 더불어 석가 탄신일인 사월 초파일로 옮겨 가서 지금에 이른 것이 아닐까 싶다.

영등놀이 또는 연등제라고도 하는 이 민속놀이에 높이 매달아 놓은 등불을 보면서, 이 노래를 부른 여인은 아마도 자신이 사랑하던 남자를 생각했던 모양이다. 높이 매달린 등불은 모든 사람에게 빛을 비출 뿐만 아니라 모두가 우러러보는 대상이 되기도 하지. 그처럼 자신이 사랑한 남자는 모든 사람을 비출 만한 멋진 분이라는 거란다. 높이 매달린 등불을 보며 자신이 사랑했던 남자를 그리워하는 여인의 쓸쓸한 눈빛이 떠오르니? 모든 사물이 다 자신이 사랑하는 사람으로 보이는 이런 신비로운 현상은 사랑에 빠져 본 사람만이 이해할 수 있는 법이란다.

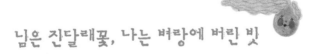

님은 진달래꽃, 나는 버랑에 버린 빗

「동동」의 3월 노래에는 삼짇날의 풍습이 반영되어 있어. 삼짇날은 음력 3월 3일을 말해. 3은 전에도 말했듯이 완전한 숫자란다. 게다가 홀수는 음과 양의 이치로 볼 때 양의 숫자에 해당하거든. 양의 숫자가 합쳐진 날이니 얼마나 좋은 날이겠어? 양기가 왕성하게 발현되는 날, 게다가 봄이 시작되는 시기이기도 하지. 그래서 삼월 삼일 삼진 날이 되면 사람들은 모두 산으로 나가서 봄을 마음껏 즐기고 온단다.

특히 이날에 빼놓을 수 없는 음식이 있는데 그게 바로 화전이라는 거야. 화전은 꽃지짐이라고도 하는데 찹쌀을 빻은 가루로 조그맣게 전을 만들고 그 위에 진달래 꽃잎으로 장식을 하지. 진달래 꽃잎이 빨갛게 붙은 전은 얼마나 예쁘고 향기로울까?

사람들은 산에서 봄맞이 행사를 하면서 가장 먼저 산천에 제사를 지냈단다. 우리 조상들은 모두 천지 만물에 아름다운 봄을 다시 주신 천지신명께 감사의 제사를 지내는 것을 중요하게 생각했지. 하늘에 감사를 드린 뒤에 비로소 진달래꽃으로 전을 부쳐 먹으면서 잔치를 한 거란다. 조상들의 풍속이나 오랜 전통 민속을 보면서 미개하다고 생각하거나 쓸데없는 짓이라고 깎아내리는 사람들이 있단다. 하지만 우리 조상들은 세상 만물의 사소한 부분에서조차 우주를 주관하는 어떤 섬세한 질서로서의 신을 생각하고 그분을 경외하는 마음 자세를 잃지 않았지. 우리도 봄이 오고 겨울이 오는 것, 한 해가 가고 오는 것, 그러면서 자연 만물이 변화하는 모든 것들에 늘 감사할 줄 알았던 조상들의 자세를 배워야겠구나.

아무튼 삼짇날의 우리 민속을 생각하면서 「동동」의 3월 노래를 한 번 보자꾸나.

삼월 나며 개(開)한

아으 만춘(滿春) 달윗고지여.

남이 부롤 즛을 디녀 나샷다.

아으 동동다리

현대어로 옮기면 다음과 같지.

삼월이 되어 피어난

아아, 봄에 가득한 진달래꽃이여.

남이 부러워할 모습을 지니고 나셨도다.

이 노래를 지은 사람은 삼월이 되어 온 산에 화려하게 피어난 진
달래꽃을 보면서 그처럼 아름다운 모습을 지닌 자신의 임을 떠올린
거란다. 사랑하던 그 사람이 얼마나 아름다운지 삼짇날 온 천지에
가득 피어난 진달래꽃처럼 남이 부러워할 만한 모습을 지니고 나셨
다고 표현하고 있구나.

사랑은 정말 아름다운 거야. 자기를 버리고 떠난 사람인데도 이처
럼 아름답게 기억하고 있으니 말이다.

사월의 노래에서는 아무리 기다려도 오지 않는 임에 대한 원망이
나타나고 있단다. 기다림도 오래되면 지치게 마련이지. 우리도 그렇
잖아. 오래 기다려도 오지 않는 대상이 있다면 원망이 생기기도 하
겠지.

사월 아니 니저
아으 오실셔 곳고리새여.
므슴다 녹사니만
녯 나랄 닛고신뎌.
아으 동동다리

사월이 되니 꾀꼬리가 날아와 우네. 꾀꼬리도 때가 되면 날아와 우는데 어찌해서 자신의 임은 오지 않는지 원망이 되는 거지.

사월 아니 잊어
아아, 오시는구나 꾀꼬리새여.
무슨 일로 녹사님은
옛날의 나를 잊고 계시는가.

'녹사'는 고려 시대의 벼슬 이름이란다. 이 여인이 사랑하던 사람의 벼슬이 녹사였나 봐. 녹사든 뭐든 너무했지 뭐냐. 꾀꼬리만도 못한 인간 같으니라고……

임에 대한 원망을 잠시 했던 화자는 얼른 태도를 바꾸지. 계속 원망만 하고 있으면 임이 영영 안 올지도 모르잖아. 그래서 5월이 되자 임에 대해 약간의 아부(?)를 하는 모양이다.

오월 오일애
아으 수릿날 아침 약은

즈믄 해를 장존하샬
약이라 받잡노이다.
아으 동동다리

5월 5일은 무슨 날일까? 어린이날이라고 대답하면 안 된다. 우린
지금 음력 날짜를 보고 있으니까 말이야. 음력으로 5월 5일은 단오
란다. 단오는 수릿날이라고도 해. 홀수인 양의 수가 두 번 겹친 날이
니까 역시 생기가 왕성한 날이고, 그렇게 생기가 왕성한 날이기 때
문에 잡귀가 덤벼들지 못하는 좋은 날이지. 생기가 왕성해서 만물이
요동치는 날이니 젊은 남녀가 가만히 집 안에 있을 수 있겠니? 죄다
집 밖에 나와서는 여러 가지 놀이를 한단다. 너희들도 아마 『춘향전』
을 읽었을 거라고 생각하는데, 춘향과 이도령이 처음 만난 날이 언
제인지 기억나니? 그래, 바로 단오란다. 춘향과 이도령이 만나 서로
사랑을 시작하는 날이 양기가 왕성한 단오여야 잘 어울리는 법이지.
　이날 남자들은 모여서 씨름을 하고 여자들은 모여서 그네를 뛰지.
또 쑥잎을 뜯어 동그랗게 빚은 수리떡을 먹기도 하고, 창포를 끓인
물에 머리를 감기도 하지. 임금은 '단오선'이라고 하는 부채를 신하
들에게 나눠 주기도 한단다. 여름을 대비하라는 뜻이지. 단오에는 익
모초라는 약초를 뜯어 말려 약으로 만들기도 해. 익모초는 엄청나게
쓴 풀인데 아빠도 어릴 때 익모초 찧은 물을 마시고 죽는 줄 알았단
다. 익모초를 먹고 나니 어지간히 쓴 약은 쓰다는 느낌도 들지 않더
구나.
　생각해 보자. 모든 사람이 모여 노는 이런 요란스러운 축제일에

사랑하는 사람 없이 홀로 지내야 하는 이 여인은 얼마나 쓸쓸했을까? 조용한 날보다 오히려 더 쓸쓸했을 것 같다. 그래도 이 여인은 자신을 떠난 그 사람을 사랑하는 마음으로 약초를 뜯어 약을 만들었구나.

> 오월 오일에
> 아아, 수릿날 아침에 먹는 약은
> 천 년을 오래 사실
> 약이라 바치옵니다.

사랑하는 사람이 앞으로도 천 년 동안 오래오래 살라고 단오 아침에 약을 짓는 여인의 정성이 잘 느껴지지 않니? 하지만 딱하게도 그 약을 먹어 줄 사람은 오지 않은 모양이야.

드디어 유월이 되었다. 유월의 우리 민속으로는 유두가 있지. 아빠가 학교에서 수업을 하다가 '유두'라는 말을 하면 학생들은 다들 킥킥거린단다. 유두는 '젖꼭지'라는 뜻이기도 하거든. 하지만 젖꼭지는 '乳頭'라 쓰고 민속 절기인 유두는 '流頭'라고 쓰니 엄연히 다른 말이지.

유두는 '동류두수목욕(東流頭水沐浴)'의 준말이라고 해. 동쪽으로 흐르는 물에서 머리를 감고 몸을 씻는다는 뜻이지.

유두는 음력 유월 보름이야. 그러니 이제 본격적으로 여름이 시작되는 때이지. 여름을 준비하는 절기라고 할 수 있어. 사람들은 이날

여름 과일로 산천에 제사를 지내고, 유두면이라고 하는 국수를 만들어 먹기도 하지. 그리고 동쪽으로 흐르는 냇가에 가서 머리를 감아. 여기서도 제일 먼저 산천에 제사하는 것이 우선이라는 것을 기억해 봐. 계절의 변화를 맞이하는 조상들의 태도를 잘 알 수 있겠지?

그런데 중요한 것은 이날 머리를 감을 때 쓴 빗을 벼랑에 내다 버린다는 거야.* 왜 그럴까? 사람들은 한 해 동안 자신에게 닥칠 좋지 않은 액운을 모두 빗에 쓸어 담아 내다 버림으로써 자신이 받을 재앙을 대신하게 한다고 여기는 거야.

이것은 우리나라에만 있는 풍습이 아니란다. 중동 지역에서는 '희생양'이라는 제도가 있지. 해마다 마을 사람들이 모두 모여 제일 좋은 양이나 염소를 한 마리 잡는단다. 그리고 마을의 제사장이 이 양이나 염소에게 안수(손을 얹어 기도함)하고 마을의 모든 재앙을 대신하게 하는 거지. 그리고 그 양이나 염소를 성 밖으로 내쫓아 버린단다. 그러면 그 양이나 염소는 마을 사람들의 죄를 다 뒤집어쓴 채 들을 헤매다가 죽게 되는 거지. 그 마을의 모든 재앙을 다 담당하고 죽는 이 양이나 염소를 희생양이라고 해.* 영어로는 'scape goat'라고 하지.

● 유두의 '빗'처럼 희생양의 역할을 하는 것으로 정월 풍습에 모든 액운을 뒤집어쓰고 버림을 받는 '제웅'도 있다. 제웅은 풀이나 볏짚 등으로 사람의 형상을 만든 것이다.
● '희생양'과 관련한 자세한 내용은 르네 지라르의 『희생양』, 『폭력과 성스러움』, 『나는 사탄이 번개처럼 떨어지는 것을 본다』 등에 나온다.

중동의 유목민들에게는 그들에게 친근한 양이나 염소가 희생양이 된 것이고, 우리 민족과 같은 농경 민족에게는 양이나 염소 대신 머리를 빗는 빗이 된 거야. 자신에게 좋지 않은 모든 것들을 다 쓸어 담은 빗을 내다 버림으로써 자신은 복을 누리게 될 것이라 여긴 것이지.

희생양은 빗이나 양, 염소만이 아니라 예수의 경우에도 해당된단다. 희생양 제도는 해마다 반복되는 의식이고 그 제물로 사용되는 양이나 염소는 해마다 죽어야 하는 대상이지만, 예수는 단 한 번의 죽음으로 모든 인류의 죄를 대속한 완전한 희생양이 되었다는 설명을 하나의 이론으로 풀어서 쓴 학자가 바로 프랑스의 르네 지라르라는 사람이란다. 너희들도 조만간 그런 문학 이론서를 읽을 수 있을 정도의 독서력을 갖게 되면 참 좋겠구나.

아무튼 「동동」의 유월 노래에는 이 유두의 풍습이 소재로 활용되고 있단다.

유월 보로매
아으 별해 바룐 빗 다호라.
도라보실 니믈
적곰 좃니노이다.
아으 동동다리

'별'은 '벼랑'이라는 뜻, '적곰'은 '조금', '좃니노이다'는 '따르고 싶습니다'라는 뜻이란다. 그러니 해석을 하자면 다음과 같지.

유월 보름에
아아, 벼랑에 버린 빗과도 같구나.
돌아보실 임을
조금이나마 따르고 싶습니다.

여기에서 벼랑에 버린 빗은 누구를 말하는 것일까? 사랑하는 사람이 아니라 바로 그 사람에게 버림받은 자기 자신을 가리키는 거란다. 자신의 신세가 유두 풍습에서 한 번 쓰고 버리는 빗처럼 허망하게 버림받은 신세라는 거지. 모든 재앙을 뒤집어쓴 채 버려진 빗은 아무도 주워 가지 않겠지? 마찬가지로 사랑하는 사람에게 버림받은 뒤 아무도 돌아보지 않는 자신의 신세를 그처럼 비참하게 묘사한 거지. 그러면서 동시에 사랑하는 임이 자신을 돌아보기만 한다면 조금이나마 그 뒤를 따르고 싶다는 애처로운 목소리를 내고 있구나. 참 서글픈 노래야.

노래 속에 들어 있는 민속 2

동동

드디어 「동동」의 7월 노래를 들을 차례가 되었구나. 7월에 있는 우리 민속 풍습에는 어떤 것이 있을까? 흔히들 퍼뜩 떠올리는 것은 칠석이 아닐까 싶구나. 칠월 칠석에 대한 이야기는 너희들도 잘 알지? 견우와 직녀의 아름답고 슬픈 사랑 이야기 말이다. 물론 그 이야기는 결국 견우성과 직녀성의 만남을 의인화한 것이기는 하지만 사람들의 상상력이 얼마나 대단한지 확인할 수 있는 좋은 예이기도 하단다.

사실 칠월의 민속으로는 칠석보다 백중날이 더 크게 여겨진단다. 백중(百中)은 칠월 보름날이야. 백종(百種)이라고도 하는데, 이때가 온갖 과일과 채소가 많이 나는 때이다 보니 백 가지 씨앗을 갖추어 놓는다는 뜻에서 유래했다고 해. 이날에는 온 마을에 잔치가 벌어지지. 흔히 여름 과일을 중심으로 한 잔치라고 생각하면 될 거야.

우리가 아주 오래전에 밀양에 갔을 때 잠깐 백중놀이를 본 적이 있는데 그때는 너희들이 너무 어릴 때라 기억이 잘 안 날 거야. 백중날은 머슴날이라고도 해. 이날 머슴들이 고된 여름일을 잠시 쉬고 놀 수 있는 날이기 때문이지. 또 백중에는 머슴들끼리 힘겨루기 시합을 해서 상머슴을 뽑기도 한다.

물론 요즘에는 머슴이니 뭐니 하는 개념이 모두 사라지고 없지만 그 옛날 양반과 상민의 구분이 엄격하던 시절에도 우리 조상들은 머슴들을 위해 휴일을 만들고 잔치를 베풀 수 있는 마음의 여유가 있었던 것이지. 백중은 한여름의 중간에 고된 농사일을 잠시 쉬고 흥겨운 잔치로 삶의 여유를 갖는 날이라고 할 수 있단다.

그런데 「동동」을 쓴 이 여인은 어떨까?

칠월 보로매
아으 백종 배(排)하야 두고
니믈 한 대 녀가져
원을 비삽노이다.
아으 동동다리

아주 쉬운 내용이니 너희들도 거의 해석할 수 있을 것 같구나. 다음처럼 해석하면 된단다.

칠월 보름에

아아, 백중 잔치상을 배설하여 두고
임과 함께 지내고자 하는
소원을 비옵나이다.

　그러니까 이 노래의 화자는 백중 잔치상을 차려 놓고(어쩌면 백중날에 제사 지내는 상을 차려 놓았는지도 모르지만) 임과 함께 지내게 해 달라는 소원을 빌고 있구나. 사랑하는 사람과 함께하고 싶은 화자의 간절한 소망을 잘 알 수 있는 대목이지.
　참, 위에서 아빠가 해석을 하면서 '잔치상을 배설하여 두고'라고 썼는데 느낌이 좀 이상하지? '배설'이라는 단어는 단순히 몸 안에 있는 노폐물을 몸 밖으로 배출한다는 의미만 있는 것이 아니란다. 잔치나 연회에 필요한 음식이나 물건을 차려 놓는다는 뜻도 있지. 물론 한자는 전혀 다르다. 한자를 알지 못하면 오해할 수도 있는 단어로구나. 사실은 아빠가 일부러 저 단어를 써 봤단다. 어렸을 때 아빠 혼자 성경을 읽고 있는데 구약성경 「창세기」에 이런 구절이 있더구나.

　이삭의 젖을 떼던 날에 아브라함이 대연을 배설하였더라.
　　　　　　　　　　　　　　　　　　　　　　　－「창세기」 21장 8절

　아빠는 그때까지만 해도 배설의 의미를 오직 '排泄'로만 알고 있었기 때문에 이삭이 젖을 떼자 아브라함이 뭔가 긴장이 풀려서 배설한 줄로 알았지. 그래서 도대체 대연이라고 하는 것은 어떤 것일까, 대변과 어떤 관계의 배설물일까 심각하게 고민했단다. 그렇다고 그

런 지저분한(?) 단어를 누군가에게 물어볼 생각도 못했지. 혼자서 끙
끙 앓으며 고민하다가 사전을 찾아보고 나서야 정확한 뜻을 알게 되
었단다. 그때 아브라함은 '排泄'을 한 것이 아니라 '排設'을 했더구
나. 몸 안에서 몸 밖으로 뭔가를 배출한 것이 아니라 큰 잔치[대연
(大宴)]를 베풀었다는 뜻이다. 그런데 그런 것도 모르고 혼자 아브라
함을 오해했으니, 원…….. 지금도 그때 생각을 하면 어찌나 부끄럽고
지저분한지 몸 둘 바를 모르겠다니까.

아무튼 큰 잔치상 또는 제사상을 차려 놓고 사랑하는 사람과 함께
하고 싶다는 소원을 비는 딱한 우리의 주인공을 기억해 두자.

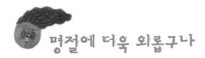

명절에 더욱 외롭구나

이제 팔월 노래가 나올 차례지? 팔월에 있는 중요한 우리 민속에
는 뭐가 있을까? 보통 팔월 보름이라고 말하지 않고 8월 15일이라고
쓰면 다들 뭐라고 대답할까? 그래, 광복절이라고 하겠지. 하지만 광
복절은 양력으로 볼 때 우리의 국경일이고 음력 8월 15일은 한가위
란다. 흔히 추석이라고들 하지.

한가위는 우리 민속 명절 중에 가장 큰 명절이라고 해도 지나친
말이 아닐 거야. 왜냐하면 가을에 곡식을 모두 거두어들인 뒤 맞이
하는 명절이라서 가장 풍성한 잔치가 되는 날이니까 말이야. 물론 이
날이 모든 사람에게 가장 풍성했던 날은 아니었을 거야. 특히 옛날
가난한 소작인들에게는 오히려 더 비참한 날이 될 수도 있었겠지. 가

장 풍성해야 할 날에 누릴 것이 없다는 것은 얼마나 슬픈 일이냐.

그래서 박경리 선생의 소설 『토지』의 첫 장면은 한가위 풍경을 묘사하는 것으로 시작하지. 가장 풍요로운 명절이 가장 비극적인 날이 되어야만 했던 가난한 소작농들에게 시선을 집중한 박경리 선생의 탁월한 안목이 존경스럽기만 하구나.

자, 이제 「동동」의 8월 노래를 들어 보도록 하자.

팔월 보로만
아으 가배나리마란
니믈 뫼셔 녀곤
오늘날 가배샷다.
아으 동동다리

'가배날'은 가위, 즉 한가위를 가리키는 말이야. 그러니 이 노래는,

팔월 보름은
아아, 한가윗날이지만
임을 모시고 지내야만
오늘이 한가위다울 것입니다.

이런 의미라고 봐야겠지.

가장 풍요롭고 기분 좋은 명절이 한가위이긴 하지만 사랑하는 임을 모시고 지내야만 정말 한가위답다는 거야. 너희들도 아무리 어린

이날이나 생일날이 좋다 해도 그날에 자기를 축하해 줄 사람이 아무도 없다면 얼마나 더 외롭고 슬프겠니?

초가집이 고요하구나

「동동」을 마무리해야 할 때가 된 것 같구나. 노래 자체가 워낙 길다 보니 아빠의 설명도 길어져서 좀 지루했을지도 모르겠다. 이제 9, 10, 11, 12월 노래만 읽어 보면 끝날 테니 조그만 참고 따라와 보거라. 아마 우리 민속과 관련한 노래는 구월 노래가 끝이 아닐까 싶네. 10월, 11월, 12월 민속이 없는 것은 아닌데 이 노래의 화자는 민속과 관련한 소재는 9월 노래로 마무리한 듯싶다.

9월에는 등고절이 있단다. 9월 9일은 9가 겹치는 날이잖아. 그래서 중구절이라고도 하지. '重(중)'은 무겁다는 뜻이지만 '거듭'이라는 뜻도 있거든. '중복'된다는 표현 잘 알지? 음력 9월 9일 중구절에 사람들은 높은 산에 올라[등고(登高)] 국화로 담근 술을 마시며 자연을 즐기지. 이때 삼짇날의 진달래 화전처럼 국화전을 만들어 먹기도 한단다.

구월 구일애
아으 약이라 먹논
황화 고지 안해 드니
새셔 가만하얘라.

아으 동동다리

이 9월 노래를 볼 때마다 늘 생각나는 선생님 한 분이 계시지. 아빠가 대학 신입생이던 시절에 한자와 고대어를 가르쳐 주셨던 선생님인데 그분이 바로 남광우 선생님이셨어. 우리 국어학계에서 무척 이름난 분이셨지. 매주 한자 시험을 보고 다음 주면 시험지를 들고 와서 직접 이름과 점수를 불러 가며 시험지를 나눠 주시던, 꼭 시골 훈장님 같은 분이셨어. 칠판에 글씨를 쓰실 때도 세로로 갈겨쓰셔서 읽어 내느라 애를 먹던 기억이 생생하구나. 그분이 쓰신 책도 많은데 아빠는 당시 어려운 집안 형편에 그분의 책을 구입하느라 고생을 하긴 했다만 지금까지 소중히 보관하고 한 번씩 읽어 보고 있단다.

왜 「동동」의 9월 노래를 보면 이분이 생각나느냐고? 이 고려 가요가 책에 기록될 당시에는 띄어쓰기가 없었단다. 그러다 보니 이 노래도 원래는 이렇게 표기되었겠지.

구월구일애아으약이라먹논황화고지안해드니새셔가만하애라아으동동다리

이렇게 기록된 것을 띄어쓰기를 적용하며 읽다 보니 한 가지 문제가 생겼단다. '구월 구일에 약이라 먹는 황화 꽃이 안에 드니', 즉 '구월 구일에 약으로 먹는 국화꽃이 집 안에 드니', 여기까지는 별 이의가 없었는데 '새셔가 만하애라', '새셔 가만하애라', 이 두 가지 해석이 가능하게 된 거야. 이게 각각 어떤 차이가 있느냐고? 많은 차이가

있지.

먼저 '새셔가 만하얘라'로 해석을 하게 되면 '새셔'는 따로 만든 집, 즉 초가집을 말하고, '만하여라'의 '만'은 가득하다는 뜻으로 보아서, '초가집이 (국화꽃 향기로) 가득하구나'라는 해석이 가능하단다.

하지만 아빠의 선생님이었던 남광우 박사께서는 이 해석에 이의를 제기하셨지. 고려 가요가 불리던 시절에는 주격 조사 '-가'가 쓰이지 않았다는 것을 문헌으로 입증하신 거야. 주격 조사 '-가'는 16세기나 되어야 출현한다는 것을 문헌 자료를 통해 증명하신거지. 그래서 그분은 이 '새셔가만하얘라'를 '새셔 가만하얘라'로 띄어 읽어야 한다고 보고, '초가집이 가만하구나', 즉 '초가집이 고요하구나'로 해석하셨지.

중구절에 모두들 국화주를 담그느라 집집마다 국화꽃 향기가 진동을 하는데 사랑하는 사람과 이별한 이 여인의 집만은 온 집 안에 국화꽃이 만발해도 집 안은 오히려 조용히 가라앉아 있는 분위기, 즉 분주해야 할 명절에 사랑하는 임이 존재하지 않아 가라앉은 분위기를 노래하고 있다고 본 것이지.

아빠 생각에도 이 해석이 맞는 것 같다. 국화주를 담그기 위해 집 안에 국화꽃이 가득 피어 있기는 하지만 오히려 집 안은 조용하게 가라앉아 있는 침울한 분위기가 너희들도 느껴지는지 모르겠구나.

이제 시월 노래.

시월애
아으 져미연 바랏 다호라.

것거 바리신 후에
지니실 한 부니 업스샷다.
아으 동동다리

10월 노래에서는 6월 노래에서처럼 화자가 버림받은 자신의 신세를 이야기하고 있단다.

10월에
아아, 저민(얇게 깎아 버린) 보리수와 같구나.
꺾어 버리신 후에
지니실 한 분이 없으시도다.

자기 자신이 마치 꺾어 버린 보리수나무 가지와 같다는 거야. 나뭇가지를 꺾어 버리고 나면 그걸 주워 갈 사람이 누가 있겠니? 그러니 사랑하는 사람에게 버림받은 자기 자신은 마치 꺾여서 내던져진 나뭇가지와 마찬가지 신세라고 노래하고 있는 거지.
십일월 노래를 보자.

십일월 봉당 자리예
아으 한삼 두퍼 누어
슬할사라온뎌
고우닐 스싀옴 녈셔.
아으 동동다리

그동안 읽었던 대목보다 더 암호 같은 느낌이 드는 부분이지? 그래도 우리가 해석하려고 고민할 필요는 없단다. 이미 많은 학자들께서 고생해서 해석해 놓으셨으니 우리는 그 은혜를 누리기만 하면 되니까 말이야.

십일월 봉당 자리에
아아, 한삼을 덮고 누워
슬프게 살아왔구나.
고운 임을 여의고 홀로 지내 왔구나.
아으 동동다리

'봉당'이라고 하는 것은 옛날 집의 구조에서 나온 말이야. 안방과 건넌방 사이에 흔히 마루를 까는 것이 일반적인 가옥 구조이지만, 마루를 까는 것은 돈이 있는 사람들의 경우이고 보통 사람들은 마루 없이 그냥 흙바닥인 채로 놔두었는데, 바로 그 흙바닥을 봉당이라고 한단다. '한삼'은 여름에 땀을 받치기 위해 입는 속옷이라고 생각하면 된다. 십일월은 양력으로 십이월이니 한겨울이라고 할 수 있지. 그 추운 겨울에 맨 흙바닥에 여름용 속옷 하나만 입고 누워 있다고 생각해 보렴. 몸이 얼마나 차갑고 추울까?

이 노래를 부른 여인은 사랑하는 사람과 헤어져 지내 온 자신의 삶을 마치 한겨울 차가운 봉당에 속옷 하나 입고 누운 것처럼 차갑고 고통스런 세월이었다고 노래하고 있는 것이란다. 이별의 슬픔을 정말 감각적으로 노래한 대목이라고 할 수 있겠구나.

이제 마지막 십이월 노래가 되겠다.

십이월 분디남가로 갓곤
아으 나살 반앳 져 다호라.
니미알패 드러 얼이노니
소니 가재다 므라삽노이다.
아으 동동다리

바로 해석을 하자면 다음과 같지.

십이월에 분디나무로 깎은
아아, 올리는 상에 젓가락과 같습니다.
임의 앞에 들어 올리노니
손님이 가져다 물었습니다.

분디나무로 깎은 젓가락이 바로 자신의 신세라고 하는구나. 사실은 사랑하는 임에게 자신을 드리기 위해 잘 깎고 다듬어 올렸는데, 사랑하는 그 임은 자신을 거들떠보지도 않고 엉뚱한 손님이 가져갔다는 말이지.

물론 이 부분은 사랑이 이루어지지 않는 자신의 기구한 운명을 노래하고 있는 것이란다. 하지만 임에게 자신을 드리려 했는데 손님이 먼저 가져갔다는 표현을 볼 때 이 노래를 부른 사람은 아마 술집 같은 곳에서 일하는 사람이 아니었던가 싶다.

자신이 일하는 곳에서 만난 한 남자, 그 남자 하나만을 사랑했지만 그 남자는 자신을 버리고 떠나 버렸지. 이 여인은 일 년 내내 그 남자만을 그리워하며 기다리고 마음 아파하고 괴로워하지. 그런데 결국 이 여인이 사랑하는 남자는 여인을 거들떠보지도 않고 그 대신 엉뚱한 다른 사람이 이 여인을 데려가는 것이지.

사람들은 흔히 사랑을 이 세상에서 가장 완전하고 절대적인 가치로 생각한단다. 하지만 결국 사람의 사랑이라고 하는 것도 완전할 수는 없는 것이고 그 사랑이 모든 문제를 해결해 주지도 못한다는 것을 이 노래를 통해 확인할 수 있겠다. 그렇다고 사랑이 불완전하다는 말은 아니니 오해하지 말기 바란다. 우리는 누군가를 사랑하게 되면 그 사랑이 영원할 것이라고 생각하지만 사람의 마음은 너무나 쉽게 변하는 법이란다. 사람의 마음이란 물과도 같아서 여리고 부드럽고 흔들리고 때로는 쉽게 말라 버리기도 하지. 사랑 자체는 영원한 가치라고 할 수 있지만 그것을 유지하고 굳건히 만드는 것은 결국 인간의 강인한 의지에 달린 문제란다. 우리는 그저 완전한 사랑을 하고자 끝없이 노력할 뿐이지.

더 생각해 볼 문제

1. 다음 예시한 날에 행하는 전통 세시 풍습에는 어떤 것이 있는지 정리해 보자.

   예 : 설날, 정월 대보름, 영등 놀이, 삼짇날, 한식, 단옷날, 유둣날, 칠석, 백중날, 한가위, 중구절, 동짓날

2. 내가 알지 못했던 우리 민족의 전통 풍습에는 어떤 것이 있는지 찾아보자.

3. 밸런타인데이나 크리스마스 등 외래 명절이 전통 명절보다 더 주목받고 있는 요즘 현실의 문제점은 무엇인가?

4. 전통 명절이나 세시 풍습을 소재로 한 시나 노랫말을 써 보자.

호미와 낫의 대결

사모곡

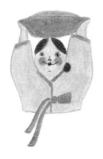

아빠가 어렸을 때도 그랬지만 너희들도 마찬가지일 듯한데, 사람들이 하는 질문 중에 대답하기 곤란한 것 중 하나가 바로 '아빠가 좋아, 엄마가 좋아?'가 아닐까 싶다. 물론 아빠도 좋고 엄마도 좋지만 둘 중 하나만 콕 집어서 누가 좋은지 선택하라면 참 난감하지.

하지만 고려 시대 사람들은 너무나 분명하게 이 문제에 대한 답을 제시하고 있구나. 고려 가요 중 「사모곡」이라는 작품을 보면 알 수 있다. 사모곡이란 어머니를 생각하는 노래라는 뜻이니까 제목에서 벌써 누가 좋다는 것인지 결정돼 있지?

호미도 날히언마라난

낟가티 들리도 업스니이다.

아바님도 어이어신마라난
위 덩더둥셩
어마님가티 괴시리 업세라.
아소 님하
어마님가티 괴시리 업세라.

이 노래에는 두 가지 소재가 나온다. 하나는 호미, 또 하나는 낫. 호미랑 낫이 각각 어떻게 다른지 알지? 호미는 아주 작은 농기구로 주로 김을 맬 때 쓰는 도구란다. 낫은 호미보다 제법 크고 날카롭지. "낫 놓고 기역 자도 모른다."는 속담에 등장하듯 기역 자로 구부러진 날카로운 연장으로, 풀을 베거나 벼를 베는 용도로 쓰인단다. 물론 너희들은 아빠와 함께 산에 사는 동안에 이미 두 연장을 다 사용해 본 경험이 있으니 잘 알고 있으리라 본다.

이 노래를 해석하면 다음과 같지.

호미도 날이긴 하지만
낫처럼 들 리가 없습니다.
아버지도 어버이이시긴 하지만
어머님처럼 사랑하실 이가 없습니다.

'위 덩더둥셩'이나 '아소 님하'는 후렴구로 빼 두자. 이 노래는 아버지의 사랑을 호미의 날에, 어머니의 사랑을 낫의 날에 비유하고 있다. 아무리 호미가 잘 든다 해도 낫처럼 잘 들 리가 없듯이, 아무리

아버지가 우리를 사랑하신다고 해도 어머니처럼 사랑하실 분은 없다는 것이지.

어떤 사람은 부모님의 사랑을 하필이면 낫이나 호미 같은 농기구에 비유했는지 모르겠다고 시비를 걸기도 한다만, 아빠 생각에는 이노래가 일반 평민들이 부른 노래라는 점을 생각하면 오히려 그것이 자연스러운 것이 아닐까 싶다. 일반 농민들이 평소 생활에서 늘 가까이하고 지내는 물건을 소재로 자신의 생각을 노래하는 것이 가장 자연스럽겠지. 학생이라면 연필이 아무리 잘 써진다 해도 볼펜처럼 진하지 않다고 한다거나, 군인이라면 권총이 아무리 잘 쏘아진다 해도 소총보다 못하다고 한다거나 하듯이 말이다.

아무튼 이 노래를 듣고 있으면 아빠가 아무리 너희들을 사랑한다고 해 봐야 고작 호미 정도에 불과하다는 서글픈 생각이 좀 들기도 한다. 그래도 뭐 어쩌겠냐? 엄마가 목숨 걸고 너희들을 낳아 준 은혜와 사랑을 생각하면 어머니의 사랑이 어디 낫 정도로 되겠냐?

참, 이 노래를 들을 때마다 아빠가 꼭 잊지 않고 떠올리는 시조가 하나 있단다. 정인보라는 분이 오래전에 쓰신 시조야. 이분은 조선 시대 사람이 아니라 우리랑 같은 시대를 살았던 분이니 당연히 이 시조는 현대 시조란다.

「자모사」라는 제목의 시조인데 아빠가 기억하고 있는 것은 다음 두 수밖에 없구나.

바릿밥 남 주시고 잡숫느니 찬 것이며

두둑히 다 입히고 겨울이라 엷은 옷을
솜치마 좋다시더니 보공 되고 말아라.

이 강이 어느 강가 압록이라 여짜오니
고국산천이 새로이 서러라고
치마끈 드시려 하자 눈물 벌써 굴러라.

이 시조는 어머니의 사랑과 희생과 헌신을 석 줄의 짧은 시조 안에 잘 담아내고 있지.

바리는 놋쇠로 만든 여자들 밥그릇이란다. 그러니 바릿밥을 남을 주시고 찬 것만 잡숫는 분은 바로 이 시조를 쓴 분의 어머니겠지. 당연히 '남'은 정말 남이 아니라 바로 이 시조를 쓴 본인이겠지.

정인보 선생은 홀어머니 밑에서 자랐는데, 그래서 어머니에 대한 애정이 더 컸는지도 몰라. 어머니가 따뜻한 밥공기의 밥은 글쓴이인 아들에게 다 주고 어머니 자신은 찬 음식만 드셨다는 거야. 아들은 두둑하게 잘 입혔지만 당신은 겨울에도 엷은 옷만 입으셨고, 솜치마를 그렇게 좋아하셨는데 결국 한 번 입어 보지도 못하고 보공이 되었으니…….

보공이 뭔지 혹시 기억나니? 외할아버지나 외할머니께서 돌아가신 뒤 입관할 때 아빠가 설명해 줬는데 잊어버렸을 수도 있구나. 보공이란 시체를 관에 넣을 때 시체와 관 사이의 틈을 막는 데 쓰는 옷감을 말해. 어머니께서 생전에 솜치마 한번 제대로 못 입어 보시고 결국 그것이 보공으로 쓰이는 것을 바라보는 자식의 심정이 어떻겠니? 아빠도 너희 외할머니 돌아가셨을 때 수의를 곱게 입혀 드리는 것을 보면서 살아생전 저런 옷 한번 제대로 못 입으시다가 돌아가실 때 호강 한번 하시는구나 하는 생각에 마음이 아프더구나.

두 번째 시조는 화자가 어머니를 모시고 압록강을 건널 때의 기억을 바탕으로 쓴 것 같아. 일제 강점기에 많은 사람들이 일제의 핍박을 피해 압록강을 넘어 만주 땅으로 갔잖아. 너희 외할아버지께서도 그런 분 중 한 분이셨지. 이 두 번째 시조는 고국을 그리워하는 어머니의 심정을 잘 표현한 시조라는 생각이 든다. 땅의 상징이라고 할 수 있는 어머니가 자신의 땅을 빼앗기고 떠나야만 하는 상황이라니 얼마나 끔찍하니? 우리는 일제 강점기에 민족의 어머니를 강제로 빼앗긴 셈이지.

아빠는 예전에 학교에서 「사모곡」 수업을 할 때마다 정인보 선생의 「자모사」를 학생들에게 꼭 소개해 주곤 했단다. 물론 이 시조 말고도 어머니의 사랑을 노래한 박인로의 다음과 같은 시조도 있지.

반중 조홍감이 고와도 보이나다
유자 아니라도 품음직도 하다마는
품어가 반길 이 없을새 글로 설워하노라.

'반중'은 그릇 안, '조홍감'은 일찍 익은 감이란다. 그릇 속에 담긴 빨갛게 익은 감을 본 화자는 그 감을 좋아하시던 어머니 생각이 난 거야. 옛날 중국에서 어떤 사람이 황제가 선물로 준 유자를 소매 속에 몰래 품고 나가다가 그만 뚝 떨어뜨려서 황제의 노여움을 살 뻔

했대. 감히 황제가 준 음식을 안 먹고 소매에 숨겨 두다니? 그런데 그 사람은 유자를 본 순간 그걸 좋아하실 어머니 생각이 난 거야. 그래서 어머니에게 갖다 드리려고 소매에 숨겼던 거지. 그 중국의 이야기를 인용한 것이 2행 부분이란다. 비록 유자가 아닌 감이긴 하지만, 나도 역시 가슴에 품고 가 어머니에게 드리고 싶은 마음이 간절한데, 품어 가도 반길 사람이 없으니 그것을 서러워한다는 거야.

어머니는 지금? 그래, 이미 돌아가시고 이 세상에 계시지 않으니 아무리 좋은 음식이 있다 한들 어떻게 가져다 드릴 수 있겠니? '수욕정이풍부지 자욕양이친부대(樹欲靜而風不止 子欲養而親不待)'라는 말이 있단다. '나무는 조용히 있고자 하지만 바람이 멈추어 주지 않고, 자식은 부모님을 봉양하고자 하나 부모님은 기다려 주시지 않는다.'는 말이지. 그러니 너희들도 아빠 엄마가 살아계실 때 효도를 열심히 해야 하는 법이다.

어머니를 소재로 한 시는 이 밖에도 너무나 많지만 아빠는 이 시두 편을 꼭 소개해 주고 싶구나. 먼저 기형도 시인이 지은 「엄마 걱정」이라는 시야.

열무 삼십 단을 이고
시장에 간 우리 엄마
안 오시네, 해는 시든 지 오래
나는 찬밥처럼 방에 담겨
아무리 천천히 숙제를 해도
엄마 안 오시네, 배추 잎 같은 발소리 타박타박

안 들리네, 어둡고 무서워
금 간 창틈으로 고요히 빗소리
빈방에 혼자 엎드려 훌쩍거리던

아주 먼 옛날
지금도 내 눈시울을 뜨겁게 하는
그 시절, 내 유년의 윗목

이 시는 어렸을 때 너희 할머니께서 장에 물건을 팔러 가셔서는 일찍 돌아오시지 않아 하염없이 기다리고 있던 아빠의 모습하고 겹쳐져서 유난히 애착이 가는 시란다.

이 시와 분위기가 비슷한 시가 박재삼 시인이 쓴 「추억에서」라는 시야.

진주 장터 생어물전에는
바다 밑이 깔리는 해 다 진 어스름을,

울 엄매의 장사 끝에 남은 고기 몇 마리의
빛 발하는 눈깔들이 속절없이
은전만큼 손 안 닿는 한이던가.
울 엄매야 울 엄매,

별 밭은 또 그리 멀리

우리 오누이의 머리 맞댄 골방 안 되어
손 시리게 떨던가 손 시리게 떨던가,

진주 남강 맑다 해도
오명 가명
신새벽이나 밤빛에 보는 것을,
울 엄매의 마음은 어떠했을꼬,
달빛 받은 옹기전의 옹기들같이
말없이 글썽이고 반짝이던 것인가.

　진주 장터 어물전에 이른 새벽 생선을 팔러 나갔다가 한밤중이나
되어야 돌아오는 어머니. 그 어머니를 기다리며 골방에서 손 시리게
떨며 잠들었을 오누이의 가녀린 모습. 그 모습이 눈에 아른거려 속
깊은 눈물만 흘리는 어머니의 안쓰러운 마음. 이런 것들이 한 폭의
그림처럼 눈앞에 펼쳐지는 시로구나.
　어머니를 소재로 한 시나 소설이나 수필이나 모든 글들은 언제나
사람의 마음을 흔드는 힘이 있단다. 그것은 어머니가 곧 우리 생명
의 원동력이며 삶의 젖줄이며 호흡의 시작이며 성장의 발판이기 때
문일 것이다. 그러니 너희들은 누가 너희들에게 '엄마가 좋아, 아빠
가 좋아?' 하는 터무니없는 물음을 던지거든 아무 주저 없이 대답하
도록 해라. 이 세상에 어머니보다 더 좋은 분은 없다고 말이다.

더 생각해 볼 문제

1. 어머니의 사랑을 주제로 한 시나 노래를 더 찾아보자.

2. 나에게 친근한 소재를 활용하여 어머니의 사랑을 주제로 시를 써 보자.

3. 사랑을 주제로 한 시나 노래를 찾아보고, 남녀 간의 사랑과 부모님의 사랑, 신을 향한 사랑 등의 공통점과 차이점을 말해 보자.

4장

굳세구나! 시조

시조를 외워 보자

탄로가

앞 장에서는 고려 가요 몇 편을 가볍게 살펴봤단다. 이제 시조 몇 편을 읽어 보기로 하자. 시조는 고려 시대 말기에 생겨나서 지금까지 창작되고 있는, 실로 그 생명력이 어마어마하게 끈질긴 장르란다. 향가는 신라 시대에만 존재했고 고려 가요는 고려 시대에만 존재했는데 시조는 고려, 조선을 거쳐 지금 21세기에도 씩씩하게 만들어지고 있으니 정말 대단하지 않니?

시조는 흔히 3장 6구 45자 내외로 구성된다고들 한다. 이제는 그런 표현을 잘 쓰지 않지만 옛날에는 다들 그렇다고 배웠지. 3장이란 시조가 초장·중장·종장의 세 장으로 구성되었다는 뜻이다. 시조가 석 줄로 이루어졌다는 것은 잘 알지? 그 석 줄 중에 첫째 줄이 초장(먹는 초장 말고), 둘째 줄이 중장, 셋째 줄이 종장이란다. 6구는 각 장이 2구씩 모두 여섯 개의 구로 이루어졌다는 뜻인데, 맞기도 하고 맞지 않기도 하지. 45자 내외라는 것은 전체 시조의 글자 수가 약 45자 정도로 구성된다는 것인데 이것 역시 잘 맞지 않아. 그래서 요즘은 3장 6구 45자 내외라는 상투적인 표현을 쓰지 않지. 하지만 시조에 있어서 변하지 않고 지켜지는 규칙이 하나 있어. 그것은 종장의 첫 구를 항상 세 글자로 유지한다는 거야. 누가 만든 규칙인지는 몰라도 거의 대부분의 시조가 이 규칙을 잘 따르고 있지.

내가 아는 어떤 교수님은 고려 시대 우탁이라고 하는 사람이 시조의 형식을 창안했다고 주장하기도 해. 이름이 특이하지? 우탁.

그 우탁이란 사람이 지은 시조 두 편이 남아 있지. 모두 「탄로가(嘆老歌)」라고 하는데 '무슨 나쁜 일이 탄로났다.'는 뜻의 노래가 아니라 '늙음을 한탄하는 노래'라는 뜻이야. 들어 볼래?

한 손에 막대 잡고 또 한 손에 가시 쥐고
늙는 길 가시로 막고 오는 백발 막대로 치려터니
백발이 제 먼저 알고 지름길로 오더라.

발상이 참 재미있지? 늙기가 싫어서 한 손에 막대를 잡고 또 한 손에는 가시를 쥐고 있다가 늙는 길(그런 길이 있을까?)은 가시로 꽉 막아 버리고 백발이 오기만 하면 막대기로 한 방 날리려고 기다리고 있는데, 내가 그렇게 막고 있다는 것을 미리 알고 있는 영악한 백발이 나를 속이고는 지름길로 와 버려서 난 꼼짝없이 늙어 버렸다는 뜻이지. 내가 아무리 몸부림쳐도 늙는 것은 막을 수 없다는 엄연한 사실을 무척 재미있게 표현한 시야.

또 한 편의 「탄로가」는 다음과 같단다.

춘산에 눈 녹인 바람 건듯 불고 간 데 없다.
저근덧 비러다가 머리 우에 불이고저
귀 밑에 해 묵은 서리를 녹여 볼까 하노라.

'춘산'은 봄이 온 산을 말해. 봄이 온 산에 눈 녹이는 바람이니 그
것은 곧 봄바람이겠지? 그 봄바람이 건듯(잠깐) 불고 간 곳이 없단
말이야. '저근덧'은 '잠시 동안만'쯤으로 해석하면 되니까 잠깐 동안
그 봄바람을 빌려다가 내 머리 위에 불게 하고 싶다는 거야. 왜 봄바
람을 빌려서 머리 위에 불게 하려고 할까? 눈 녹인 봄바람이니까 내
머리에 있는 눈도 녹일 수 있을까 봐서란다. '귀 밑에 해 묵은 서리'
란 귀 밑에 몇 해나 오래 묵은 서리, 즉 흰머리를 말하는 거지. 그 흰
머리를 봄바람을 빌려 녹이고 싶다는 뜻이야. 막대로 치고 가시로
막아도 꼼짝없이 늙어 버렸으니 이제 봄바람이라도 빌려다가 백발
을 좀 녹이고 싶다는 얘기지. 우탁은 늙는 것이 무척 싫었던 모양이
야. 늙는 것을 아쉬워하고 피하고 싶어 하는 심정이 잘 나타난 이런
시를 썼으니 말이다.

두 편의 시조 모두 석 줄로 이루어졌지? 초장, 중장, 종장으로. 그
리고 모두 종장의 첫 구절은 세 글자잖아? 시조는 이렇게 짧고도 잘
다듬어진 형식 안에 자신의 심정을 담을 수 있는 멋진 장르란다. 그

래서 시조가 유행을 했고 지금까지 살아남을 수 있었던 모양이야.
앞으로 시간 날 때마다 시조를 한 수씩 외워 볼까?

　이번에는 이방원의 시조와 정몽주의 시조를 한번 살펴보자꾸나.
이방원은 조선을 건국한 이성계의 아들이지. 반면에 정몽주는 조선
을 따르지 않고 고려 왕조를 위해 충성을 다 바친 사람이야. 이방원
이 고려를 상징하는 정몽주를 자기편으로 삼기 위해 그의 의중을 살
피려고 쓴 시조가 바로 「하여가」라고 알려진 다음의 시조란다.

　이런들 어떠하며 저런들 어떠하리,
　만수산 드렁칡이 얽혀진들 어떠하리,
　우리도 이같이 얽혀 백 년까지 누리리라.

　이 시조는 속이 너무 빤히 들여다보이는 시조란다. 고려 왕조를
섬긴들 어떻고 조선 왕조를 섬긴들 어떻겠느냐? 만수산에 있는 축축
늘어진 칡넝쿨이 어떻게 엉킨들 무슨 상관이냐? 우리도 이런 칡넝쿨
처럼 뒤죽박죽 얽혀서 오래도록 잘 살아 보자 그런 얘기인 것이지.
　이 시조가 「하여가」라는 제목을 얻게 된 이유는 이 시조의 한역가
때문이란다. 한역가라는 것은 원래 있는 시를 한시로 번역했다는 뜻
인데 이 시조의 한역가는 다음과 같지.

　此亦何如彼亦何如(차역하여피역하여)
　城隍堂後垣頹落亦何如(성황당후원퇴락역하여)

我輩若此爲不死亦何如(아배약차위불사역하여)

이렇게 한역된 시의 뜻은 좀 더 노골적이란다.

이런들 어떻고 저런들 어떻겠나,
서낭당 뒷담이 왕창 무너진들 또 어떻겠나,
우리도 이와 같이 하여 죽지 않는 것이 어떻겠는가.

아주 노골적으로 우리를 따르지 않으면 죽인다는 의미가 담겨 있지. 우리처럼 평범한 사람들이라면 이런 시를 받고 무서워서 벌벌 떨거나 그냥 쉽게 이방원의 뜻을 따를 수도 있었을 텐데 역시 정몽주는 대단한 사람이었던 것 같구나. 정몽주는 이 시를 받고도 꿋꿋하게 자기 의지를 굽히지 않고 다음과 같은 시조를 남겼지.

이 몸이 죽고 죽어 일백 번 고쳐 죽어
백골이 진토되어 넋이라도 있고 없고
님 향한 일편단심이야 가실 줄이 있으랴.

자신의 몸이 죽고 또 죽기를 백 번이나 반복한다고 해도, 그래서 넋이 모두 흩어진다고 해도 사랑하는 임금을 향한 마음은 절대로 사라지지 않는다는 뜻이란다. '한 사람을 향한 결코 변하지 않을 한 조각의 붉은 마음'을 이르는 말이 '일편단심'이고, 그래서 이 시조를 「단심가」라고 부르기도 한단다. 고려 왕조를 자신의 연인을 사랑하는 것처럼 뜨겁게 사랑한 정몽주의 붉은 마음, 그 충성심이 느껴지는 시조라고 할 수 있지.

정몽주는 이방원의 협박성 시조에 당당하게 죽음으로 맞선 것이란다. 정몽주의 이런 용기를 지나치게 명분에만 매여 실속을 챙기지 못한 어리석음이라고 깎아내리는 사람들도 있지만, 돈과 권력과 지위에 목을 매는 현대인들에게 정몽주의 굳건한 마음은 시사하는 바가 아주 많다고 생각한다.

우리는 어떨까? 우리는 이방원이 제시하는 권력의 힘을 따라야 할지, 아니면 권력과 이익을 포기한 정몽주의 명분을 따라야 할지…….

더 생각해 볼 문제

1. 내가 알고 있는 시조를 써 보자.

2. 돈과 명예와 권력을 얻을 수 있지만 양심에 거리끼는 일을 해야만 한다면 내 선택은 어떠할까?

3. 삶을 다시 반복한다고 해도 변하지 않고 후회하지 않을 선택이 있다면 그것은 무엇인가?

정몽주의 어머니

까마귀 싸우는 골에

　「단심가」를 짓고 처절하게 죽어 간 정몽주에 대한 평가는 다양할 수 있겠지만, 많은 사람들이 정몽주를 지조와 절개를 지킨 선비의 모범으로 생각하고 있단다. 그런데 이런 지조 있는 선비 정몽주가 만들어진 데에는 그 어머니가 영향을 끼쳤다고 해.

　고려 말 조선 초에 고려를 섬기던 많은 선비들이 조선 왕조를 따르려고 하던 그때에 정몽주의 어머니가 정몽주에게 이런 시조를 보냈다고 한다. 물론 이 시조의 실제 작가는 정몽주 어머니가 아니라는 설도 있긴 하지만 아빠는 그냥 정몽주 어머니의 시조라고 생각하고 싶구나.

　내용은 다음과 같단다.

까마귀 싸우는 골에 백로야 가지 마라.
성낸 까마귀 흰 빛을 새올셰라.
청강에 잇것 씻은 몸을 더럽힐까 하노라.

두 마리의 주인공이 등장하지? 하나는 까마귀, 또 하나는 백로. 둘의 차이가 뭐지? 까마귀는 까맣고 백로는 하얗지? 이 시조를 쓴 사람은 백로에게 충고를 하고 있어.

까마귀가 싸우는 골짜기에 백로야 가지 마라.
성낸 까마귀가 흰 빛을 시기할까 염려스럽구나.
깨끗한 강물에 기껏 씻은 몸을 더럽힐까 하노라.

어떤 분위기가 느껴지니? 까마귀는 시커먼 존재, 백로는 하얗게 때 묻지 않은 존재. 이 시조를 정몽주의 어머니가 썼다고 생각하면 여기서 백로는 누구를 가리키는 것일까? 당연히 아들인 정몽주를 가리키는 거지? 그러니 이 시조는 백로처럼 순결하고 깨끗하게 사는 자기 아들에게 주는 충고라고 할 수 있단다. 까마귀는 조선 왕조에 잘 보여서 높은 벼슬을 얻으려고 몸부림치는 더러운 선비들을 상징한다고 할 수 있지. 그러니 이 시조는 이런 얘기가 될 거야.

벼슬에 눈이 어두운 인간들이 서로 자리다툼하는 더러운 정치판에 깨끗한 백로 같은 내 아들아, 너는 아예 가지도 마라. 자리다툼에 눈이 멀어 까마귀처럼 시커멓게 속이 썩은 인간들이 깨끗한 너를 보면 공연히 시기할까 염려스럽구나. 그동안 성실하게 군자로서의 도리를 잘 닦아 온 네 지조를 더럽힐까 걱정된다.

어머니에게 이런 시조를 받은 아들은 어떻게 할까? 어머니의 뜻을 알고도 자기 욕심을 따라 더러운 까마귀처럼 살아갈까? 그렇지는 않겠지? 백로처럼 깨끗하고 고결한 삶을 살려고 최선을 다할 거야. 정몽주 역시 그런 어머니의 뜻을 본받아 지조 있는 선비로서 살다가 올바른 길을 걸으려고 죽음을 선택한 거야.

정몽주와 그 어머니의 이야기를 쓰다 보니 문득 우리들의 모습이 떠오르는구나. 엄마 아빠가 너희들을 가르치고 훈련하는 이유 중의 하나도 정몽주 어머니의 뜻과 무관하지는 않다는 생각이 든다. 우리는 이 세상에 태어나 살아가면서 하늘과 땅에 떳떳한 삶을 살아야 마땅한 인간들이다. 누가 뭐라고 해도 부끄럽지 않은 삶을 살아야만 하는 고귀한 존재가 바로 인간이란다.

그러니 백로처럼 귀하고 깨끗한 내 딸 내 아들들아, 너희들은 세상의 더러운 욕심을 따라 썩어 버릴 육체를 배부르게 하려고 까마귀처럼 시커먼 인생을 살지 않기를 바란다. 많은 사람들이 까마귀처럼 산다고 할지라도 너희들만은 깨끗한 백로와 같은 삶을 살아가렴. 백로처럼 산다는 것은 무척 힘든 일이긴 하지만 충분히 영화롭고 가치 있는 일이란다.

더 생각해 볼 문제

1. 세상을 올바로 살아가는 나만의 기준과 가치관이 있다면 무엇인지 정리해 보자.

2. 그 어떤 유혹에도 굴하지 않고 지켜야만 할 나만의 신념이 있다면 그것은 무엇인지 말해 보자.

3. 내가 가장 중요하게 생각하는 사람에게 꼭 당부하고 싶은 말이 무엇인지 글로 써 보자.

눈물이 나도록 아름다운

이화에 월백하고

　우리 시조 중에는 참 아름다운 작품들이 많이 있단다. 오늘은 고려 말에 지어진 시조 중 가장 아름다운 작품을 들려줄게. 작자 이름은 좀 웃기지만…….

　이 시조를 지은 사람은 이조년이란다. 좀 욕 비슷하게 들려서 민망한 이름이긴 하지만 시조는 무척 아름답게 썼지. 내용을 볼까?

　　이화에 월백하고 은한이 삼경인 제
　　일지춘심을 자규야 알랴마난
　　다정도 병인 양하여 잠 못 들어 하노라.

　무슨 노래일까? 내용을 알고 싶어도 어려운 단어가 많아 잘 모르겠지? 이화, 월백, 은한, 삼경, 일지춘심, 자규, 다정 등등이 암호처럼 빽빽하게 스며들어 있어서 쉽게 이해하기 어렵겠구나. 그래서 한자 지식이 필요하단다. 한자로 옮겨 보면 이렇다.

梨花에 月白하고 銀漢이 三更인 제
一枝春心을 子規야 알랴마난
多情도 病인 양하여 잠 못 들어 하노라.

이젠 좀 알겠지? 응? 아직도 모르겠다고? 그러니까 평소에 관심 갖고 한자를 익혀 두었더라면 좋았겠지? 한자는 한자능력검정시험 급수를 따기 위해 공부하는 것이 아니라 이처럼 우리 조상들의 슬기와 정서를 배우고 느끼기 위해 배우는 것이란다.

'이화'는 배꽃이야. 배꽃이 무슨 색인지 아니? 배꽃은 하얀색이란 다. '월백'이란 달이 희다는 뜻이고. 그러니 '이화에 월백하고'라는 말은 '배꽃에 달이 희고'쯤 되겠지. 달이 흰가? 노랗지 않은가?

아빠는 배꽃과 어우러진 달빛이 얼마나 희게 빛나는지 직접 본 적이 있단다. 아빠가 군대 생활 이야기를 잘 하지 않는 편인데, 다른 이야기는 몰라도 이 배꽃에 대한 이야기는 꼭 하고 싶구나. 아빠가 근무하던 부대가 군 작전 계획에 따라 남쪽으로 이전하게 되었단다. 새로 이사한 군부대는 원래 과수원과 공동묘지가 있던 자리였어. 과수원은 아마 배나무를 주로 심었던 모양이지. 어느 날 저녁 근무를 마치고 내무반으로 돌아오는데 달이 훤하게 밝은 거야. 하도 달이 밝아 길을 걷다가 문득 뒤를 돌아봤지. 하얀 달빛 아래 과수원에 가득 핀 배꽃이 눈부시게 희더구나. 너무 아름다워서 눈물이 나올 지경이라는 말의 의미를 그때 처음 알았다. 달은 곧 부풀어 터질 듯이 가득 차올라 있는데 그 아래로 눈부시게 흰 배꽃이 환하게 피어 있더구나. 그 아름다운 정경을 '이화에 월백하고'라는 단 두 마디로 표현하는 한자는 정말 축약성이 뛰어나지?

'은한'이란 은하수를 말하고 '삼경'이란 한밤중이라는 뜻이야. 예전에는 밤을 넷으로 나눠 일경, 이경, 삼경, 사경으로 구분했지. 일경은 저녁 일곱 시에서 아홉 시까지, 이경은 아홉 시에서 열한 시까지, 삼경은 밤 열한 시에서 새벽 한 시까지, 사경은 새벽 한 시에서 세 시까지. 그럼 새벽 세 시가 넘으면 밤이 아닌가? 맞아, 우리 옛 선비들은 새벽 서너 시쯤이면 모두 일어났단다. 참 부지런한 양반들이었어. 물론 농사를 짓던 어른들도 새벽이면 모두 일어났지. 양반들의 근면함이 있었기에 우리 민족의 지성이 풍부해질 수 있었고, 농부들의 부지런함이 있었기에 우리 민족의 삶이 넉넉해질 수 있었단다.

아무튼 '은한이 삼경인 제'라는 말은 '은하수가 뚜렷하게 보이는 한밤중인데' 정도의 표현이 되겠다. 한밤중에 달은 하얗게 빛나고, 그 아래로 배꽃은 눈부시도록 희게 피어 있고, 하늘에는 은하수가 걸려 있는 풍경을 한번 떠올려 보아라. 얼마나 아름다운 광경이니? 하늘과 땅과 우주의 풍경을 단 한 줄에 표현하는 이 놀라운 감성!

이 아름다운 시간에 작가는 무슨 생각을 하고 있을까? 다음 부분을 보니 '일지춘심'이라는 말이 나와. 일지춘심이란 '한 나뭇가지에 서린 봄 마음'이라는 뜻이야. 배나무 가지 끝에서 느껴지는 봄. 작가는 배꽃이 하얗게 핀 달밤에 은하수가 빛나는 아래에서 봄을 느끼고 있어. 이렇게 봄을 온몸으로 느끼는 작가의 마음을 자규가 아는지 모르는지 은은하게 자규의 울음소리가 들리네.

자규는 두견새란다. 음, 그런데 여기에는 설명하기에 좀 긴 사연이 있어. 자규는 두견새이지만 두견새는 밤에 울지 않아. 밤에 우는 새는 소쩍새야. 그러니 이 시를 쓸 때 작가가 들은 새 울음소리는 소쩍새의 소리지.

하지만 당시 작가들은 밤에 우는 새가 두견이라고 생각했어. 두견이가 한을 품고 죽어서 너무 울며 날아다니는 바람에 두견이의 목에서 피가 올라와 그 피가 흰 꽃잎을 적셔 꽃잎이 붉게 변했단다. 그 붉게 변한 꽃이 두견화, 곧 철쭉이야. 얼마나 한이 깊이 서려야 피가 나도록 울까? 그 한이 얼마나 깊어야 꽃잎마저 붉게 물들일까? 그런 생각이 작가들의 마음을 움직여 한밤중에 우는 새소리를 듣는 순간, '아, 저 소리는 한 많은 두견이의 울음소리로구나.' 하는 생각이 들게 한 거야. 그러니 지금 이 작가가 시를 쓰고 있을 때 들리는 새소리는 소쩍새의 소리지만 작가의 가슴에서 들리는 새소리는 두견이의 소리인 셈이지. 작가가 깊은 봄밤에 느끼는 슬프도록 아름다운 그 마음을 자규 같은 새 따위가 어찌 알 수 있을까? 이렇게 감정이 많아 [다정(多情)] 어수선하니 어찌 잠이 들 수 있을까?

이 시를 쓴 작가는 봄날 저녁에 너무도 아름다운 자연 앞에서 눈물이 날 만큼의 아름다움을 느끼고는 잠을 이룰 수 없었던 모양이다. 자연의 아름다움을 눈물 나도록 절실하게 느끼는 존재는 이 세상에 인간밖에 없단다. 잠을 이룰 수 없을 정도로 눈부시게 아름다운 자연 앞에서 우리는 온 우주를 조성하고 움직이는 신성한 힘을 느끼며, 그 광대함과 무한함과 완전한 아름다움 앞에 겸손해질 수밖에 없지.

이조년은 이 아름다운 자연 앞에서 놀라운 우주의 힘, 인간이 감당할 수 없는 완전함에 대한 기쁨을 맛보았으리라. 아름다운 봄날 밤이 다가온다. 우리도 한번 그 아름다움에 흠뻑 빠져 보자.

더 생각해 볼 문제

1. 내가 경험한 것 중 가장 아름다운 장면은 무엇인지 묘사해 보자.

2. 위에서 묘사한 내용이 아름다운 이유는 무엇인지 설명해 보자.

3. 우리가 아름다움을 느끼는 기준은 무엇인지 말해 보자.

4. 변하지 않는 아름다움은 무엇인지 말해 보자.

숨겨서 말하기

구름이 무심탄 말이

욕을 하고 싶을 때 매번 욕을 다 해 버리면 이 세상은 온통 욕 천지가 될 것이다. 그 욕이 눈에 보이는 어떤 물건, 예를 들어 똥이라고 한다면 이 세상은 온통 똥 냄새로 가득하겠지. 그럼 세상은 무척 아름다울까? 하지만 욕하고 싶은 대상이 있을 때 욕을 하지 못하면 아마 속병이 나서 죽을지도 몰라. 속에 있는 말을 마음껏 하고 싶기는 하지만 차마 그대로 다 말하지 못할 때 우리는 다른 방법을 동원하는 수밖에 없지. 여러 가지 방법을 동원할 수 있을 텐데 아주 고급스런 방법을 사용한 사람이 있구나.

고려 공민왕 때 신돈이라는 중이 있었지. 이 중은 임금의 총애를 받는 사람이었는데 그걸 믿고서 자신이 마치 임금인 양 횡포를 부려서 백성들의 원성이 높았지. 이때 성품이 강직한 이존오라는 사람이 신돈을 책망하는 글을 써서 임금에게 올렸단다. 하지만 어리석은 임금은 신돈의 말만 믿고 이존오를 옥에 가두고 말았지. 그 꼿꼿한 이존오가 쓴 다음과 같은 시조가 전해진단다.

구름이 무심탄 말이 아마도 허랑하다.
중천에 떠 있어 임의로 다니면서
구태여 광명한 날빛을 따라가며 덮나니.

이 시조를 글자 그대로 해석하면 이렇게 되지.

구름이 아무 욕심이 없다는 말이 아무래도 허황되구나.
하늘 한가운데 떠 있어 제멋대로 돌아다니면서
구태여 밝은 햇빛을 따라가며 덮는구나.

겉으로 드러난 내용만 보자면 이 시조는 구름에 대한 시조라는 것을 알 수 있지. 사람들은 구름이 아무 욕심이 없다고 생각하지만 내가 보기에는 아니라는 거야. 왜냐하면 구름이 구태여 밝은 햇빛을 가리니까 말이지. 이게 뭐 어쨌다는 걸까?

여기서 구름은 바로 간신인 신돈을 뜻한단다. 그리고 밝은 햇빛은 임금을 상징하지. 신돈이 아무 욕심이 없다고들 하는데 내가 보기에는 아니라는 거야. 높은 권세를 갖고 제멋대로 돌아다니면서 구태여 임금의 총명을 가리는 것을 보니까 말이야.

이 시조는 이렇게 구름과 햇빛이라는 두 가지 소재를 활용해서 자기가 하고 싶은 욕을 실컷 한 시조라고 할 수 있지. 물론 이존오가 욕을 한 것은 아니지만 비난받아 마땅한 사람을 향해 직접적으로 꾸짖거나 비난할 수 없으니까 단어가 가진 상징성을 활용해서 자기 의중을 말한 것이라고 할 수 있지.

시조는 이렇게 자기 의도를 다른 말에 숨겨 표현하는 경우가 종종 있단다. 짧은 글 속에 자기 마음을 담아 표현하는 조상들의 슬기가 팍팍 와 닿지 않니?

사실 시조는 이런 식으로 자신의 의도를 숨겨서 표현하는 방법을 잘 활용하고 있단다. 대표적인 사육신 성삼문의 시조에서도 이런 방법을 찾아볼 수 있지. 사육신이 뭔지는 알고 있지? 수양대군이 조카 단종을 폐위하고 스스로 왕위에 오른 것을 인정하지 않고 원래의 임금인 단종을 복위시키려고 준비하던 일군의 신하들이 거사를 일으키기 전에 발각되어 큰 고초를 겪고 죽음을 당하게 되지. 그때 죽은 여섯 명의 신하를 사육신이라고 한단다. 물론 죽지는 않았지만 세조를 왕으로 인정하지 않고 끝까지 벼슬을 거부한 채 고통스럽게 살아가던 신하들도 있는데 그들은 생육신이라고 하지. 이들이 쓴 시조들은 자기 의도를 노골적으로 드러내지 않고 숨겨서 말하는 기가 막힌 방법을 많이 활용했단다.

성삼문의 시조 한 편을 먼저 보자꾸나.

이 몸이 죽어 가서 무엇이 될꼬 하니
봉래산 제일봉에 낙락장송 되어 있어
백설이 만건곤할 제 독야청청하리라.

'봉래산'은 금강산을 가리키는 다른 말이란다. '낙락장송'이란 가지가 축축 늘어진 소나무를 이르는 말이지. '만건곤하다'는 것은 온 하늘과 땅에 가득하다는 뜻이지. '독야청청'이란 홀로 푸르겠다는 뜻. 그러니 이 시조를 현대어로 풀어내면 다음과 같이 된다.

이 몸이 죽어서 무엇이 될 것인가 하면
금강산 제일 높은 봉우리에 가지가 축축 늘어진 소나무가 되어
흰 눈이 온 세상에 가득할 때 혼자서 푸르게 살겠다.

흔히 소나무는 지조 있는 선비를 상징하는 소재로 쓰이곤 하지. 한겨울에도 푸른빛을 잃지 않는 변함없는 모습 때문이란다. 언제 어떤 상황에서도 변하지 않는 한결같은 모습이야말로 옛날 선비들이 꿈꾸던 올곧은 삶의 모습이란다. 온 세상이 눈에 덮여 하얗게 변해 버린다고 해도 자신만은 높은 산봉우리에 자라는 푸른 소나무가 되어 살겠다는 뜻을 밝힌 시조로구나. 그러니 이 시조는 세상 사람들 모두가 수양대군을 왕으로 인정한다고 해도 나는 끝까지 단종에 대한 지조를 지키겠노라는 강한 의지를 드러낸 시조라 할 수 있지.

성삼문은 외할아버지가 좋은 시에 손자를 태어나게 하려고 딸의 출산을 늦추어 "아이를 낳아도 되나요?"라는 세 번의 물음을 듣고 태어났다고 해서 이름이 삼문이라는 얘기가 전한단다. 옛 어른들은 사람이 태어난 시를 중요하게 여겼거든. 어쨌든 성삼문이 그런 전설의 주인공이 된 이유는 그가 지조 있는 삶을 산 것으로 이름이 높았기

때문이 아닐까 싶구나.

성삼문이 쓴 시조에는 이런 것도 있단다.

수양산 바라보며 이제를 한하노라.

주려 죽을진들 채미도 하난 것가.

비록애 푸새엣 것인들 긔 뉘 따헤 낫다니.

수양산은 중국에 있는 산 이름이란다. 오래전 중국 황제가 부패해서 백성을 괴롭히자 귀족 중에 매우 덕망이 있던 사람이 황제를 폐위하고 자신이 왕 자리에 올랐지. 비록 백성을 구하기 위한 결단이었다고는 하지만 신하가 왕위를 빼앗는 일은 덕 있는 사람이 취할 태도가 아니라고 생각한 백이와 숙제 형제는 벼슬을 버리고 수양산에 숨어 살면서 고사리를 캐 먹다가 굶어 죽었다고 해. 우리가 보기에는 매우 어리석은 행동처럼 보이지만 옛사람들은 백이와 숙제의 이런 태도를 매우 의로운 행위라고 생각했단다. 지조 있는 선비의 모범으로 본 것이지. 하지만 성삼문은 백이와 숙제의 태도마저도 마음에 들지 않았던 모양이야. 수양산을 바라보며 백이와 숙제를 한스럽게 생각한다고 하니 말이다. 그 이유가 뭘까?

수양산을 바라보면서 백이와 숙제를 한스럽게 생각하노라.

차라리 굶어 죽을지언정 고사리 캐는 일을 한단 말인가.

비록 푸성귀일지라도 그것이 누구 땅에서 난 것인가.

다른 사람들은 모두 백이와 숙제의 지조와 절개를 높이 평가하고 있지만 성삼문은 그들의 지조마저도 자신의 기준에 미치지 못한다고 생각하고 있지. 새로 황제 자리에 오른 사람을 애초에 황제로 인정하지 않았기에 그 아래서 벼슬을 할 수 없다고 생각하고 수양산에 들어가 고사리를 캐 먹기는 했지만, 결국 그 수양산조차도 새 황제가 다스리는 땅이니 그의 권력 아래 들어가 있는 것은 마찬가지라는 뜻이지.

이 시조에서 수양산은 백이와 숙제가 들어가 굶어 죽은 산을 가리키면서 동시에 수양대군을 의미하기도 해. 나는 수양대군을 왕으로 인정할 수 없다는 강력한 뜻을 전하고 있지. 백이와 숙제는 절개를 지키기 위해 산에 들어가 고사리를 캐 먹었지만 자신은 아예 그의 권력 아래에서라면 굶어 죽는 것이 더 낫다고 생각한다는 성삼문의 단호한 의지가 보이니?

실제로 성삼문은 세조에게 심문을 당하면서도 그를 왕으로 인정하지 않고 '대군'이라고 불렀으며, 세조가 왕이 된 뒤 녹봉(월급)으로 내린 곡식에 손도 대지 않았다고 하니, 그 지조와 절개가 어느 정도인지 짐작할 수 있겠구나.

더 생각해 볼 문제

1. 욕하거나 비난하고 싶은 상황이나 대상이 있다면 구체적으로 서술해 보자.

2. 위의 상황이나 대상을 직접 서술하지 않고 다른 사물에 빗대어 표현하는 글을 써 보자.

3. 내가 비유나 상징으로만 쓴 글을 다른 사람이 바르게 해석할 수 있을까?

같은 시대 다른 시각

흥망이 유수하니

이번에는 같은 시대를 살았던 두 사람의 시조를 살펴보자.

이 두 사람은 똑같이 고려가 망하는 것과 조선이라는 새로운 나라가 생겨나는 것을 아주 가까이에서 목도한 사람들이란다. 두 사람 모두 고려 시대에 벼슬을 했던 사람들이지만, 한 사람은 조선이 들어서자 벼슬자리에서 물러났고 또 한 사람은 적극적으로 조선 왕조의 개국을 도왔던 사람이지.

먼저 원천석의 시조를 한번 보자. 원천석은 조선을 세운 이성계의 아들 이방원의 스승이었지. 이방원이 나중에 왕위에 올라 자신의 스승인 원천석에게 벼슬을 주려고 불렀지만, 그는 왕의 부름에 응하지 않고 치악산에 들어가 살았단다.

흥망이 유수하니 만월대도 추초로다.
오백 년 왕업이 목적에 부쳐시니
석양에 지나는 객이 눈물겨워하노라.

'흥망'이란 흥하고 망하는 것을 말한다. '유수하다'는 것은 모든 것이 운수가 있다는 뜻이란다. 때가 있다 그거지. '만월대'는 개성에 있는 고려 왕조의 궁궐터를 말해. '추초'란 가을의 풀이니, 가을날의 풀처럼 시들어 버린 상태를 나타내는 것이지. '오백 년 왕업'이란 고려 왕조 오백 년을 가리키는 말이고. '목적'이란 목동이 부는 피리라는 건데…….

그러니 이 시조는 흥하고 망하는 것이 모두 다 때가 있어 고려 왕조의 상징인 만월대도 한낱 가을날의 풀처럼 시들었다, 오백 년 고려 왕조가 이제는 한낱 목동의 피리 소리에나 남아 있으니 석양에 지나는 객이 눈물겨워한다는 노래란다.

여기에서 석양에 지나는 객은 물론 지은이 원천석 자신을 가리키는 거지. 지은이는 추초, 석양 등의 단어로 고려 왕조의 몰락을 상징적으로 보여 주고 있어. 고려 왕조의 몰락을 바라보는 지은이의 슬픔이 잘 묻어나는 시라고 할 수 있단다.

이에 반해 조선 왕조를 창업하는 데 커다란 공을 세운 정도전의 시조를 한번 보자.

선인교 나린 물이 자하동에 흐르르니
반 천 년 왕업이 물소리뿐이로다.

아희야 고국흥망을 물어 무엇하리오.

'선인교'는 개성에 있는 다리 이름이고, '자하동'은 개성에 있는 고을 이름이야. 이 두 단어는 모두 고려 왕조를 상징하는 단어라고 볼 수 있어. 남산이나 숭례문 등이 우리나라를 상징하는 것과 유사하다고 볼 수 있단다. '반 천 년 왕업'이란 고려 왕조 오백 년을 가리키는 것이지. 선인교 아래 흐르는 물이 자하동까지 흐르니 고려 왕조 오백 년의 역사가 한낱 물소리뿐이라는 거야. 앞에서 본 원천석의 시와 비슷한 분위기라고 할 수 있지.

흥망이 유수하니 만월대도 추초로다. 오백 년 왕업이 목적에 부쳐시니

선인교 나린 물이 자하동에 흐르르니, 반 천 년 왕업이 물소리뿐이로다.

둘 모두 고려 왕조 오백 년의 역사가 부질없이 몰락해 버린 사실의 허무함을 이야기하고 있단다. 하지만 마지막 구절은 원천석과 정도전의 차이를 뚜렷이 보여 주는구나. 원천석은 '석양에 지나는 객이 눈물겨워하노라.' 하면서 슬픔을 억제하지 못하고 있는 반면에, 정도전은 '아희야 고국흥망을 물어 무엇하리오.'라고 말하고 있네.

'아희야'라는 것은 굳이 '아이야, 얘야' 하고 누군가를 부르는 것이 아니라 그냥 감탄사라고 할 수 있단다. '아아~' 정도 되겠다. '고국

흥망'은 지나간 나라의 흥하고 망하는 것을 말하는 것이고.

정도전은 고려 왕조가 흥하고 망하는 것을 새삼스레 물어볼 까닭이 무엇이냐고 묻고 있는 중이란다. 원천석이나 정도전이나 시조의 초장과 중장에서 고려 왕조의 몰락을 회고한다는 점은 같지만, 한 사람은 그 역사적 사실을 '슬픔'으로 받아들이고 다른 한 사람은 '그런 것을 물어서 무엇하겠느냐' 하는 '나 몰라라' 식의 시각으로 받아들이고 있는 점에서 많이 다르다고 할 수 있구나.

고려의 멸망을 슬픔으로 인식한 원천석은 왕이 부르는 출세의 자리도 거부했고, 고려의 멸망을 따져서 뭐하겠느냐고 한 정도전은 적극적으로 조선 건국에 앞장서 출세 가도를 달렸으니, 사람이 쓰는 글은 곧 그 사람을 말해 주는 것이라는 엄정한 사실을 이 짧은 시조로도 알 수 있지.

이러한 가치 판단의 순간은 우리 역사 속에서 끝없이 반복된단다. 일제 강점기에는 일제의 힘에 기대어 민족을 저버릴 것이냐, 언젠가는 민족이 독립을 이룰 것이니 그것을 준비할 것이냐 하는 것이 삶의 문제였겠지. 지금 우리는 자본과 권력을 붙잡는 것만이 최고인 시대를 살아가고 있지만 이 또한 영원하지는 않을 것이다. 그러니 시대의 흐름을 맹목적으로 받아들이기보다 진정 추구할 만한 가치를 찾아 우직하게 그것을 따르는 삶을 생각해 보는 시간을 가져 보는 것도 좋겠구나.

더 생각해 볼 문제

1. 역사적으로 비난받는 인물을 대상으로 하여 그를 칭찬할 수 있는 항목이 있는지 찾아보자.

2. 역사적인 위인을 대상으로 하여 그를 비난할 수 있는 항목이 있는지 찾아보자.

3. 우리는 어떤 사람을 일방적으로 비난하거나 칭찬할 수 있을까?

친구란 무엇인가

오우가

언젠가 너희들이 함께 읽었던 친구에 관한 옛이야기 기억나니? 어떤 아들이 날마다 친구들과 어울려 노느라 시간 가는 줄 모르고 지내는 것을 안타깝게 여기던 아버지가 너는 도대체 친구가 몇이나 되느냐고 묻잖아? 그래서 그 아들이 친구가 많다고 하니까 시험을 해 보잖아. 돼지를 한 마리 잡아서 시체처럼 둘둘 말아서는 아들네 친구들을 찾아다니지. 아들이 실수로 사람을 죽였는데 도와 달라고. 그런데 그렇게 많은 아들 친구들이 모두 외면해 버리자 아버지는 자신의 하나뿐인 친구에게 찾아가잖아. 하나뿐인 그 아버지의 친구는 실수로 사람을 죽였다고 해도 어서 들어오라면서 친구를 맞이하지.

예전부터 '믿을 수 있는 친구'에 관한 이야기가 많이 있었다는 것은 그만큼 믿음을 지키는 친구를 사귀기 어렵다는 반증이 아닐까?

곰을 만난 두 친구 이야기도 그렇고.

진정한 친구란 도대체 어떤 존재인가에 관한 시조를 한번 공부해 보자. 윤선도가 쓴 「오우가」라는 시조가 있단다. 윤선도라는 이름이 혹 기억날지 모르겠구나. 우리가 예전에 전라도 여행을 갔을 때 해남에서 윤선도 고택을 방문한 적이 있지. 해 질 녘에 방문해서 자세히 둘러보지 못해 아쉬웠지만 그 커다란 규모와 고즈넉한 분위기는 지금도 기억이 생생하구나. 윤선도는 해남 지역의 유명 인사였단다. 해남 윤씨를 윤선도 윤씨라고 할 정도로 세력이 컸던 인물이기도 하지. 윤선도는 평생 많은 시조를 남겨서 시조의 일인자로 불린단다.

원래 시조에는 제목이 없지. 우리가 그동안 배운 우탁의 「탄로가」라든지 정몽주의 「단심가」, 이방원의 「하여가」 등은 모두 후대 사람들이 그 내용과 주제에 따라 제목을 붙여 준 것일 뿐 실제 시조에는 제목이 없단다. 하지만 제목이 있는 특별한 시조들도 있지. 이 시조들은 제목을 갖고 있을 뿐 아니라 하나의 제목 아래 여러 편의 시조가 연결되어 만들어진 시조란다. 이렇게 제목을 갖고 여러 편의 시조가 줄줄이 엮여 있는 시조를 '연시조'라고 해.

대표적인 연시조에는 이황이 쓴 「도산십이곡」, 이이가 쓴 「고산구곡가」, 이현보의 「어부가」, 윤선도의 「어부사시사」, 맹사성의 「강호사시가」 등이 있단다.

이중에서 윤선도의 「오우가」는 굉장히 유명한 작품이란다. 아빠가 중학교 2학년 때 국어 교과서에 이 「오우가」가 실려 있었어. 당시 국어 선생님께서 하루 만에 「오우가」를 외워 오면 국어 시험 만점을 주겠다고 하셔서 순진하게 모조리 외웠지. 이튿날 국어 시간에 「오우가」를 외웠다고 손을 든 사람은 아빠밖에 없었단다. 아빠는 시조를 외웠지만 국어 선생님은 만점을 주시지 않았어. 설마 이걸 다 외울 학생이 있을까 하는 심정에서 공연히 그런 말씀을 하셨다가 선생님 스스로도 당황하셨던 것 같았지. 어쨌든 만점을 받지는 못했지만 아빠는 그때부터 시조 외우기의 매력을 느끼게 되었지. 시조는 일정한 리듬이 반복되기 때문에 외우기도 편하고 재미있단다. 너희들도 시조를 많이 외우게 되길 바란다.

「오우가」는 다섯 친구를 노래하는 시조야. '五友(오우)'가 다섯 친구라는 뜻이잖아. 「오우가」는 첫째 번 시조에서 자신의 다섯 친구를 소개하고 그다음부터 왜 그 친구를 좋아하는지를 자세히 소개하는 식으로 전개하고 있지.

지금부터 한 수씩 천천히 살펴보도록 하자.

나의 친구 다섯

「오우가」의 첫째 연은 서사 부분에 해당한단다.

내 버디 몃치나 하니 水石(수석)과 松竹(송죽)이라.
동산의 달 오르니 긔 더옥 반갑고야.
두어라 이 다섯 밧긔 또 더하야 머엇하리.

작가는 자기의 벗이 수석, 송죽, 그리고 달이라고 하고 있구나. '수

(水)'는 물, '석(石)'은 돌, '송(松)'은 소나무, '죽(竹)'은 대나무를 가리키지. 그러니까 「오우가」의 다섯 친구들은 물, 돌, 소나무, 대나무, 달이로구나. 작가는 사람을 친구로 삼지 않고 자연물을 친구로 삼아 그들의 아름다움을 노래하고 있는 것이란다.

구룸 빗치 조타 하나 검기를 자로 한다.
바람 소래 맑다 하나 그칠 적이 하노매라.
조코도 그칠 뉘 업기난 믈뿐인가 하노라.

'좋다'로 쓰지 않고 '조타'로 쓴 이유는 옛날 말에서 '조타'라는 말이 지금의 '좋다'는 뜻이 아니기 때문이란다. '조타'라는 옛말은 지금의 '맑다' 또는 '깨끗하다'는 뜻이야. 옛날에 '좋다'는 뜻의 말은 '됴타'라고 했단다. 그러니 '됴타'고 하면 '좋다'는 것이고, '조타'고 하면 '맑고 깨끗하다'는 뜻이 되는 것이지. 여기에서는 '됴타'고 하지 않고 '조타'고 했으니 맑고 깨끗하다는 뜻이라는 것을 알겠지?
첫째 연과 달리 이번에는 '조타'나 '자로', '하노매라' 등의 옛말들이 많이 등장하는구나. 그러니 현대 국어로 다시 한 번 읽어 보자.

구름 빛이 깨끗하다지만 검기를 자주 한다.
바람 소리가 맑기는 하지만 끊어질 적이 많구나.
깨끗하고도 끊어질 때가 없는 것은 물뿐인가 하노라.

수, 석, 송, 죽, 월의 다섯 친구 중 첫 번째 친구인 물을 노래하고 있구나. 물이 좋은 친구인 이유는 깨끗하고 끊어지지 않기 때문이란 다. 사람이 살아가면서 늘 물처럼 깨끗하기란 얼마나 어려운 일일 까? 또 끊어지지 않고 계속 흐르는 물처럼 변함없는 모습을 유지하 기란 얼마나 어려운 일일까? 사람은 나약한 존재이기에 수시로 변하 고 자기의 이익에 따라 다른 모양을 갖게 마련인데, 작가는 그런 인 간 세상과 닮지 않은 물에게서 좋은 친구의 모습을 발견하고 있는 것이란다.

고즌 므스 일로 퓌며서 쉬이 디고
플은 어이하야 프르난닷 누르나니
아마도 변티 아닐산 바회뿐인가 하노라.

이제 두 번째 친구인 돌에 대한 노래란다. 옛날 말로 쓰여서 좀 어 색하다면 현대어로 바꾸어 보자.

꽃은 무슨 일로 피면서 쉬이 지고
풀은 어이하여 푸르는 듯 누르나니
아마도 변치 않을 것은 바위뿐인가 하노라.

돌, 즉 바위의 장점을 꽃과 풀에 비교하고 있구나. 꽃은 피었다가 도 금방 시들어 버리고 풀 역시 푸르게 돋아나지만 곧 누렇게 시드는 데 비해서 바위는 사시사철 언제나 변함이 없지. 작가는 때에 따라 금방 변해 버리는 인간들에게 싫증이 난 모양이다. 언제나 변하지 않고 그대로의 모습을 간직한 바위를 좋아하는 것을 보니 말이다.

이제 소나무에 대한 노래를 들어 볼 차례로구나.

더우면 곳 퓌고 치우면 닙 디거날
솔아 너난 얻디 눈서리랄 모라난다.
구천의 불희 고단 줄을 글로 하야 아노라.

그냥 현대어로 쓰려다가 다시 옛글로 바꿔 보았단다. 비록 옛말을
자세히 배울 필요는 없겠지만 최대한 이 노래를 처음 지은 사람의
감정을 가깝게 느껴 보게 하려고 이렇게 써 봤단다.

현대어로 옮기면 다음과 같다.

더우면 꽃 피고 추우면 잎 지거늘
솔아 너는 어찌 눈서리를 모르느냐.
구천에 뿌리 곧은 줄을 그것으로 인하여 아노라.

이 노래에서 주인공은 솔, 즉 소나무란다. 더우면 꽃이 피고 추우
면 잎이 지는 것이 자연의 이치인데 소나무는 사시사철 푸르게 자
라고 있지. 눈서리 속에서도 그 푸름을 유지하는 소나무의 굳건함은
구천에 깊이 뿌리를 두고 있기 때문이라고 생각하고 있는 것이란다.
구천은 사람이 죽어서 가는 땅속 깊은 곳을 말하는데 소나무는 그렇
게 아주 깊은 곳에 뿌리를 내리고 있어서 변함이 없다는 거지. 사람
도 마찬가지일 거야. 사람의 심지가 곧고 굳고 깊이가 있으면 어떤

환경에도 변하거나 흔들리지 않는 일정한 모습으로 살아갈 수 있겠지. 우리가 앞에서 살펴보았던 성삼문의 시에서처럼 작가는 소나무처럼 그렇게 마음의 뿌리가 깊은 친구를 간절히 원했던 모양이다.

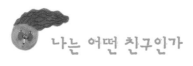

나는 어떤 친구인가

항상 맑고 깨끗하고 그치지 않는 물, 언제나 변함이 없는 바위, 그리고 뿌리가 깊어 눈서리에도 흔들리지 않는 소나무. 이제 다섯 친구 중에 대나무와 달이 남았구나.

나모도 아닌 거시 플도 아닌 거시
곳기난 뉘 시기며 속은 어이 뷔연난다.
뎌러코 사시예 프르니 그를 됴하하노라.

이 노래의 소재는 대나무인데 다른 노래와 달리 소재가 되는 대상이 작품 안에 등장하지 않는구나. 초장·중장·종장을 다 읽어 봐도 대나무라는 단어는 나오지 않으니까 말이다. 그래도 우리는 그 특성을 보고 이 작품이 노래하고 있는 것이 대나무라는 것을 알 수 있지.

나무도 아닌 것이 풀도 아닌 것이
곧기는 누가 시켰으며 속은 어찌 비었느냐.
저렇게 사시에 푸르니 그를 좋아하노라.

대나무는 어떻게 보면 나무 같기도 하고 어떻게 보면 풀 같기도 하지. 그래서 나무도 풀도 아닌 것이라고 한 모양이다. 나무도 아닌 것 같고 풀도 아닌 것 같은데 곧게 자라면서 속은 비어 있다. 그리고 항상 푸름을 유지하고 있지. 작가는 대나무처럼 곧고 속이 빈 사람을 좋아한 모양이다. 곧은 사람이라고 하는 것은 어떤 환경에도 굴하지 않고 자신의 신념을 지키는 사람이라고 볼 수 있을 것이다.

　그런데 속이 빈 사람을 좋아한다는 것은 좀 이상하지 않니? 속이 비었다고 하면 우리는 흔히 '골이 빈 인간'이라는 식으로 상대를 욕하거나 무시할 때 쓰잖아. 그렇다면 작가는 자기보다 머리가 나쁜, 골이 텅 빈 인간을 좋다고 한 것일까? 그게 아니란다. 여기서 속이 비었다는 것은 아무런 욕심이 없다는 뜻이지. 언뜻 속이 가득한 사람이 더 좋아 보이기도 하지만 사실 사람의 속에서 나오는 것이 더 더러운 것들이 많지. 온갖 욕심과 나쁜 생각이 사람들의 속에 가득 차서 밖으로 흘러넘치는 것이니까 말이다. 속에 더러운 것이 가득 찬 사람은 그것이 언젠가 밖으로 나오기 마련이니 그런 사람보다는 속이 비어 있는 사람이 더 낫겠지. 아무 욕심도 나쁜 생각도 없이 속이 맑고 깨끗한 사람이야말로 대나무 같은 사람이라고 할 수 있겠구나. 지금 우리가 사는 시대에도 대나무처럼 곧고 속이 빈 사람이 정말 필요한 것 같다.

　자, 이제 마지막 친구인 달에 대한 노래로구나.

자근 거시 노피 떠셔 만믈을 다 비취니
밤듕의 광명이 너만하니 또 잇나냐.

보고도 말 아니하니 내 벗인가 하노라.

음, 여기에서도 주요 등장인물을 직접 말하지 않고 있구나. 작은 것이 높이 떠서 만물을 다 비춘단다. 그러니 해 아니면 달이겠구나. 별은 만물을 다 비출 정도로 밝다고 하기는 어렵잖아. '밤중에 광명이 너만 한 것이 또 있느냐'고 하는 것을 보니 해가 아니라 달이라는 것을 알겠고. '보고도 말 아니하니 내 벗인가 한다'는 마지막 구절은 무척 의미심장하구나. 무엇을 보고도 말을 하지 않는다는 것일까? 설마 불의를 보고도 말하지 않는 비겁한 존재를 의미하는 것은 아니겠지. 여기서 '보고도 말 아니하니'라는 것은 세상의 온갖 더러운 것들을 보고도 그것을 쉽게 입에 올리지 않고 은인자중하는 군자의 모습을 의미하는 것이라 할 수 있단다. 어떤 문제가 생겨도 금방 입으로 그것을 떠들어 대는 가벼운 인간이 아니라 쉽게 입에 올리지 않고 신중한 태도를 유지하는 군자의 모습을 달에게서 발견한 것이라 할 수 있겠지.

자, 지금까지 우리는 윤선도가 사랑하는 다섯 친구를 만나 보았다. 물, 돌, 소나무, 대나무, 달이지. 윤선도는 이 다섯 친구에게서 깨끗함, 변치 않음, 뿌리 깊음, 곧으면서도 속은 비어 있음, 보고도 말하지 않음 등의 장점을 발견한 것이란다.

우리는 어떨까? 우리는 물처럼 깨끗하게 살고 있을까? 바위처럼 변함 없는 모습일까? 소나무처럼 마음의 뿌리가 깊은 사람들일까? 대나무처럼 욕심 없이 속을 비운 채 올곧게 살아가고 있을까? 달처럼 쉽게 남의 험담을 하지 않으며 진중한 삶을 살아가고 있을까?

작가는 이 다섯 친구를 노래하면서 자연물이 아닌 인간, 특히 자기 자신에게 시선을 돌려 자신을 깊이 있게 살펴보고, 자신은 어떤 존재인지에 대해 반성하는 기회로 삼고 싶어 했는지도 모를 일이다.

자, 이 글을 읽는 우리는 어떨까? 우리는 어떤 친구일까?

더 생각해 볼 문제

1. 내가 생각하는 바람직한 친구의 기준은 무엇인가?

2. 나는 내 친구에게 어떤 친구라고 생각하는가?

3. 가장 진실한 친구의 조건은 무엇이라 생각하는가?

4. 나는 어떤 친구가 되고 싶은지 자연물이나 사물을 빗대어 표현해 보자.

사설시조가 나타났다

장진주사

그동안 우리는 엄청나게 많은 시조 중에 아주 적은 시조 몇 편만을 살펴보았단다. 그 시조들은 대부분 일정한 리듬을 가지고 있었지? 초장·중장·종장의 세 개의 장으로 구성되어 있고 각 장은 두 구로 이루어지는 것이 일반적이잖아. 그리고 종장의 첫 어절은 반드시 세 글자로 시작하고. 이런 일반적인 형태의 시조를 '평시조'라고 하지. 그러니까 그동안 우리가 살펴본 시조들은 모두 평시조란다. 물론 일정한 제목 아래 평시조가 줄줄이 엮여 있는 경우는 '연시조'라고 하지. 하지만 연시조 역시 형식상 평시조임에는 분명하단다.

시조는 애초에 양반들이 쓰던 문학 양식이었는데 조선 후기에 들어서면서 서서히 평민들도 시조 작업에 참여하기 시작했지. 평민들이 시조를 짓기 시작하면서부터 시조의 형식에도 조금씩 변화가 나타나기 시작한단다. 그것은 시조의 어떤 한 장이(대개 중장의 경우) 다른 평시조보다 길어지는 거야. 사람의 감정이 복잡하고 격렬한데 언제까지 차분하고 일정한 형식의 평시조 안에 그 감정을 모두 담아 낼 수는 없는 거잖아. 일렁이는 감정을 절제하지 않고 쏟아 놓다 보면 그 길이가 마구 길어질 수밖에. 그렇게 해서 평시조보다 길게 늘어난 시조를 '사설시조'라고 한단다.

사설시조는 대개 기생이나 평민들이 쓴 경우가 많아. 하지만 최초의 사설시조는 양반인 정철이 지은 「장진주사」라고 한다. '장진주사'라고 하니까 무슨 예방 주사의 일종으로 들리기도 하지만 '將進酒(장진주)'라는 일종의 창으로 부르던 노래의 노랫말이란다. '장차 술을 계속 먹자'는 뜻이니까 술을 마시며 놀면서 부르던 노래의 가사를 말하겠지. 그래서 「장진주사」 역시 술을 마시자는 시조란다.

한 잔 먹새그려, 또 한 잔 먹새그려.
곳 것거 산 노코 무진무진 먹새그려. 이 몸 주근 후면 지게 우해 거적 더퍼 주리혀 매여가나 유소보장의 만인이 우러녜나, 어욱새 속새 덥가나무 백양수페 가기곳 가면 누른 해 흰 달 가난 비 굴근 눈 소소리 바람 불 제 뉘 한 잔 먹자 할고.
하믈며 무덤 우해 잔나비 파람 불 제야 뉘우찬달 엇디리.

초장과 종장은 일반 평시조와 다름이 없는데 중장 부분이 무척 길어진 것이 눈에 보이지? 이렇게 평시조에 비해 비정상적으로 길어진 시조가 사설시조란다.

이 시조는 제목에서 얘기한 것처럼 술을 먹자고 권유하는 노래란다. 초장에서는 한 잔 또 한 잔 먹자고 하고 있구나. 그리고 중장부터는 왜 그렇게 술을 먹어야 하는지 이유를 밝히고 있지. '꽃을 꺾어 산을 놓는다'는 것은 옛사람들의 풍류 가운데 하나인데 꽃나무 가지를 꺾어 술잔 수를 세어 가며 술을 마시는 것이란다. 언뜻 보기에는 굉장히 낭만적이고 멋스럽게 보이지만 그까짓 술을 멋스럽게 마시겠다고 자연을 마구 훼손하다니 참 괘씸한 일이지. 그렇게 꽃나무 가지를 꺾어 가며 술을 먹자고 하는 이유는 바로 그다음부터 나오는구나.

이 몸이 죽은 후면 지게 위에 거적을 덮어 시체를 졸라매서 메고 가나 유소보장에 많은 사람들이 울면서 가나 마찬가지라는 거야. '유소'는 깃발이나 상여에 꾸미는 실이고 '보장'은 화려한 포장을 의미하니까, '유소보장에 만인이 울어 엔다'는 것은 화려하게 꾸민 상여에 실린 거창한 장례식을 의미하는 것이지. 지게에 거적을 덮어 가거나 화려한 상여에 실려 가거나 마찬가지인 이유는 그다음에 나오지.

'어옥새'는 억새이고 '속새'는 풀이름이란다. '덥가나무'는 떡갈나무이고 '백양'은 백양나무야. 그러니 억새, 속새, 떡갈나무, 백양나무 우거진 숲에 묻히고 나면 누런 해, 밝은 달, 가랑비, 함박눈, 회오리바람 불 때 누가 술 한잔 하자고 할까? 하물며 무덤 위에서 원숭이가 휘파람을 불 때면 뉘우친다 한들 무슨 소용이 있을까? 이런 뜻이란다.

그러니 이 시조의 작가가 자꾸만 술을 먹자고 하는 이유가 결국 뭐라는 거지? 사람이 한번 죽고 나면 거지처럼 장례를 치르나 화려하게 장례를 치르나 무덤 속에 묻히고 나면 끝이라는 거야. 무덤 속에 묻히면 같이 술 한잔 하자고 할 사람이 아무도 없단 말이지. 무덤 위에 원숭이가 놀러 와 휘파람이나 불 뿐 누구 하나 술 같이 먹자고 할 사람이 없으니, 그때 후회하지 말고 지금 살아 있을 때 열심히 먹자는 얘기지.

술이 얼마나 좋으면 이런 노래를 다 불렀을까? 게다가 술자리의 여흥을 돋우는 데는 딱 맞는 노래 같기도 하지? 하지만 어떻게 보면 이 시조를 지은 작가가 참 딱하다는 생각이 들지 않니? 공부도 많이 하고 좋은 글도 많이 쓰고 높은 벼슬도 했던 사람인데 죽고 나면 결국 아무것도 아니니 지금 술이나 열심히 마시자고 하는 이런 노래를 짓다니 말이다.

아무리 공부를 많이 하고 권세를 많이 가졌다고 해도 결국 인간은 나약한 존재이며 그 나약한 인간이 삶의 목적을 잃게 되면 이렇게 허탄한 소리밖에 할 수 없다는 것을 이 시조는 잘 보여 주고 있구나. 그러니 우리는 이런 시조 한 편에서도 많은 것을 배우고 생각해야 한단다. 사람이 짐승과 달리 사람으로서 존중받을 수 있는 이유는 그런 면에 있단다.

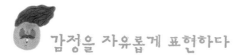

감정을 자유롭게 표현하다

이번에는 지은이를 알 수 없는 사설시조를 몇 편 살펴보자꾸나. 이 시조 역시 사설시조 중에서 꽤 알려진 시조란다.

나모도 바히 돌도 업슨 뫼혜 매게 쪼친 가토리 안과

대천 바다 한가온대 일천 석 시른 배에 노도 일코 닷도 일코 농총
도 근코 돗대도 것고 치도 빠지고 바람 부러 물결 치고 안개 뒤섯계
자자진 날의 갈 길은 천리만리 나믄듸 사면이 거머 어둑져뭇 천지적
막 가치노을 떳난대 수적 만난 도사공의 안과

엇그제 님 여흰 내 안히야 엇다가 가을하리오.

역시 중장이 한없이 길어진 시조구나. 그런데 옛날 말이라 좀 어
수선하고 복잡한 느낌이 들지? 이 시조를 완전히 현대어로 번역하면
다음과 같이 시조의 맛이 없어져 버린단다.

나무도 바위 돌도 없는 산에 매에게 쫓긴 까투리의 마음과

넓은 바다 한가운데에서 일천 석이나 되는 짐을 실은 배가 노도 잃
고 닻도 잃고 닻줄도 끊어지고 키도 빠지고 바람은 불어 물결이 치
고 안개가 뒤섞여 자욱한 날에 갈 길은 천리만리 남았는데 사면이 컴
컴하고 어둑하여 천지는 적막하고 사나운 파도가 몰려오는데 해적을
만난 뱃사공 우두머리의 마음과

엊그제 임과 이별한 내 마음을 어디에다가 비교할 수 있으리오.

현대어로 번역해 버리면 시를 낭독하는 느낌보다는 뭔가 글을 읽
고 있는 기분이 들지 않니? 아무튼 이 시조의 작가는 제일 마지막에
등장하고 있구나. 이 시조를 지은 사람은 엊그제 사랑하는 사람과
이별한 사람이야. 사랑하는 사람과 이별한 마음을 표현하기 위해서

까투리와 도사공을 비교하고 있어. 까투리는 암꿩이야. 수꿩은 장끼라고 하지. 이 까투리가 나무도 바위도 없는 민둥산에서 매에게 쫓기고 있어. 숨을 곳이 하나도 없는 민둥산에서 매에게 쫓기고 있으니 얼마나 마음이 초조하고 답답하고 안타까울까?

그런데 그다음에 등장하는 도사공은 한술 더 뜨는구나. 넓은 바다에 나간 배에 짐은 엄청나게 많이 실렸는데 배를 움직일 수 있는 기구는 다 망가져 버리고 날씨까지 엉망이구나. 그런데 해적을 만나다니, 원……. 이 도사공의 마음은 또 얼마나 답답하고 안타깝고 미칠 지경일까?

하지만 이런 꿩과 도사공의 마음보다 엊그제 임과 이별한 내 마음이 더 아프고 괴롭다는 거야. 아무리 힘들고 어려운 상황을 맞이한 대상이라 하더라도 사랑하는 사람과 이별한 내 마음과는 비교할 수 없다는 것이지. 어떤 사람을 얼마나 끔찍하게 사랑했으면 이런 시를 쓸 수 있을까?

사랑하는 사람과 이별한 마음을 도저히 절제할 수도 없고 걷잡을 수 없이 끓어오르는 감정을 다스리지 못하겠다는 뜻을 표현하면 이런 시가 나오는 모양이다. 사설시조는 이처럼 자신의 감정이나 생각을 절제하는 법 없이 마구 쏟아 놓은 시조란다. 일정한 틀에 얽매이지 않으면서 자유롭게 생각을 늘어놓을 수 있는 장점을 가진 것이 사설시조라고 할 수 있지.

그렇다면 감정이 지극히 절제된 평시조와 자신의 감정을 절제하지 않고 쏟아 놓는 사설시조 중에 어느 것이 더 나은 것일까? 아니, 아빠의 물음이 좀 어리석구나. 어떤 형식의 문학 장르가 더 나으냐를 묻는 것은 바보 같은 짓이란다. 시보다 소설이 더 낫다고 볼 수 없고 수필보다 시가 더 낫다고 할 수 없기 때문이지. 다만 우리가 여기에서 한 가지 생각해 볼 점은 있는 것 같구나. 시조가 양반들의 전유물이었을 때는 지극히 절제되고 정제된 표현의 평시조들만 등장했지. 하지만 평민들이 시조 작업에 참여하기 시작하면서 감정이 쏟아져 나오는 사설시조가 등장하고 있구나. 양반들의 평시조가 좋은지 평민들의 사설시조가 좋은지는 평가할 수 없지만, 적어도 시조가 양반들의 전유물이었을 때는 볼 수 없었던 자유로운 감정 표현의 모습들을 확인할 수는 있구나.

그래서 우리 문학사에서 사설시조가 등장했다는 사실은 매우 의미 있는 일이란다. 문학 창작의 반열에 평민들이 적극적으로 참여하기 시작했다는 사실, 유교 이념에 따라 격식과 예의를 갖추던 시절에 감정을 소중하게 생각하고 그것을 거침없이 쏟아 놓는 작품들이 나오기 시작했다는 사실은 매우 중요하지. 우리는 이제 솟아나는 감정을 자유롭게 표현하는 시대, 신분의 차별 없이 자신의 생각과 느낌을 문학으로 형상화할 수 있는 시대를 맞이할 준비가 된 셈이란다.

더 생각해 볼 문제

1. 앞에서 배운 사설시조를 평시조로 바꿔 써 보자.

2. 이전 시간에 배운 평시조 중 하나를 택하여 사설시조로 바꿔 써 보자.

3. 위 두 작업을 수행한 후의 느낌을 이야기해 보자.

시가 아닌 듯 시적인 가사 문학

상춘곡

　지금까지 우리가 배운 옛 노래의 종류를 한번 살펴볼까? 우리는 아주 오래전 신화를 향유하던 시대의 사람들이 부르던 고대 가요를 배웠다. 「구지가」나 「공무도하가」가 그런 작품이었지. 그다음에는 신라 시대에 귀족들과 승려들이 불렀던 넉 줄, 여덟 줄, 열 줄로 된 향가를 배웠단다. 「서동요」나 「처용가」나 「안민가」 등이 향가였잖아. 고려 시대에 사람들이 많이 불렀던 고려 가요도 기억나니? 유명한 「가시리」와 「청산별곡」, 그리고 「서경별곡」과 「동동」 등이 모두 고려 가요였지. 그리고 고려 말에 생겨나서 지금까지도 많이 짓고 있는 시조를 몇 편 배웠구나. 시조는 워낙 종류가 많아서 그 시조를 모두 배우려면 오랜 시간이 필요하단다. 시간 날 때마다 한두 편씩 읽으면 좋겠구나.

이제 우리 고전 시가에서 거의 마지막에 등장하는 장르인 '가사'를 배울 때가 왔구나. 가사라고 하니까 우리가 부르는 노래의 가사가 아닐까 싶지만 한자가 다르단다. 우리가 부르는 노래의 가사는 '歌詞'라 쓰고, 조선 시대에 지어진 노래인 가사는 '歌辭'라고 쓴단다. 무슨 차이가 있느냐고? 아빠도 자세한 것은 잘 모르겠구나. '歌詞'는 주로 노랫말이라 하면 되겠고, '歌辭'는 이야기를 가진 노래 정도로 하면 될 것도 같다. 아무튼 지금부터 배워 볼 것은 바로 '歌辭'란다.

가사는 조선 시대에 나타난 굉장히 긴 글로 구성된 시가 문학이란다. 얼핏 보면 시라고 하기 어렵고 무슨 수필처럼 보이지. 하지만 이 가사는 3·4조 또는 4·4조 연속체의 운율과 4음보의 율격을 가지고 있지. 3·4조 또는 4·4조 연속체라는 것은 노랫말이 계속 세 글자 네 글자로 연속되거나 네 글자 네 글자로 연속해서 구성된다는 뜻이다. 4음보라는 것은 띄어 읽는 호흡 단위가 네 박자 단위를 유지한다는 것이지. 예를 들어 보자.

홍진에 / 뭇친 분네 /
이내 생애 / 어떠한고. //
옛사람 / 풍류를 /
미칠까 / 못 미칠까. //

위 글은 「상춘곡」의 시작 부분인데 끊어 읽는 단위를 /로 표시해 두었단다. //은 좀 더 오래 끊어 읽는 부분이고. 우리가 이 글을 읽으면서 '홍진에뭇친분네 / 이내생애어뗘한고 / 옛사람풍류를 / 미칠까 못미칠까 //'처럼 읽지는 않겠지? 그렇게 읽으면 굉장히 숨이 찰 것 같지 않니? 또는 '홍진 / 에 뭇친 / 분네 이내 / 생애 어뗘한고' 하는 식으로 읽으면 글의 내용과 어울리지 않게 되잖아. 그러니까 저 위에 표시해 둔 것처럼 읽는 것이 제일 자연스럽단다. 저렇게 읽다 보면 네 단위로 끊어 읽게 되고, 글자 수는 각각 세 글자와 네 글자가 주로 등장하는 것을 알 수 있지. 가사는 저렇게 3·4조 또는 4·4조 연속체와 4음보의 운율을 가진 긴 노랫말이란다.

가사로는 조선 시대에 정극인이 쓴 「상춘곡」을 시작으로 송순이 쓴 「면앙정가」, 정철이 쓴 「관동별곡」·「사미인곡」·「속미인곡」, 박인로가 쓴 「누항사」·「태평사」·「선상탄」, 홍순학이 쓴 「연행가」, 김인겸이 쓴 「일동장유가」 등이 있단다. 물론 이 밖에도 많은 가사 작품이 있지. 특히 가사 문학의 일인자로 알려진 정철이 쓴 「관동별곡」·「사미인곡」·「속미인곡」은 너무 유명해서 모르는 사람이 없는 작품이란다.

이 모든 작품들을 다 읽어 보고 싶지만 아빠랑 같이 읽어 보는 것은 「상춘곡」이 어떨까 싶다. 다른 작품들도 많지만 일단 최초의 가사 작품을 읽는 것이 좀 더 의미 있지 않을까 싶어서 그렇단다. 또 정철의 작품은 지나치게 정치적인 의도가 강하고 다른 작품들도 시대와 관련해서 살펴볼 점들이 많은 반면, 「상춘곡」은 정치적인 목적이 아니라 순수하게 자연을 노래한 것이니 큰 부담이 없을 것이기 때문이기도 하지. 다만 정극인의 「상춘곡」은 한자어가 좀 많이 등장한다는 부담감이 있단다. 하지만 뭐 어떠냐? 우린 이미 한문 원문의 단군 신화도 읽어 봤는데. 그러니까 새롭게 또 한 번 도전!

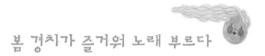

봄 경치가 즐거워 노래 부르다

　정극인이 지은 「상춘곡」의 전문을 먼저 보기로 하자. 읽기 어렵거나 이해가 안 되는 부분은 그냥 넘어가면서 읽어도 된다. 일단 원문을 보고 난 뒤 한 줄씩 해석해 보자꾸나.

> 홍진에 뭇친 분네 이내 생애 엇더한고.
> 옛사람 풍류를 미칠가 못 미칠가.
> 천지간 남자 몸이 날만 한 이 하건마난
> 산림에 뭇쳐 이셔 지락을 마랄 것가.
> 수간모옥을 벽계수 알픠 두고
> 송죽 울울리예 풍월주인 되여셔라.
> 엊그제 겨을 지나 새봄이 도라오니
> 도화행화난 석양리예 퓌어 잇고
> 녹양방초난 세우중에 프르도다.
> 칼로 말아 낸가 붓으로 그려 낸가
> 조화신공이 물물마다 헌사롭다.
> 수풀에 우는 새는 춘기를 못내 계워
> 소리마다 교태로다.
> 물아일체어니 흥이야 다랄소냐.

시비예 거러 보고 정자애 안자 보니
소요음영하야 산일이 적적한데
한중진미를 알 니 업시 호재로다.
이바 니웃들아, 산수 구경 가자스라.
답청으란 오늘 하고 욕기란 내일 하새.
아침에 채산하고 나조에 조수하새.
갓 괴어 닉은 술을 갈건으로 밧타 노코
곳나모 가지 것거 수 노코 먹으리라.
화풍이 건듯 부러 녹수를 건너오니
청향은 잔에 지고 낙홍은 옷새 진다.
준중이 뷔엿거든 날다려 알외여라.
소동 아해다려 주가에 술을 믈어
얼운은 막대 집고 아해난 술을 메고
미음완보하야 시냇가의 호자 안자
명사 조한 믈에 잔 시어 부어 들고
청류를 굽어보니 떠오나니 도화로다.
무릉이 갓갑도다, 저 뫼이 긘 거인고.
송간 세로에 두견화를 부치 들고
봉두에 급피 올나 구름 소긔 안자 보니
천촌만락이 곳곳이 버러 잇내.
연하일휘난 금수를 재폇는 듯
엇그제 검은 들이 봄빗도 유여할샤.
공명도 날 끼우고 부귀도 날 끼우니

청풍명월 외예 엇던 벗이 잇사올고.
단표누항에 훗튼 혜음 아니 하네.
아모타, 백년행락이 이만한들 엇지하리.

이야, 제법 길구나. 이 글이 산문이 아닌 운문이라는 것이 대단하
지 않니? 노래가 이렇게 길단 말이다. 하기야 다른 가사에 비하면 이
작품은 매우 짧은 것이긴 하다만. 이 긴 노래를 한 번 읽었다는 것만
으로도 대단한 일을 한 셈이다. 도대체 봄이 얼마나 좋았기에 그렇
게 긴 노래를 했는지 천천히 확인해 보자.

홍진에 뭇친 분네 이내 생애 어떠한고.
옛사람 풍류를 미칠가 못 미칠가.

'홍진'을 글자 뜻 그대로 해석하면 붉은 먼지가 된단다. '뭇친'은
'묻힌'이고 '분네'는 '여러분들'쯤으로 해석하면 되겠다. 그렇다고 해
서 '붉은 먼지에 파묻힌 여러분들'이라고 해석하면 뭔가 이상하지?
홍진이란 붉은 먼지가 가득한 이 세상을 말한단다. 속세란 말이지.
먼지가 가득한 세상. 옛사람들은 우리 인간들이 사는 세상을 먼지가
가득한 더러운 세상이라고 생각했지. 물론 우리가 지금 살고 있는
세상도 먼지가 가득한 세상이야. 세상 곳곳에서 들려오는 뉴스라고
는 아름답고 행복한 소식이기보다는 항상 우울하고 끔찍한 일이기
십상이니까 말이야.
　작가는 이 더러운 세상에서 살아가는 사람들에게 자기 이야기를

전하고 싶은 거야. '더러운 세상에 사는 여러분들, 나의 생애가 어떠한가요?' 하고 말이지. 자신이 사는 모양을 세상 사람들에게 전하고 싶은가 봐. '(제가 사는 모양이) 옛사람들의 풍류 생활에 미칠까요, 못 미칠까요?' 하고 확인하고 있지. 풍류라는 말은 굉장히 깊은 뜻이 있어서 너희들에게 쉽게 풀어 설명하기 어려운 말이다. 그러니 여기에서는 우리들이 일반적으로 사용하는 의미로서의 풍류로 해석하는 것이 좋겠다. '속되지 않고 운치가 있는 일' 정도로 알아 두면 된다. 그러니까 지금 작자는 자신이 '속되지 않고 운치 있는 삶'을 살아가고 있다는 것을 속세에 사는 사람들에게 알리려고 하는 거야. 자기가 사는 모양새가 옛사람들의 풍류 생활에 미치는지 미치지 못하는지 좀 봐 달라는 것이지. 우리도 한번 확인해 보자고.

천지간 남자 몸이 날만 한 이 하건마난
산림에 뭇쳐 이셔 지락을 마랄 것가.

'천지간'은 하늘과 땅 사이를 말하니까 이 세상을 뜻하는 것이 되겠지. '산림'은 산과 숲을 뜻하는 말이고, '지락'이란 지극한 즐거움이라는 뜻이다. 그러니 이 구절은 '이 세상에 남자로 태어난 몸이 나만 한 사람이 많건마는 산과 숲에 파묻혀서 (지내는) 이 지극한 즐거움을 (그 사람들은 왜) 모른단 말인가.'라는 뜻이란다.

작가는 지금 자신이 산속에 파묻혀 지내며 풍류 생활을 즐기고 있고 그것이 무척 행복하다고 말하고 싶은 거야. 그리고 왜 세상 사람들은 이 즐거움을 모르고 저렇게 먼지 속에 뒹굴며 살고 있는지 모르겠다고 말하고 있는 것이지. 조선 시대에도 역시 세상은 변함없이 더럽고 추하고 악했고, 그 더러운 세상을 피해 살 만한 곳은 자연밖에 없다는 것을 알았던 것이지.

수간모옥을 벽계수 알픠 두고
송죽 울울리예 풍월주인 되여서라.

'수간모옥'이란 몇 칸 되지 않는 초가를 말한단다. '벽계수'는 푸른 계곡 물이라는 뜻이고, '알픠'는 '앞에'라는 뜻이야. '송죽'은 소나무와 대나무, '울울리'는 빽빽한 속이라는 뜻이지. 풍월주인이라는 말은 청풍명월의 주인이라는 말인데 맑은 바람과 밝은 달 따위의 자연을 즐기는 사람을 가리키는 말이란다. 그러니까 이 구절은 '몇 칸 되지 않는 초가에 푸른 계곡물을 앞에 두고 소나무 대나무가 빽빽하게 우거진 속에서 자연을 즐기는 사람이 되어 있구나.'라는 뜻이란다.

옛사람들은 집을 지을 때 가장 좋은 지형 구조가 배산임수(背山臨水), 즉 산을 등지고 물을 앞에 두는 것이라고 생각했지. 이 작가는 지금 몇 칸 되지 않는 초가지만 앞에 푸른 계곡물을 두는 배산임수의 지세에 집 주변에는 소나무와 대나무가 우거진 아름다운 곳에 살고 있는 셈이란다. 누구라도 부러워할 만하겠구나.

우리도 산을 등지고 물을 마주한 곳에서 소나무 대나무에 둘러싸여 풍월주인이 되어 살면 얼마나 좋을까?

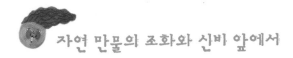

자연 만물의 조화와 신비 앞에서

「상춘곡」의 다음 구절을 계속 읽어 볼까?

엊그제 겨을 지나 새봄이 도라오니
도화행화난 석양리예 퓌어 잇고
녹양방초난 세우중에 프르도다.

엊그제 겨울이 지나 새봄이 돌아오니 도화행화는 석양 속에 피어
있고 녹양방초는 세우 중에 푸르단다. '도화'는 복숭아꽃이고 '행화'
는 살구꽃이란다. 둘 다 무슨 색깔이지? 그래, 아주 진하고 밝은 분
홍빛이지? 붉은 복숭아꽃과 살구꽃이 붉은 석양 속에 피어 있단다.
붉은빛의 화려한 연결을 느낄 수 있겠니?

'녹양'은 푸른 버드나무이고 '방초'는 무성하게 자란 풀을 가리키
는 말이란다. '세우'는 우리가 먹는 새우가 아니라 가랑비를 뜻해. 그
러니까 푸른 버드나무와 무성한 풀이 가랑비 속에 푸르다는 뜻이야.
비가 오고 나면 풀이 더 무성하게 올라오기 마련이지? 그러니 이 구
절은 붉은색과 푸른색이 선명하게 대조를 이루고 있다는 것을 알겠
구나. 붉은색 계열의 도화행화가 석양 속에 피어 있고 비 온 뒤 푸른
버들과 풀들이 무성하니까 말이다.

칼로 말아 낸가 붓으로 그려 낸가
조화신공이 물물마다 헌사롭다.

이 아름다운 자연은 도대체 어떻게 생겨난 것일까? 칼로 마름질한 것일까, 아니면 붓으로 그려 낸 것일까? 이 아름다운 자연을 칼로 오려 내었든지 붓으로 그려 내었든지 그렇게 할 수 있는 사람은 누굴까? 사람은 할 수 없는 일이겠지? 그래서 작가는 이 일을 할 수 있는 분은 오직 조물주밖에 없다고 생각했단다. '조화신공'이란 조물주의 신비한 능력이라는 뜻이야. '헌사롭다'는 것은 아주 요란하고 야단스럽다는 뜻이고.

석양 속에 피어난 복숭아꽃과 살구꽃의 아름답고 찬란한 모습, 비 온 뒤 더 푸르게 돋아나는 버드나무와 풀빛의 싱그러움, 이 모든 것은 조물주의 놀라운 능력이라는 뜻이지.

작가의 마음속에는 이 천지 만물이 결코 저절로 만들어지지 않았다는 생각, 거기에는 반드시 조물주의 능력이 깃들어 있다는 생각이 반영되어 있구나.

옛사람들의 글을 보면 이렇게 아름다운 자연 앞에서 조물주의 능력과 신비를 엿보고 놀라움을 표현한 것들이 많단다. 모든 사람은 자연 만물의 조화와 신비 앞에서 인간의 보잘것없음을 깨닫게 된다다. 자연 앞에서 자기도 모르게 자신을 낮추는 마음, 그것이 정상적인 인간의 기본적인 마음 자세라고 할 수 있겠지.

수풀에 우는 새는 춘기(봄기운)를 못내 계워
소리마다 교태로다.
물아일체어니 흥이야 다를소냐.

이 대목에서 너희들이 이해하기 어려운 말은 '물아일체'라는 말이겠구나. 물아일체(物我一體)란 '물'(物)과 '아'(我)가 다르지 않고 한 몸이라는 뜻이다. '아'는 나 자신을 가리키는 것이고, '물'은 내가 아닌 나 이외의 외부의 것들을 가리킨다. 내가 아닌 외부의 것들이니까 자연을 의미하는 것이지. 그래서 물아일체란 자연과 내가 둘이 아닌 하나라는 생각이야. 지금 수풀 속에서 우는 새는 그냥 우는 것이 아니라 봄기운을 못 이겨 교태를 부리듯 울고 있는 것이고, 자연과 내가 다르지 않으니 나 역시 자연을 즐기는 새처럼 즐겁게 노닐고 싶다는 것이지. 그럼 즐겁게 노닐고 싶다고 했으니 정말 노니는 장면이 나와야겠지? 그래서 다음 대목이 이렇게 연결되는 거란다.

> 시비예 거러 보고 정자애 안자 보니
> 소요음영하야 산일이 적적한데
> 한중진미를 알 니 업시 호재로다.

어려운 한자어가 많이 등장하는구나. '시비'는 사립문을 말하는 거란다. 싸리나무로 엮어 만든 문인데 예전에 시골집에는 이런 문이 많았지. '정자'는 시골이나 산에서 가끔 볼 수 있지? '소요음영'이라는 말은 '음영'하면서 '소요'한다는 뜻이다. 음영은 낮은 소리로 시를 읊는 것을 말해. 소요란 자유롭게 이리저리 슬슬 거닐며 돌아다니는 것을 말하고. 그러니까 소요음영이라는 것은 낮은 소리로 시를 읊조리면서 이리저리 슬슬 걸어 다닌다는 뜻이겠지? '산일'이란 산에서 보내는 하루를 의미하고, '한중진미'란 한가한 가운데 깃드는 참된 맛이라는 뜻이란다. 그러니까 이 부분은 다음과 같이 해석이 가능하겠지.

사립문 밖에 걸어 보기도 하고 정자에 앉아 보기도 하면서
낮은 소리로 시를 읊으며 거닐다 보니 산에서의 하루가 적적하기도 한데
한가한 가운데 깃드는 참된 맛을 아는 사람 없이 혼자로구나.

작가는 지금 봄을 맞아 이리저리 산책을 다니며 혼자 자연을 만끽하고 있구나. 아무도 없이 혼자만이 자연을 느끼는 그 맛을 누리는 작가의 한가로운 모습이 눈앞에 그려지는 것 같지?

이바 니웃들아, 산수 구경 가자스라.
답청으란 오늘 하고 욕기란 내일 하새.
아침에 채산하고 나조에 조수하새.

이제 봄을 즐기는 작가의 심정은 한껏 들뜨기 시작하는구나. 그래서 다른 사람들과 함께 어울려 놀고 싶은 마음이 생긴 모양이다. '산수'는 산과 물이니까 자연을 뜻하지. '답청'은 봄에 파랗게 난 풀을 밟으며 산책하는 것을 말해. '욕기'란 기수에서 목욕을 한다는 뜻인데 이 말은 공자와 그의 제자인 증석의 대화 중에 나온단다.
어느 날 공자가 제자 몇몇과 대화를 나누며 저마다 원하는 것이 무엇인지를 물었다지. 여러 제자들이 각각 원대한 정치적 포부를 밝

혔는데 증석이라는 제자는 "늦은 봄에 봄옷을 지어 입은 뒤 어른 5~6명과 어린아이 6~7명과 함께 기수(강 이름)에서 목욕을 하고 무우(하늘에 제사 지내던 곳)에서 바람을 쐬고 노래를 읊조리며 돌아오겠습니다."라고 대답했지. 공자는 정치적 포부를 밝힌 제자들의 답변보다 증석의 답변을 좋아했단다. 그러므로 욕기란 '봄에 물가에 가서 물놀이를 하는 것' 정도로 이해하면 되겠다.

'채산'과 '조수'는 각각 '채산채(採山菜)'와 '조수어(釣水魚)'의 준말이란다. 채산채는 산나물을 캔다는 말이고 조수어는 물고기를 낚는다는 말이란다. 만일 이 부분을 그대로 쓰게 되면 '아침에 채산채하고 나조에 조수어하세.'가 되겠지? 그렇게 되면 3·4조 또는 4·4조 연속체라는 가사의 공식적인 운율이 3·5조의 기형적인 형태로 바뀌게 되겠지? 그래서 작자는 리듬감을 유지하기 위해 각각 한 글자씩을 생략해 버렸단다. 빼도 이해하는 데 어려움이 없는 글자니까 말이야. 참, '나조'란 저녁을 말한단다. '나중에'라고 해석하면 안 된다. 그러니 이 부분을 해석하면 이렇게 되겠지.

이봐 이웃들아, 산수 구경 가자꾸나.
풀을 밟는 놀이는 오늘 하고 물놀이는 내일 하세.
아침에는 산나물을 캐고 저녁에는 물고기를 낚세.

봄을 맞아 약동하는 자연을 마음껏 즐기고 싶은 작가의 마음이 너희들에게도 전해지는지 모르겠구나.

봄의 흥에 겨워 술동이를 비우다

「상춘곡」이 무척 긴 노래이긴 해도 벌써 중간 부분을 넘어섰구나. 시작이 반이라고 했는데 중간까지 왔으니 거의 끝난 셈이다. 조금만 참고 잘 따라오너라.

　갓 괴어 닉은 술을 갈건으로 밧타 노코 곳나모 가지 것거 수 노코 먹으리라.

이 부분에는 우리에게 익숙한 표현이 등장한단다. 앞에서 정철이 쓴 「장진주사」를 배웠던 기억이 나니? 거기에서 양반들이 술을 마실 때마다 낭만적이라고 여기던 방법이 바로 술 한 잔에 꽃 한 가지를 꺾어 늘어놓는 것이라고 했잖아. 여기 이 어른도 마찬가지로구나. 갓 괴어 익은 술을 '갈건', 그러니까 칡베로 만든 수건에 밭쳐 꽃나무 가지를 꺾어 수를 놓아 가며 마시겠다는 것이지. 하여튼 양반들의 취향이라니, 원.

　화풍이 건듯 부러 녹수를 건너오니
　　청향은 잔에 지고 낙홍은 옷새 진다.

이 부분은 「상춘곡」에서도 아주 화려하고 매력적인 장면이란다. '화풍'은 따뜻한 봄바람을 뜻해. '녹수'는 푸른 물이니까 아마 맑고 깨끗한 시냇물 정도 되겠지. 작가는 지금 물가에 있는 꽃나무 아래

앉아서 술을 마시고 있는 거야. 그때 문득 봄바람이 시냇물을 건너와 꽃나무 가지를 흔드는 거지. 그러니까 봄바람에 붉은 꽃잎이 후드득 떨어져 내리겠지. 그 장면을 이렇게 묘사한 것이란다.

따뜻한 봄바람이 잠깐 불어와 푸른 시냇물을 건너오니 맑은 향기는 술잔에 떨어지고, 떨어지는 꽃잎은 옷에 지는구나.

봄바람의 따사로움, 맑고 투명한 시냇물, 감미로운 술 향기, 붉게 떨어져 내리는 꽃잎 등이 한 폭의 그림처럼 한꺼번에 펼쳐지고 있지? 시각과 후각과 촉각이 동시에 동원된 아주 감각적인 표현이라고 할 수 있겠구나.

준중이 뷔엿거든 날다려 알외여라.
소동 아해다려 주가에 술을 믈어
얼운은 막대 집고 아해난 술을 메고
미음완보하야 시냇가의 호자 안자
명사 조한 믈에 잔 시어 부어 들고
청류를 굽어보니 떠오나니 도화로다.
무릉이 갓갑도다, 저 뫼이 긘 거인고.

이번엔 좀 많은 부분을 함께 읽어 보자꾸나. 시냇가에서 봄바람을 즐기며 떨어지는 꽃잎을 바라보면서 술을 마시던 작가는 드디어 술 한 동이를 다 비운 모양이다.

'준중'이라고 할 때 '준'은 술동이를 말한단다. 이 글자는 나중에 『춘향전』을 공부할 때도 나오는 글자야. 이도령이 암행어사가 되어 변사또 앞에 걸인 차림으로 나타나서는 자기가 생일 축하 시를 한 수 지어 준다고 하지. 그러면서 한시를 지어 주는데 그 시가 아주 유명하단다.

金樽美酒(금준미주)는 千人血(천인혈)이요,
玉盤佳肴(옥반가효)는 萬姓膏(만성고)라.
燭淚落時(촉루낙시)에 民淚落(민루락)이요,
歌聲高處(가성고처)에 怨聲高(원성고)라.

이 시의 뜻은 '금 술동이의 아름다운 술은 천 사람의 피요, 옥 소반의 좋은 안주는 만백성의 기름이라. 촛불 눈물 떨어질 때 백성들의 눈물 떨어지고, 노랫소리 높은 곳에 원성 소리 드높구나.'라는 것이란다. 짧은 시 안에 백성의 원한을 잘 담아낸 빼어난 시라고 할 수 있지. 이 시에 나오는 '樽(준)'이라는 글자가 바로 술동이를 나타내는 글자란다. 그래서 '준중이 비었다'는 말은 곧 술동이가 비었다는 뜻이지. 혼자서 술 한 통을 다 마셔 버린 술고래 아저씨로구나.

술동이가 비었거든 나에게 아뢰어라.
어린 아이에게 (심부름을 보내) 주가(술집)에 술이 있는가 물어서
(술이 있다는 소식을 듣고는 술집에 가서 술을 사다가)
어른은 막대 짚고 아이는 술을 메고

미음완보하여 시냇가에 혼자 앉아

맑은 모래가 있는 깨끗한 물에 잔을 씻어 (술을) 부어 들고

맑은 시냇물을 굽어보니 떠오는 것이 복숭아꽃이로구나.

무릉이 가깝도다, 저 산이 그곳인가.

이렇게 해석할 수 있단다. 아빠는 「상춘곡」에서 늘 불만이었던 것이 이 부분인데, 작가가 아무리 양반이라 해도 자기는 막대만 짚고 아이에게 술동이를 메고 따라오게 하는 장면 때문이다. 도대체 어린 아이에게 술동이를 메게 하다니.

아무튼 이 양반은 술동이를 시냇가에 내려놓고 또 술을 마시려 하고 있구나. 시냇물에 잔을 씻어서 새로 사 온 술을 따라 마시려 하는데 문득 시냇물을 굽어보니 복숭아 꽃잎이 떠내려오는 거야. 옛사람들은 도화, 즉 복숭아꽃을 보면 반드시 떠올리는 중요한 장소가 있단다. 그게 바로 무릉도원이라는 곳이야.

무릉도원이란 복숭아꽃이 만발한 아름다운 동산을 말하는데, 이 말은 중국의 도연명이라는 사람이 쓴 『도화원기』라는 책에 나오는 말이란다. 옛날 중국의 어떤 어부가 배를 저으며 가다가 문득 물 위로 떠내려오는 복숭아꽃을 보고 그 꽃이 내려오는 곳을 따라갔다지. 그러자 그곳에는 동굴이 있고 그 동굴을 지나자 아주 아름다운 동산이 나타났는데 거기에는 화려한 옷을 입은 사람들이 태평하게 살고 있더란다. 옛날에 전쟁을 피해서 숨어든 사람들인데 그 사람들은 세상일을 전혀 모른 채 아무런 근심 걱정도 없이 그곳에서 살고 있더란다. 어부도 그곳에서 며칠을 머물다 돌아왔는데 사람들은 이 이

야기를 듣고 나서 무릉도원이라고 하는 지상낙원을 꿈꾸게 되었지. 사시사철 살기 좋고 전쟁 걱정도 없이 행복하게 살 수 있는 곳이 있다면 누군들 그런 곳을 좋아하지 않을 수 있을까? 그 뒤로 사람들은 '도화'라는 소재와 '무릉도원'을 함께 생각하게 되었단다. 복숭아꽃만 떠올리면 아름다운 동산인 무릉도원을 생각하게 되었지. 그래서 실제로 우리나라의 조식이라는 사람은 이런 시조를 쓰기도 했어.

두류산 양단수를 예 듣고 이제 보니
도화 뜬 맑은 물에 산영조차 잠겼어라.
아이야, 무릉이 어디오. 나는 옌가 하노라.

지리산에 있는 양단수가 아름답다는 말을 옛날에 듣고 이제 와서 보았더니
복숭아꽃이 뜬 맑은 물에 산 그림자조차 잠겨 있구나.
아아, 무릉도원이 어디이냐. 나는 여기라고 생각하노라.

지리산 양단수가 얼마나 아름다웠으면 조식은 그곳이 무릉도원이라고 생각했을까? 굳이 먼 해외여행을 가지 않더라도 우리나라 산천에서 지상낙원을 발견했던 옛 어른들은 정말 지혜로운 분들이다. 아무튼 조식 역시 도화라는 소재에서 무릉도원을 연상하고 있구나.

마찬가지로 「상춘곡」의 작가 역시 굽어본 시냇물에서 도화를 발견했으니 무릉도원을 생각하게 되겠지? 그래서 그 뒤로 바로 연결되는 내용이 '무릉이 가깝도다, 저 산이 그곳인가?'란다.

산에 올라 세상을 보니

술을 한잔하다가 무심코 바라본 시냇물에 둥둥 떠오는 복숭아꽃, 그 복숭아꽃을 본 순간 저 멀리 보이는 산이 곧 무릉도원이 아닐까 하는 환상을 갖게 된 작가는 이제 어떤 행동을 하게 될까? 그렇지, 무릉도원이라 추측되는 그 산에 올라가 봐야겠지. 그래서 다음 부분은 산에 오르는 장면이란다.

> 송간 세로에 두견화를 부치 들고
> 봉두에 급피 올나 구름 소긔 안자 보니
> 천촌만락이 곳곳이 버러 잇네.
> 연하일휘난 금수를 재폇는 듯
> 엇그제 검은 들이 봄빗도 유여할샤.

이 부분을 해석하면 다음과 같다.

> 소나무 사이로 난 좁은 길에 진달래꽃을 부여잡고
> 산꼭대기에 급히 올라 구름 속에 앉아 보니
> 수많은 마을들이 곳곳에 벌여 있네.
> 구름과 안개 사이로 비치는 햇빛 아래 경치는 비단을 펼쳐 놓은 듯
> 엇그제 검은 들이 봄빛으로 넘쳐나는구나.

작가는 무릉도원에 올라가는 심경으로 소나무 사이로 난 산길을

따라 진달래꽃을 휘어잡으며 부랴부랴 봉우리 꼭대기까지 오른 모양이다. 그리고 구름과 안개 속에 앉아 아래를 내려다보니 여러 마을들이 무더기로 모여 있는 것이 보이겠지. 잠시 후 안개와 구름 사이로 햇빛이 들판에 비치자 봄을 맞은 산과 들이 마치 비단을 펼쳐 놓은 듯이 아름답게 드러나는 거야. 엊그제까지만 해도 겨울이라 검게만 보이던 들판에 봄빛이 넘쳐나는 아름다운 광경이 작가의 눈을 통해 지금 우리에게도 화려하게 펼쳐지는 것 같지?

이제 「상춘곡」의 마지막 부분이로구나.

공명도 날 끼우고 부귀도 날 끼우니
청풍명월 외예 엇던 벗이 잇사올고.
단표누항에 훗튼 혜음 아니 하네.
아모타, 백년행락이 이만한들 엇지하리.

먼저 해석을 해 보자면,

공명도 날 꺼리고 부귀도 날 꺼리니
맑은 바람과 밝은 달 외에 어떤 벗이 있을까.
가난한 살림에 헛된 생각 아니하네.
아무렇거나 한평생 이만하면 어떠하리.

'공명'은 공을 세워 자신의 이름을 널리 알리는 일이고 '부귀'는 재물이 많아지고 신분이 높아지는 것인데 모두 합쳐서 흔히들 '부귀공명'이라고 하지. 사람들이 가장 많이 얻고 싶어 하는 것이 부귀공명이겠지. 그런데 지금 작가는 부귀와 공명이 자기를 꺼린다고 표현하고 있구나. 부귀와 공명이 사람이나 짐승도 아닌데 자기를 꺼릴 리는 만무하니까 이것은 작가가 곧 부귀공명을 멀리한다는 뜻이겠지. 그리고 오직 자신의 친구는 청풍명월밖에 없다고 하는구나. 「상춘곡」 앞부분에 나왔던 풍월주인이라는 말이 기억나니? 그때 풍월이 곧 청풍명월이란다. 작가는 청풍명월의 주인 또는 친구로 만족할 뿐, 세상의 부귀영화에는 아무런 관심이 없다는 뜻이란다.

그런데 여기에 보면 '단표누항'이라는 말이 나오지? 이 말은 『논어』에 나오는 표현이란다. 공자는 안회라는 제자를 무척 사랑했어. 얼마나 많이 사랑했는지 노나라 임금인 애공이 공자에게 제자 중 누가 배우기를 좋아하느냐고 물었을 때, 다음과 같이 대답했지.

"안회라는 사람이 배우기를 좋아해서, 노여움을 남에게 옮기지 않고 같은 잘못을 두 번 저지르지 않았는데, 불행히 단명하여 죽고 말았습니다. 이제는 그런 사람이 없으니 그 후로 아직 배우기를 좋아한다는 사람을 들어 보지 못했습니다."

안회는 공자가 무척 사랑한 제자였는데 불행히도 공자보다 먼저 세상을 떠나고 말았단다. 그 안회에 대한 공자의 평가 중에 이런 대목이 있지.

어질구나, 회야. 한 그릇의 밥과 표주박 물 한 바가지로 누추한 거리에 살고 있으니, 보통 사람은 그 근심을 견뎌 내지 못하거늘 회는 그 즐거움을 고치려 하지 않으니 어질도다, 안회여.

제자인 안회를 칭찬한 공자의 이 말씀은 아주 유명하단다. 안회는 무척 가난한 삶을 살았는데 대나무를 쪼갠 통에 담은 밥 한 그릇과 표주박에 담긴 물 한 바가지만으로 살아갔던 모양이야. 게다가 아주 가난한 동네에 살았지. 보통 사람 같으면 힘들고 괴로워 그렇게 살지 못했을 텐데도 안회는 그런 가난한 삶을 즐겁게 여기며 공부에 힘썼다고 해. 그래서 '일단사 일표음 재누항'이라는 부분을 줄여서 '단사표음' 또는 '단표누항'이라 한다. 이 말은 '가난하게 살면서도 그러한 삶을 괴로워하지 않고 오히려 즐기는 삶의 태도'를 가리키는 말이란다. 가난한 삶에 만족하며 사는 이런 삶의 태도를 '안빈낙도 (安貧樂道)'라고도 하지.

공자는 자신의 제자가 출세하여 부귀공명을 누리는 것보다는 안빈낙도의 삶을 살면서 어질고 인자한 덕을 실천하며 살기를 더 바랐던 진정한 스승이 아닐까 싶구나. 그리고 「상춘곡」의 작가 역시 공자가 원했던 이런 청빈한 삶을 살고 싶어 하는구나.

지금 우리는 어떨까? 우리는 열심히 공부해서 다른 사람보다 돈도 더 많이 벌고 자기 이름을 널리 알리는 부귀공명을 추구하는 사람들은 아닐까? 어쩌면 그것이 이 세상을 살아가는 당연한 목적이 아니냐고 생각하고 살고 있지는 않을까? 맑은 바람과 밝은 달빛만으로 만족하며 내게 주어진 삶에 불평하지 않고 행복을 누리는 삶이 더 가치 있는 삶이 아닐까? 「상춘곡」의 작가는 지금도 우리에게 질문하고 있다. 그리고 그 대답은 이제 우리들의 몫이구나.

더 생각해 볼 문제

1. 앞에서 배운 향가나 시조 중 한 편을 골라 가사로 개작해 보자.

2. 시조나 향가처럼 짧은 글로 쓴 작품과 가사처럼 길게 쓴 작품은 각각 어떻게 다른 느낌이 드는지 비교하여 설명해 보자.

3. 내 감정을 표현하는 데 가장 적절한 방법은 어떤 것인지 말해 보자.

4. 내가 공부하는 이유는 무엇인가 이야기해 보자.

5. 내가 공부하는 이유와 목적을 밝히는 한 편의 글을 써 보자.

휴게소에서

　지금까지 우리는 고대 가요부터 시작해서 신라 시대의 향가, 고려 시대의 고려 가요, 고려 말에 발생한 시조, 조선 시대의 가사까지 대략 살펴보았단다. 아빠가 이야기한 작품들은 전체 고대 가요 중 극히 일부분에 불과하지. 우리 조상들이 만들고 누렸던 문학 작품들은 훨씬 다양하고 많이 있단다. 이 글을 시작하면서 이야기했듯이 우리 문학이라는 산은 너무나 거대해서 우리가 쉽게 오르고 모든 것을 다 안다고 말할 수 없단다. 우리는 이제 그 산을 조금 체험했을 뿐이야.

　산을 오르는 일은 무척 힘들고 고된 일이기도 하지. 그래서 자주 쉬어야만 한단다. 우리도 그 거대한 산을 오르는 중이니 잠시 쉬었다가 가기로 하자. 일종의 휴게소라고 생각하면 되겠구나. 아빠의 이야기가 여기서 다 끝난 것이 아니라는 것을 기억하기 바란다. 만일 아빠가 더 이상 할 이야기가 없다면 그것은 우리 문학의 산이 그만큼 작아서가 아니라 그 문학을 이해하고 감상하는 아빠의 능력이 부족하기 때문이라고 생각하면 되지. 다행스럽게도 아빠에게는 아직 해야 할 이야기가 무궁무진하구나. 그만큼 산이 높고 웅장하기 때문이겠지.

휴게소에 왔으니 간식도 먹고 바람도 좀 쐬면서 산을 천천히 감상해 보는 것은 어떨까? 지금까지 아빠가 들려준 이야기를 다시 한 번 읽어 보면서 '생각해 볼 문제'를 찬찬히 들여다보는 시간을 가지면 어떨까? 또 아빠가 써 보라고 제시한 글을 하나씩 써 보는 것은 어떨까? 마음에 드는 시 한 편을 외워서 읊어 보면 어떨까? 너희들 나름의 다양한 방법으로 휴게소의 휴식 시간을 즐기는 기회가 되면 좋겠구나.

그리고 충분히 쉬었다고 생각되면 다시 한 번 힘을 내서 문학의 산을 서서히 올라가 보자꾸나. 산은 높고 험해도 우리가 걸어가고 즐기다 보면 언젠가는 산과 내가 하나가 되어 말로 표현하기 힘든 놀라운 감정에 휩싸이는 순간이 오게 될 수 있단다.

우리가 사는 세상에서는 날이 갈수록 힘들고 험난한 소식들이 아프게 들려오곤 하더구나. 하지만 산이 있으면 평지도 있고 사막이 있으면 오아시스도 있듯이, 다양한 사람들이 다양한 모습으로 살아가는 것이 이 세상이겠지. 그런 속에서 문학의 산을 오른 아름다운 추억을 잊지 않고, 그 땀의 소중함과 산이 주는 풍성한 혜택을 기억하며 새로운 힘을 얻어 살아가는 너희들이 되었으면 좋겠구나.

부디 날씨 좋은 어떤 날을 택해서 너희들과 함께 새로운 문학의 봉우리를 등산하게 되는 즐거운 기회를 다시 맞이하게 되기를 간절히 바란다.

2015년 어느 날
언제나 너희들과 함께 문학의 산맥을 걷고 싶은 아빠 씀

감사의 글

먼저 짜릿한 재미를 주거나 감정을 묘하게 흔드는 자극적인 노래들이 넘쳐나는 세상에서 얼핏 고리타분하게 느껴지는 옛사람들의 노래를 듣고 그 사연을 알고 싶어서 이 책을 펼쳐든 독자 여러분들께 진심으로 감사합니다. 다양한 옛 노래들을 읽고 되새겨 보며 자신만의 멋진 세계를 발견하고 그 속에서 새로운 꿈을 꾸게 되었기를 바랍니다. 또 고전 문학을 통해서 더 넓고 놀라운 상상의 날개를 펼치며 또 그 속으로 뛰어드는 용기를 조금이나마 얻게 되었다면 이 글을 쓴 보람이 있겠습니다.

저에게 고전문학의 아름다운 세계를 소개해 주신 모든 선생님들께 이 자리를 빌어 감사의 말씀을 전합니다. 고등학교 시절에 만난 국어 선생님들과 대학에서 만난 교수님들, 학위 과정에서 고전의 멋스러움을 알게 해 주신 한국교원대학교의 최운식 교수님과 알면 알수록 놀라운 신화의 세계를 열어 보여 주신 창원대학교의 민긍기 교수님께 특별히 감사합니다. 여전히 저는 더듬거리며 이 길을 걷고 있지만 이 분들 덕분에 언젠가는 더 큰 알을 깨고 나가게 되리라 믿습니다.

난삽한 제 글을 버리지 않고 골라주신 사계절 청소년 교양원고 공모전 심사위원 선생님들과 편집에 많은 시간과 노력을 기울여주신 사계절출판사 여러분께 진심으로 감사 드립니다. 이 책이 멋지게 보이는 것은 모두 그분들의 공로이며 혹 부족한 점이 있다면 모두가 저의 불찰입니다.

세상에 혼자 뚝 떨어져 있다고 생각하지 않도록 제 글을 꾸준히 응원해 주신 페이스북 모든 친구들께 감사 드립니다. 특별히 이 글의 시작부터 끊임없는 지지와 격려를 보내 주신 송용용 목사님의 노고에 진심으로 감사합니다.

무엇보다 감사하고 싶은 것은 우리 기은 홈스쿨 다섯 남매들입니다. 철없고 무모한 아빠 때문에 많이 고생하고 힘들었을 텐데도 불평하지 않고 묵묵히 함께 걸으며 어느덧 인생의 동료가 되어 준 서정, 서영, 서웅, 서화, 서진 다섯 명의 천사들에게 진심으로 감사합니다.

오직 사랑이라는 이유로 자신의 모든 것을 버리고 바보 같은 남편만 바라보며 고락을 함께 해 준 사랑하고 존경하는 아내 송은실 님에게 깊이 감사합니다. 부족하지만 이 책이 결혼 22주년 선물이 되었으면 합니다.

아무리 혼탁해도 세상은 여전히 아름답고 옛 선인들의 꿈과 멋은 영원히 시들지 않음을 믿습니다.

2015년을 멋지게 마감하는 12월에
눈처럼 맑고 깨끗한 세상을 꿈꾸며
한기호 드림